文化研究视域下的
美国族裔文学研究

WENHUA YANJIU SHIYU XIADE
MEIGUO ZUYI WENXUE YANJIU

秦江丽　欧阳婉竹／著

四川大学出版社

项目策划：余　芳
责任编辑：余　芳
责任校对：周　洁
封面设计：墨创文化
责任印制：王　炜

图书在版编目（CIP）数据

文化研究视域下的美国族裔文学研究 / 秦江丽，欧阳婉竹著．— 成都：四川大学出版社，2020.11
ISBN 978-7-5690-2883-6

Ⅰ．①文… Ⅱ．①秦… ②欧… Ⅲ．①文学研究－美国 Ⅳ．① I712.06

中国版本图书馆CIP数据核字（2019）第 086306 号

书名	文化研究视域下的美国族裔文学研究
著　者	秦江丽　欧阳婉竹
出　版	四川大学出版社
地　址	成都市一环路南一段 24 号（610065）
发　行	四川大学出版社
书　号	ISBN 978-7-5690-2883-6
印前制作	四川胜翔数码印务设计有限公司
印　刷	郫县犀浦印刷厂
成品尺寸	148mm×210mm
印　张	7.125
字　数	192 千字
版　次	2020 年 11 月第 1 版
印　次	2020 年 11 月第 1 次印刷
定　价	35.00 元

扫码加入读者圈

◆版权所有 ◆侵权必究

◆读者邮购本书，请与本社发行科联系。
　电话：(028)85408408/(028)85401670/
　(028)86408023　邮政编码：610065
◆本社图书如有印装质量问题，请寄回出版社调换。
◆网址：http://press.scu.edu.cn

四川大学出版社
微信公众号

目　录

绪　论 ……………………………………………………………（1）
　第一节　美国族裔文学概论 ……………………………………（2）
　第二节　文献回顾 ………………………………………………（9）
第一章　美国黑人文学的差异政治 ……………………………（20）
　第一节　奴隶叙事文本中的身体表征与废奴思想 ……………（23）
　第二节　哈莱姆文艺复兴时期的民俗表征与身份政治
　　　　　……………………………………………………………（39）
第二章　亡者归来——印第安文学中的幽灵性 ………………（70）
　第一节　美国印第安哥特文学的鬼魂叙事研究 ………………（75）
　第二节　《黑麋鹿如是说》中的鬼舞运动和印第安文化史
　　　　　……………………………………………………………（96）
第三章　亚裔美国小说中的食物叙事和文化身份 ……………（113）
　第一节　任碧莲小说中的食物、记忆和身份认同问题
　　　　　……………………………………………………………（119）
　第二节　食物中的第二次世界大战文化记忆 …………………（137）
第四章　奇卡诺文学的边界书写 ………………………………（160）
　第一节　奇卡诺文学中的巫医形象和跨越边界的书写
　　　　　……………………………………………………………（166）
　第二节　奇卡诺成长小说中的新西部文化景观 ………………（190）
结　语 …………………………………………………………（206）
参考文献 ………………………………………………………（211）

绪 论

美国是一个多元族裔的国家。由于美国的多元族裔和多元文化,其文学现象中的多元性显得尤为突出。埃默里·埃里奥特在其主编的《哥伦比亚美国文学史》前言中写道:"美国的文学不是一个故事,而是很多个不同的故事。"① 此言一语道出了美国文学的多元性。多元性当然是由多种原因造成的,而其中最重要的原因之一就是美国各个少数族裔均发出了各具特色的声音。多元化美国的文化空间并不是被民族或者语言的边界所分离的,而是被无数重复的、矛盾的或者多元的传统、历史、地域、民族、身份等元素所粉碎后再度组合和融合,从而形成了独特的多样化的美国文学。美国的民族多样性以及在此基础上形成的多元文化主义对美国文学创作和研究的影响深远,甚至在某种程度上决定了20世纪中叶之后美国文学的整体走向和美国文学研究的大趋势。当代美国族裔文学成就主要以英语为表达媒介,但依然以各种方式传承着各族裔独特的文学和文化传统。包括美国黑人文学、印第安文学、亚裔文学和奇卡诺文学在内的美国族裔文学,在丰富当代美国文学的同时,更以其独特的关注视角、题材故事、叙述方式、语言风格、隐喻意象等,参与并影响着美国多元文化和文学的建构。本书尝试从文化批评的角度对美国族裔文学

---

① 埃默里·埃利奥特主编:《哥伦比亚美国文学史》,朱通伯等译,成都:四川辞书出版社,1994年,第13页。

进行观照与透视，侧重于探寻美国黑人文学、印第安文学、亚裔文学和奇卡诺文学所涉及的主要文化现象，力求在多元文化背景下，用交叉学科的理念，对族裔文学涉及的诸多文化现象进行更全面、更深入的学理研究。这一研究对思考如何在当今多元文化语境下容纳而不是排除差异具有一定意义。

第一节　美国族裔文学概论

美国族裔文学是美国文学的重要组成部分。在美国文学中，少数族裔文学通常指那些不建立于欧美主流文化基础之上的文学创作。从宏观分类来看，一般包括黑人文学、本土美国文学（美国印第安文学）、亚裔文学和奇卡诺文学（墨西哥裔文学）。这四类族裔文学通常与主流文学有较大的差异，在传统文学史上由于种族偏见、种族歧视和种族压迫等特殊的社会历史原因常被学者忽视。第二次世界大战之后，特别是20世纪60年代之后，美国少数族裔的政治权利运动以及美国多元文化主义思潮风起云涌，美国少数族裔文学的地位发生了根本性变化。美国族裔作家作品在现代身份政治、后殖民批评等范式的作用下逐渐从边缘走向中心。

值得注意的是，每一个族裔都有自己的故事和文学传统。美国文学自国家诞生之日起就注定了是由多个故事共同构筑的，只是这种多元的集体记忆因历史原因蛰伏在白人一元文化的阴霾之下。20世纪60年代的民权运动激起了族裔群体表征自我的欲望，消解了美国一元文化的神话地位，美国社会民族文化的多样性最终由隐性走向显性。不同族裔群体因其不同的历史文化和社会经历等往往有不同的写作策略和主题思想。可以说，族裔文学并不是以一种文化形态，而是以好几种文化形态来确定自己的地位的。不管是美国黑人文学、美国印第安文学、亚裔文学还是奇卡诺文学，每一种文学文化形态都有其与众不同的历史传统。

美国黑人文学又称美国非洲裔文学（Afro-American Literature），是最早进入主流文学视野的少数族裔文学。其发展同美国黑人的文化传统，美国黑人在美国社会中的种族地位、政治地位和经济地位等因素紧密相关。美国奴隶制与美国黑人文学的起源有着密切的关系。在17世纪到19世纪早期，非洲奴隶的被迫迁徙和美国奴隶制度的广泛实行促成了美国黑人文学早期形态的形成。在奴隶制时期，美国黑人文学的最早形态是灵歌、劳动号子、歌谣和民间故事等口头作品。随着美国废奴运动的兴起，1820年至1865年的这段时间成为美国黑人文学发展的关键时期。如果我们考虑此时期美国文学中奴隶制主题和黑人形象的普及程度，可以说，在这个关键时刻，"几乎所有的美国文学都是'黑色'的"①。此时期，不管白人文学还是黑人文学都主要围绕奴隶制的问题而展开。"放我的族人走"成为南方和北方非裔美国文学的共同主题。黑人文学以成熟的姿态进入美国文坛始于"哈莱姆文艺复兴"（Harlem Renaissance）时期。在这一时期，美国黑人作家运用新的表达方式，有意识地将展现黑人文化差异性、肯定黑人差异性放在首位。他们思想活跃，充满种族自豪感，试图在同主流文化协商的过程中，为黑人创造出新的价值观念和社会前景。但值得注意的是，"哈莱姆文艺复兴"的盛行并非仅仅源自黑人的努力，白人主流社会对黑人"原始性"和"民性"的好奇心进一步促使美国黑人文学作品叩开了美国出版社的大门，这极大地促进了美国黑人文学的发展。20世纪60年

---

① Maryemma Granham and Jerry W. Ward, Jr. ed.: *The Cambridge History of African American Literature*. Cambridge and New York: Cambridge University Press, 2011, p. 8. 全书引用的英文文献均为笔者自译，下文不再赘述。

代以来，美国黑人文学发生了跨越式的变化。这一时期发生了一系列具有划时代意义的事件，如民权运动、黑人权力运动、女权运动等。由于这些历史事件，美国对包含少数族裔在内的边缘群体的观念发生了翻天覆地的变化。这一时期总的文学特征是美国黑人求拥有做人的尊严，获得平等民权，倡导黑人民族主义、种族平等和社会正义。此时黑人作品的主题已转变为张扬的种族自豪感和高昂的战斗精神，他们开始意识到黑色并非像白人文化标识的那样充满邪恶，并用激进的措辞向美国黑人同胞讲述黑色的美感。总的说来，从1619年开始，美国黑人文学经历了从萌芽、发展到成熟的阶段，涵盖了奴隶制、独立、自由、黑人性、白人性、美国性等重要主题。特殊的经历和文化赋予了美国黑人文学作品独特的品性和魅力，黑人文学对美国其他族裔文学的萌芽和发展也产生了不可低估的影响。

美洲本土文学，又称印第安文学或美洲印第安文学，是美洲印第安民族传统的口头和书面文学。美国印第安文学是当代美国四大族裔文学传统之一。早在欧洲殖民者征服美洲大陆之前，美洲的印第安人就创造了丰富的物质财富和精神文明，并形成了大量的口述文学，如创世故事、部落历史、巫术神话等。自欧洲殖民者抵达北美大陆之后，印第安人的口头文学因受到白人殖民文学的围剿与压制被贬斥为原始残余。18世纪初，一批在白人学校中接受了现代英语教育的印第安人开始用英语创作文学作品。19世纪初，印第安作家主要创作的是诗歌和散文等非虚构性的文学作品。到19世纪中叶，印第安人面临的最大威胁之一便是《印第安人迁移法案》（the Indian Removal Act of 1830）。根据该法案，密西西比河以东的部落被迫迁移。此时期，大量印第安作家出版了抗议文学、自传和民族历史文本等以回应白人主流社会对印第安人人权的剥夺以及对印第安人的驱逐。伊莱亚斯·布迪诺特的抗议小说《致白人的话》（1826）和威廉姆·阿培斯的自传《森林之子》(1829)等就是这类主题的代表作品。19世纪后半叶，印第安人面临着被驱逐、土地被侵占、被迫生活在保留地等新威胁。印第安作家的作品在一定程度上都反映了这些内容。另外，当印第安人被安置在保留地或被强制从祖先的土地上迁出时，传统的部落生活发生了变化。许多印第安作家出版了他们的部落神话、历史和习俗的相关作品，以传承其文化记忆。大卫·库西克、彼得·琼斯和威廉·惠普尔·沃伦等人都是这方面的代表人物。20世纪初，来自西部部落的印第安人努力适应保留地的生活。直到1924年，国会才授予印第安人公民权。在这样的历史背景下，20世纪初出版的自传体著作大多集中探讨其部落的民族历史和他们自己对保留地生活的调适。在这一时期，小说开始取代诗歌和散文，成为印第安作家日渐青睐的文学体裁。虽然这些印第安作家所创作的作品有一定读者群，然而直到20世纪中叶，还没有任何一部印第安作家作品得到美国主流文学的认可与接纳。在20世纪六七十年代，随着美国社会运动的兴起，印第安文学迎来了复兴。这一时期的民权运动和女权运动等强化了印第安人的政治斗争意识，一些印第安知识分子发起了为印第安人争取同等权利的"红种人权利运动"，这一运动不仅在一定程度上改善了印第安人的政治与经济处境，而且激发了印第安作家群体的种族自豪感，唤起了他们对其传统文化的关注与热爱。在20世纪八九十年代，美国印第安作家的数量急剧增长，其文学题材不仅局限于族群意识、印第安人权利等，也广泛涉及人类社会和宇宙自然等各方面内容。它不仅强调印第安民族人与自然、人与人之间的和谐共处，强调印第安民族如何获得地位和话语权，而且关注社会热点问题。

亚裔文学是美国少数族裔文学的重要类型之一。近年来，由于其作家数量增多、族群人口不断增加、作品得到普遍接受以及作者素质提高等，亚裔美国文学已经成为美国文学史上最杰出的文学形式之一。所谓亚裔美国文学是指"由华裔、日裔、韩裔和菲律宾裔美国人用英语创作的创造性作品"①。美国和亚洲国家之间不断变化的军事关系和经济关系导致了亚裔美国人种族地位的不断变化,而这种变化通常是亚裔美国文学创作的基础。亚裔美国人的创作可以追溯到19世纪晚期。19世纪晚期,由于帆船贸易的开展、制糖工业的发展、淘金热、横跨大陆的铁路的修建等原因,到达美国的亚洲移民多达100万人。美国白人主流社会因工作竞争、种族歧视等因素阻止亚洲移民到达美国。他们通过种族仇恨的犯罪行为、种族歧视的法律行为、文本中模式化的表征等来表达对亚裔的不满。面对白人主流社会的这种不满,亚裔作家大多以自传或半自传体小说等传记性作品这一较为主观的方式来书写和反思其经验。另外一类作品则以怀旧、浪漫或充满异国情调的语言来描述亚洲。比如,弗雷德·茂德·伊顿于1899年发表了第一部亚裔美国小说《日本的钮梅小姐:一个日裔美国人的浪漫故事》,小说因其氛围感伤、情节夸张成为当时美国的畅销小说之一。在20世纪上半叶,华裔和日裔作家通过家庭这一舞台来展现文化的冲突和融合,并由此确立自己的身份归属。韩裔美国作家杨希尔·康的《东方向西方》是第一部由韩裔作家创作的小说,主要讲述了20世纪20年代的移民的生活,探讨了移民面对同化政策时的选择。对于日裔作家来说,他们独特的经历使其创作具有典型的特征。第二次世界大战后,由于日、美在战争中是敌对国以及日裔美国人被强制送进集中营的经历,日裔美国人对美国价值观和日本价值观均产生了怀疑。许多日裔小说家集中探讨了战争以及集中营对日裔美国人所产生的影响。亚裔美国文学滥觞于20世纪六七十年代。当时,随着民权运动的进

---

① Eliane H. Kim: *Asian American Literature: An Introduction to the Writings and Their Social Context*, Philadelphia: Temple University Press, 1982, p. xi.

行，亚裔美国人展开了一系列以文化民主主义为指导的活动，如"亚裔美国人运动"（the Asian American Movement）、"黄色力量"（the Yellow Power）和"第三世界解放前线"（the Third World Liberation Front）等。在民权运动思想下成长起来的亚裔作家积极将美国和亚洲的文学形式相结合，创作了大量的优秀作品。与此同时，美国出版商逐渐意识到亚裔美国作家作品的市场价值，许多作品被拍成电影，这在一定程度上也促进了亚裔美国文学的发展。

奇卡诺文学与美国黑人文学、印第安文学和亚裔文学并列成为美国多元文化格局中的重要组成部分。在20世纪60年代以后逐渐繁荣。作为20世纪60年代以后墨西哥裔文学的代名词，奇卡诺文学有着其特殊的历史和文化背景。奇卡诺文学可以说是在1848年《瓜达卢佩－伊达尔戈条约》签订后形成的。依据条约规定，墨西哥将其北部领土——现在的加利福尼亚、内华达、亚利桑那和新墨西哥州等割让给美国。如此一来，这些领土上的墨西哥人便成了墨西哥裔美国人。他们通过讲述历史故事和个人经历来应对盎格鲁－撒克逊人不可抗拒的影响，因而发展出一种独特的文化与文学。墨西哥裔美国人早期的文学形式主要为"民间故事、风俗戏剧、民间传说，尤其是配乐诗科利多之类的口头文学形式"①。除了口头文学，19世纪下半叶，许多墨西哥裔作家也在西班牙文报纸上刊登散文、短篇故事和连载小说等。到了1900年，墨西哥裔美国文学已经成为整个美国文学体系中独具特色的一部分，尤其在美国西南部文学和文化中留下了不可磨灭的印记。包括理查多·弗罗埃·梅龚在内的墨西哥裔作家先后发表了许多反映经济斗争的短篇故事、有关革命的传奇以及记述移

---

① 埃默里·埃利奥特主编：《哥伦比亚美国文学史》，朱通伯等译，成都：四川辞书出版社，1994年，第666页。

民和文化同化痛苦经历的科利多诗歌等。在从墨西哥革命开始发动到第二次世界大战即将爆发的三十年时间里，墨西哥裔美国文化继续向前发展。此时期关于历史事变和个人经历的叙事性作品、小说、诗歌和民间文学占据主导地位，而且作品的情节、人物活动的范围等大都以新墨西哥为中心。这些作家大多坚持用西班牙语进行创作，以表现一种民族和地区性的自豪感。在第二次世界大战结束之后，许多墨西哥裔作家感叹现实无情、梦想破灭，更加依附于本民族文化，使其创作具有浪漫主义色彩。20世纪50年代，墨西哥裔美国小说变得衰竭无力。20世纪60年代，随着民权运动的兴起，墨西哥裔美国人也兴起了一场旨在争取平等权利的社会运动，"奇卡诺"则是这个运动的文化标志，"奇卡诺文学"也因此成了20世纪中期以后美国墨西哥裔文学的代名词。在奇卡诺运动的作用下，文艺作品常被看作实行政治与文化变革的工具；作家们不仅是文艺家，还是社会活动家和民族觉悟的倡导者。这些作品的创作都表现出一种倾向，即"忠实于墨西哥民间文学和纯文学的传统"，"力求探索出一种能够符合于他们人民在社会、政治和文化方面的需要的文学形式与技巧"，以及"对于自己拥有印第安文化遗产的自豪感情"[①]。托马斯·雷微拉、罗兰多·喜诺约沙－史密斯和鲁道夫·安纳亚等都是这方面的代表作家。在奇卡诺运动之后，奇卡诺文学不再有明确的政治倾向并呈现出多样化特征。总的说来，墨西哥裔美国人因其特殊的背景和发展历程，其文学也有独特的价值，是美国文学的重要组成部分。

总的说来，包括美国黑人文学、印第安文学、亚裔文学和奇卡诺文学在内的少数族裔文学因其独特的历史经历和文化传统而

---

① 埃默里·埃利奥特主编：《哥伦比亚美国文学史》，朱通伯等译，成都：四川辞书出版社，1994年，第671页。

呈现出独特性。这些少数族裔作家通过书写，表现了他们在美国生活的困境。虽然少数族裔作家的经历和文化传统不同，然而他们大需要面对体制化的种族主义、经济剥削和政治压迫等问题，都需要思考应该以怎样的身份在美国生活，以及如何处理民族性、美国性等问题。就像新历史主义曾提出的两个观点"文本的历史"与"历史的文本"一样，国家、民族、社会的发展和变化蕴含着文本和文化形象的构建，而文本的形成又诠释了国家、民族、社会发展的进程。文本与历史互为建构的关联性，决定了文学在社会认同和文化身份形成中所具有的不可忽视的作用。这些少数族裔作家的文本产生于一个系统化的语境，而该社会语境不可避免地在其作品中留下清晰的文化痕迹。

第二节 文献回顾

由于种族偏见、种族歧视和种族压迫等，美国少数族裔文学长期处于美国文化和社会生活的边缘。美国少数族裔作家为了让自己的声音能够被主流社会和读者听到和接受而苦苦挣扎。第二次世界大战之后，特别是20世纪60年代之后，随着美国少数族裔的政治权利运动以及美国多元文化主义思潮的兴起，美国少数族裔文学的地位发生了根本性变化，国内外学界有关族裔文学的研究也取得了较为丰硕的成果。直至今日，西方学界编写了三部文学史巨著，即1948年出版的罗伯特·斯皮勒主编的《美利坚合众国文学史》、1988年出版的埃默里·埃利奥特主编的《哥伦比亚美国文学史》以及1994年出版的萨克文·伯科维奇主编的多卷本《剑桥美国文学史》。这三部文学史巨著构成了西方学界对"美国文学史"的经典阐释和主流话语。1948年的《美利坚合众国文学史》并没有开辟有关族裔文学的专栏，而在1988年的《哥伦比亚美国文学史》中编者设置了"乡土色彩、种族特点和性别问题：不同文学群体之相互比较"一章，其中就包括了对黑人文学、墨西哥裔美国文学和亚裔美国文学的介绍①。在1994年的《剑桥美国文学史》中，编者设置了"从边缘到新生"一章，集中探讨了少数族裔作家"如何将自己的边缘文化转变为能够挑战和改革主流社会的新兴文化"②，重点分析了自1940年以来亚裔美国人、奇卡诺人、印第安人作家的作品对种族、族裔性的强调，认为这些少数族裔文学作品都努力避免被主流文化所主导或融合。从这三部经典美国文学史著作来看，美国族裔文学逐渐成为美国文学研究的重要领域。中国的美国少数族裔文学研究兴起于20世纪八九十年代，近年来研究热度一直很高。以2013年国家社科基金立项为例，在全国外国文学类一般项目（68项）和青年项目（41项）中共有7项获得批准，占比为6.4%，这充分说明美国少数族裔文学已成为国内学界重点研究对象之一。族裔身份批评、叙事策略批评、女性主义批评等是国内外研究的主要视角。

20世纪60年代以降，美国少数族裔所展开的社会运动促进了少数族裔种族意识的觉醒。在文学批评方面，大多数批评者也着力于挖掘少数族裔作品中的族裔意识，因而族裔性、种族身份等成为其文学批评的关键词。以亚裔美国学者伊莱恩·金的研究为例。伊莱恩·金是研究亚裔文学的先行者，她在《解读亚裔文学：作品和社会背景导论》的前言部分指出，许多亚裔作家通过建构基于文化差异的种族身份来对抗其在美国文学中的消声现

---

① 详见埃默里·埃利奥特主编：《哥伦比亚美国文学史》，朱通伯等译，成都：四川辞书出版社，1994年，第651—686页。

② Sacvan Bercovitch ed.: *The Cambridge History of American Literature*, Volume 7, *Prose Writing: 1940—1990*, Cambridge: Cambridge University Press, 1994, p.541.

象。又如,珍妮特·慧珠·楚在其博士论文《表征的政治:阐释当代亚裔美国文学的身份》中指出,华裔作家通过建构族裔身份"来挑战主流文化霸权性的表征"①。再如,安德鲁·斯图亚特·麦克卢尔在其博士论文《本土裔美国文学中的"生存":形式和表征》中分析了本土裔美国人(即印第安人)如何通过种族身份的建构来挑战和抵制欧美文化中的模式化形象②。大多数国内学者也从种族身份的视角来研究族裔文学。比如,许双如在文章《"他者"的面具政治——亚裔美国文学中的身份扮演与族裔主体性建构》中分析了身份扮演与族裔主体性之间的关系,指出"'身份扮演'逐渐被政治化,成为社会权力运作的表征符号,更成为被霸权文化边缘化、他者化的弱势群体抗争的政治策略"③。在《多元·异质·杂糅——论亚裔美国文学之族裔身份批评的分化》一文中,蒲若茜聚焦于20世纪90年代以来涉及亚裔美国族裔论述的代表性批评文本,分析了亚裔美国族裔身份的"间际性"、建构性、异质杂糅性等特征,但作者最后肯定了族裔身份建构性的重要性,指出较之于美国主流文化的优势地位,"'文化民族主义'坚守,也许具有其当下的意义"④。又如,周计武在《华裔美国文学的族裔想像和文化认同》一文中,通过分析华裔美国文学的典型代表,指出美国华裔文学"具有鲜明的族裔意识,在颠覆美国的主流话语陈规、重写华裔美国人历史和建构其

---

① Janet Hyunju Chu: "A Politics of Representation: Articulating Identities in Contemporary Asian American Literature", Dissertation, State University of New York, 1996, p. iii.

② Andrew Stuart McClure: "'Survivance' in Native American Literature: Form and Representations", Dissertation, the University of New Mexico, 1997, p. v.

③ 许双如:《"他者"的面具政治——亚裔美国文学中的身份扮演与族裔主体性建构》,载《当代外国文学》,2011年第3期,第58—66页。

④ 蒲若茜:《多元·异质·杂糅——论亚裔美国文学之族裔身份批评的分化》,载《当代外国文学》,2014年第2期,第161—168页。

身份的过程中发挥了积极的作用"①。再如，胡明涛和田晨旭在《论华裔美国文学族裔追寻中的文化身份建构》中分析了各个时期的华裔对文化身份的建构，指出"种族身份建构期""以熔炉的同化方式迅速建构自我文化身份"以及"以中国文化为核心的建构"是华裔身份建构的主要阶段②。可见，国内外批评家大多都认为少数族裔建构种族身份是对主流社会的反抗。比如，珍妮特·慧珠·楚所说的"挑战主流文化霸权性的表征"以及许双如所说的"弱势群体抗争的政治策略"等都体现了这一思考路径。

这一类批评大都是在单一种族意识形态指导下的批评，认为少数族裔是受到主流白人压迫的群体，所以其文学必定是一种反抗文学。有一部分学者意识到并指出了这种批评的不足。比如，陈广兴在其文章《"真实"的谎言——从〈抹除〉看美国族裔文学的困境》中就指出，"过分强调作家的族裔身份和作品的关系，把作品看作表达族裔身份的工具，既不利于少数族裔追求自由平等的斗争，也不利于少数族裔文学的健康发展"③。作者认为，"'种族平等'、'少数族裔的苦难'、'少数族裔的诉说'、'少数族裔的抗争'等概念，其本来意图是为了争取弱势群体的平等地位，但它们在高度商业化的美国，却蜕变成新的宏大叙事，它们要求少数族裔作家牺牲自己的个性，变成这些概念的传声筒"④。这一类批评往往受单一种族意识形态影响，在分析过程中往往也抹去了历史的特定性，缺乏对作者立场、文本生产等历史性内容

---

① 周计武：《华裔美国文学的族裔想像和文化认同》，载《社会科学战线》，2008年第1期，第136—138页。

② 胡明涛、田晨旭：《论华裔美国文学族裔追寻中的文化身份建构》，载《长江师范学院学报》，2012年第5期，第119—122页。

③ 陈广兴：《"真实"的谎言——从〈抹除〉看美国族裔文学的困境》，载《外国文学评论》，2010年第2期，第181—190页。

④ 陈广兴：《"真实"的谎言——从〈抹除〉看美国族裔文学的困境》，载《外国文学评论》，2010年第2期，第181—190页。

的分析。

有的学者从女性主义视角研究族裔文学。国内大多数批评家认为少数族裔女性是受到少数族裔男性和白人主流社会压迫的群体,相关文学作品往往体现了少数族裔女性对男权和主流社会的反抗。比如,华裔学者林玉玲在《亚裔美国文学的女性主义理论和族裔理论》一文中指出,女性主义文学文化与族裔文学话语"往往不可避免地交织在一起",因而亚裔女性作家的文本是女性反抗男权和压迫的场域,且体现了"族裔身份和性属身份矛盾性需求的症候"[1]。又如,印第安学者莎丽·航多夫在《文学和本土美国裔研究的政治》一文中认为:"主流女性主义很少能满足她们(本土女性主义者)的特殊需求,她们在面对本土社区内外的性别歧视时,甚至还要忍受本土男性的种族主义和殖民主义。"[2] 国内有相当数量的文献也从女性主义视角展开分析。比如,梁艳在其文章《后现代语境下美国非裔和华裔女性文学中的族裔意识研究》中指出:"与少数族裔男性相比,少数族裔女性作为女性和少数族裔的双重弱势身份使得她们比本族裔男性遭受了更多的种族迫害和凌辱,承受了更多的精神折磨,因此,也比男性对不平等的种族主义有更深刻的体会和感悟……她们拒绝传统的种族主义的束缚和干扰,追求民主、正义、平等的社会环境和和谐、宽容的社会氛围。"[3] 又如,王军和高雪在其文章《当代美国少数族裔女性文学研究概述》中指出:"少数族裔女性作家的女性意识、族裔意识开始觉醒,她们面对父权传统文化、美

---

[1] Shirley Geok-lin Lim: "Feminist and Ethnic Literary Theories in Asian American Literature", in *Feminist Studies*, vol. 19, no. 3, 1993, pp. 570-595.

[2] Shari Huhndorf: "Literature and the Politics of Native American Studies", in *PMLA*, vol. 120, no. 5, 2005, pp. 618-1627.

[3] 梁艳:《后现代语境下美国非裔和华裔女性文学中的族裔意识研究》,载《牡丹江大学学报》,2017年第12期,第46—49页。

国白人种族主义者和白人女权主义者对'他者'的压抑,积极寻找和构建作为少数族裔女性的文化身份,改写少数族裔女性文学的边缘化境遇,并在主流文化中发出了自己独特的声音,为构建少数族裔女性文学传统做出了重要的贡献。"① 再如,张卓的博士学位论文《美国华裔文学中的社会性别身份建构》以黄玉雪、朱路易、汤亭亭、赵健秀和谭恩美等美国华裔作家的作品为研究对象,探讨了这些华裔作家如何"以文学书写的方式瓦解主流社会既定的种族和社会性别涵义,置换被美国主流文化歪曲的性别化的刻板形象",从而帮助华裔建构"主体性"并"获得其在美国平等的国家身份和广泛的社会认同"②。值得注意的是,这类批评大多认为女性是受本族裔男性和白人主流社会压迫的群体,因而女性族裔作家的创作往往是对男权主义和种族主义的反抗。这种阐释方式往往忽略了历史的复杂性和特定性。

族裔文学有其独特的起源和发展,往往具有独特的叙事策略和重要主题。许多批评家也分析了这些策略和主题。比如国外学者霍利·E. 马丁的博士学位论文《介于两者之间:美国民族文化的多重视角》主要分析了族裔文学的叙事策略,具体包括"魔幻现实主义、地点的象征、传统文化中的神话和传奇人物的结合、幽默以及族裔文学的多语言形式"等③。作者进一步指出,这些叙事策略表现了丰富的世界,使族裔文学呈现了多重视角,因而能够被美国主流文化所接纳。又如,丹尼斯·罗德里格斯的文章《空间、形式和传统:重置当代美国族裔小说的语境》打破

---

① 王军、高雪:《当代美国少数族裔女性文学研究概述》,载《西南民族大学学报》(人文社科版),2009年第1期,第247—250页。

② 张卓:《美国华裔文学中的社会性别身份建构》,兰州大学,博士学位论文,2006年,第1页。

③ Holly E. Martin: "Betwixt and Between: Multiple Perspectives in Ethnic Literature of the United States", Dissertation, Emory University, 2002.

了既定种族类别,"审视了不同族裔文学之间的相互影响,建立了主题和风格上的联系,讨论了美国族裔文学对美国小说形式上的促进"①。这些国外学者都关注族裔文学的叙事策略和小说形式。国内部分学者也非常注重族裔文学的形式批评。比如,陈晓月和王楠在其文章《"想象的共同体"与美国族裔作家的叙事策略》中分析了黑人文学、印第安文学和华人文学的"讲故事策略",指出"讲故事"的叙事策略是"三类少数族裔作家发声的功用",少数族裔作家能够通过讲故事的策略建构自己的族裔身份,以抵抗主流文化的压迫②。张冲的文章《关于本土裔美国文学历史叙事的思考》主要论述了北美印第安各民族在欧洲人涉足北美大陆之前的悠久历史和文化传统,论述了这一传统在文学上的体现及其意义。又如,马亚莉在《新世纪美国少数族裔文学的两大主题》一文中指出,在美国国家图书获奖小说中,"少数族裔作品的主题主要围绕成长和身份构建展开"③。

部分学者尤其赞成对族裔文学展开叙事形式的美学研究。在其文章《关于文学叙事形式研究的必要性——兼论族裔文学与文化批评》中,中国学者凌津奇指出,关于族裔文学的社会研究有一定风险,族裔文学作品"不过是一种能体现透明文化价值,不用严谨的学术思考就能够理解、把握和总结的幼稚再现艺术"④,因而不应该关注文学的社会政治信息,而应该关注族裔文学的美

---

① Denise Rodriguez: "Space, Form, and Tradition: Recontextualizing the Contemporary Ethnic-American Novel", Dissertation, the City University of New York, 2001, p. vi.
② 陈晓月、王楠:《"想象的共同体"与美国族裔作家的叙事策略》,载《上海理工大学学报》(社会科学版),2014年第1期,第50—55页。
③ 马亚莉:《新世纪美国少数族裔文学的两大主题》,载《沈阳师范大学学报》(社会科学版),2014年第5期,第93—98页。
④ 凌津奇:《关于文学叙事形式研究的必要性——兼论族裔文学与文化批评》,载《江西师范大学学报》(哲学社会科学版),2015年第1期,第54—59页。

学研究。国外部分学者也反对对文学作品进行政治性解读，比如，在《当代华裔文学研究的政治和批评范式》一文中，作者迈克尔·杜克认为学界将文学视为政治的工具不利于文学批评的发展，将"文学与政治混为一谈"是"政治干涉或控制文学的证据"，而非"文学本身具有政治性质的证据"①。不可否认的是，形式批评能够帮助我们理解族裔文学的审美特性，加深我们对族裔文学的形式、主题、策略等的理解，然而族裔文学产生于复杂的社会文化语境之中，该社会文化语境不可避免地在其作品中留下清晰的文化痕迹。总体说来，形式批评并不能帮助我们理解族裔文学的社会文化意义。

与单一族裔意识形态指导下的族裔身份批评、静态的女性主义批评和只关注文本美学特征的形式批评不同，文化研究视角下的族裔批评注意与社会保持密切的联系，关注文化中蕴含的权力关系及其运作机制。文化研究（cultural studies）是"以文化学角度观察、分析和阐释文学文本的批评方式"②，它以当代大众文化现象为研究对象，历来难以进入学术研究视线的大众媒体、社会底层的文化趣味、女性问题和少数族裔的文化体验等皆是其研究热点。文化研究理论家认为，文本是历史进程中的产物，受制于技术、观念、惯例和传播方式等外部确定性要素，因此文本在呈现美学特质的同时，也在不同程度上蕴含了观念指向和文化政治寓意。因而，文化研究在批评范式上持续关注以纸质、文字符号为主的文本的同时，亦将分析对象扩延到社会文本范围，即关注对象化的社会事件和以文化现象为表征的文本。"与传统文学研究范式所不同的是，文化批评将文本作为当代商品化的文化

---

① Michael S. Duke："Thoughts on Politics and Critical Paradigms in Modern Chinese Literature Studies"，in *Modern China*，vol. 19，no. 1，1993，pp. 41—70.

② 王晓路：《西方文论关键词 文化批评》，载《外国文学》，2014年第3期，第96—104页。

产品之一，在分析其构成性要素的同时，着重考察其外部要素，包括文本环境、生产与再生产体制以及传播和接受，其重点是针对文本背后的观念系统。"[1] 传统的外部研究以作家为中心，分析作家的时代背景、时代思潮等，将其视为理解作家作品的背景信息；而文化批评对文本外部的研究则集中在文本的生产、传播、再现等各个环节，关注知识之所以成为知识的建构方式，即真理的生产与传播方式。因此，文化研究视角的着力点在于追问文学文本反映的文学观念本身，这是对知识谱系背后权力的追问，是对文化文本和体制中所蕴含的价值、实践、范畴等的挖掘。这就使其通过再现文化、知识与权力之间的关系而蕴含直接或间接的政治意味。如此一来，文化研究大大扩充了政治的范畴，将艺术和文学的政治、性别和种族的政治、日常生活的政治等纳入政治的研究领域。与传统文学研究将自身封闭在象牙塔中不同，文化研究注意与社会保持密切的联系，关注文化中蕴含的权力关系及其运作机制。

在理论和方法论层面，其特征是跨学科。文化研究借鉴和融合了文学、史学、社会学、哲学、人类学等学科的研究路径和理论视角，从而形成了一种"'相互交叉的话语空间'（interdiscursive space）"[2]。通过借鉴各学科理论，文化研究着力于身份、技术、意识形态、媒介、亚文化、社会运动等文化命题。在分析这些文化命题时，文化研究注重将个人实践与更为广阔的经济、政治、历史等力量相结合，即"采纳了平面、静态文本（纸质、文字符号为主的）和立体、动态文本（视觉、社会事件与现象等为主的）相结合的方式"，其重点是"针对特定文化

---

[1] 王晓路：《西方文论关键词 文化批评》，载《外国文学》，2014年第3期，第96—104页。

[2] 阿雷恩·鲍尔德温等著：《文化研究导论》，陶东风等译，北京：高等教育出版社，2004年，第43页。

中的生活（life within a given culture）"，其切入的方式则是"集中于当下文化……尤其是历史时段中不同群体的日常生活，置于该社会文化的结构中加以对象化，而后进行多角度的分析"①。因而，在具体的分析过程中，文化研究尤其强调历史的特定性和复杂性。而文化研究的力量则正在于它的开放性以及由此揭示的文化的复杂性和多义性品质。

通过跨学科的研究和对知识与权力关系的追问，文化研究能够帮助我们加深对族裔文化在一定历史语境中生产、传播和再现的动态复杂性的认识。目前国内学界对族裔文学的批评大多是单一种族意识形态指导下的反抗批评，有学者认为少数族裔是受到白人主流社会压迫的弱势群体，因此其文学必定是对白人主流文化的反抗，也有学者认为少数族裔女性是受到男权社会和白人主流社会压迫的群体，因此其文学必定是对男权主义和种族主义的双重反抗。国外学界多数学者在种族意识和女性主义意识的指导下也采用了反抗模式的批评。这类批评方式忽视了少数族裔作品所特有的历史的、物质的内容，也无助于我们进一步分析文本背后的观念系统。诚然，国外已有部分学者从文化研究视角分析族裔文学。比如，罗伯特·P. 莫雷拉在其博士学位论文《两面性：棒球文学、电影和表演中的能动性、多民族差异运动和意识形态》中，将静态的拉丁美裔作家有关棒球的小说与美国当时的电影和戏剧表演等动态的社会活动相结合，分析了"在棒球话语中属下群体被规范化的方式"，探讨了"拉丁美洲人、印第安人、非裔拉美人和非裔美国女性对多重权力和话语的协商方式"②。

---

① 王晓路：《西方文论关键词　文化批评》，载《外国文学》，2014年第3期，第96—104页。

② Robert P. Moreira: "Ambidexterity: Agency, Multi-Ethnic Differential Movements, and Ideology in Baseball Literature, Film, and Performance", Dissertation, the University of Texas, 2016, p. vii.

又如，詹姆斯·K. 哈里斯的博士学位论文《不成熟的成年人：20世纪60年代后美国族裔文学中的青春期和技术的差异性》围绕该时期的学术、身体、娱乐工业、互联网展开，分析了美国族裔作家在20世纪60年代后对成长主题的想象，指出"青春期的阈限空间是族裔作家和艺术家探讨差异意义和进步概念的领域"[①]。这些研究都将静态的族裔小说同社会语境相结合，分析小说所内含的观念系统和权力关系。相对于国外近年来应用文化研究视角获得的成果，国内应用文化研究视角对族裔小说展开的研究还相对匮乏。本书尝试从文化研究的角度对美国族裔文学进行观照与透视，侧重探寻美国黑人文学、亚裔文学、印第安文学和奇卡诺文学中所涉及的主要文化现象，探索各个族裔文学的典型写作特征以及生成机制和原因，力求在多元文化背景下，用交叉学科的理念对族裔文学涉及的诸多文化现象进行更全面、更深入的学理研究。

---

① James K. Harris, "Unbecoming Adults: Adolescence and the Technologies of Difference in Post-1960s US Ethnic Literature and Culture", Dissertation, the Ohio State University, 2017, p. ii.

第一章　美国黑人文学的差异政治

美国黑人文学又称美国非洲裔文学（Afro-American Literature），是最早进入主流文学视野的少数族裔文学。它的发展同美国黑人的文化传统，美国黑人在美国社会中的种族地位、政治地位、经济地位等因素紧密相连。生理特征和文化传统的差异是划分族裔群体的重要依据。美国黑人的人种体质和文化颇为独特。对于黑人作家来说，他们所要面对的重要任务之一就是在其文本中表征黑人差异性。20世纪60年代以来，随着民权运动的兴起，少数族裔作家和理论家的族裔意识逐渐觉醒。他们通过挖掘展现黑人差异的作家来强调黑人作家如何通过"立异"来建构黑人的主体性。比如20世纪70年代，美国著名黑人作家爱丽丝·沃克"重新发现"哈莱姆文艺复兴时期的黑人女作家佐拉·尼尔·赫斯顿。此后，国内外批评家大都认为赫斯顿的小说因对黑人民俗文化的本真再现而建构了黑人性。他们或认为赫斯顿小说中的黑人文化是非裔文化身份的标识，充当了重构黑人文化身份的媒介，或认为黑人文化能够凸显黑人作家强烈的民族自豪感和民族身份意识，可以唤醒读者的黑人民族文化意识①。的确，黑人作家需要在西方文化背景中凸显自身，表现那些与主流社会有明显差异的文化传统与民俗风格，在"标准"英语表述中突出自己的差异性，他们试图证明黑人因其所拥有的差异性而比白人优越。通过赞美黑人文化的差异性，黑人知识分子从主流白人社会手中争夺表征黑人的权力，向公众呈现黑人的能力和天赋，努力重新界定主流社会眼中的黑人性。

然而，在现实的语境中，黑人作家在表征其差异性的路上却面临着复杂的压力。长期以来，在西方中心论的支配下，西方主流社会生成并保留了一批根深蒂固的种族观念，形成了对特定种族的固定看法。这种潜在模式所导致的结果之一就是利用族裔差异性的客观概念，强使其他一些人为附加的差异观念合法化。从19世纪中期到20世纪初期，白人主流社会坚持认为不同群体之间生物遗传的体质差异或文化差异是划分不同群体的依据，而且这些差异是种族的本质特征。在西方优越论者看来，黑人种族在人种和体质上是低劣的，在文化上（包括伦理、智商、能力、素质、教养、趣味等）也是拙劣的。也就是说，通过与其自身进行对比，白种人能够证明黑人的低劣、呆滞和野蛮。在这一种族意识形态指导下，白人主流社会依据可感知的差异将其对黑人的压迫和剥削合法化。比如，美国白人长期以来一直以黑人的血统差异和文化差异为依据来维持奴隶制和种族歧视的合法化。

---

① 可参见以下研究：王声令、刘志芳：《美国非裔女性作家笔下的肤色、性别与黑人原生态文化研究》，载《吉林师范大学学报》（人文社会科学版），2014年第3期，第20—22页；张玉红：《重构黑人文化身份——赫斯顿小说的民俗文化视野》，载《英美文学研究论丛》，2010年第1期，第351—358页；水彩琴：《沃克和赫斯顿小说中的黑人艺术——兼谈黑人民俗文化的传承》，载《外国语言文学》，2016年第1期，第53—58页转71页；李娜：《黑人文学民俗中的黑人文化身份回顾与重构》，载《山东社会科学》，2015年第12期，第467—468页。

由于西方文明已把种族问题变成一项基本的社会文化差异，我们如果脱离历史、文化和意识形态的前提，便无法对种族问题加以有效分析。长期以来，美国主流社会依据黑人文化差异区分"我们白人"和"他们黑人"。白人主流社会将自己看作标准，不会给自己贴上任何标签。当需要区分时，白人用积极、正面的语言来描述白人文化而给黑人文化贴上否定性标签。这使得白人和黑人陷入了等级化的秩序中。正如玛丽·梅纳德所说，承认差异是良好的开始，但是以孤立的视角来理解差异忽视了创造和维持主流文化特权的政治结构。她认为差异的概念对"命名他们的压迫和形成基于集体努力建构的身份"具有非常重要的意义，但仅仅关注社会差异并不能解释"为何有的差异被视作低劣并成为不平等的基础"[1]。可见，单纯赞美黑人文化或持差异性的观点都不是应对美国族群差异问题的有效方法。在一定程度上，多元文化主义通过强调多样性在使得白人性仍然是稳固社会建构的同时，也使得非白人群体产生他们背离标准的感受。因此，当我们在强调黑人文化差异性时，白人社会也只能看到黑人和白人"之间的差异"（difference between），这使得白人和黑人之间的文化边界和族群边界都变得稳固，也进一步维持了歧视与被歧视、压迫与被压迫等原有的权力秩序。因此，对少数族群的作家来说，仅仅赞美自己的文化差异性是不够的，他们需要思考差异意味着什么，以及如何才能使这一概念具有建设性的意义。在文学批评领域，这一问题的现实意义显得尤为突出。对批评家而言，我们应该针对少数边缘文本和主流文学文本中那些我们已经习以为常的"差异"进行更深入的研究，探讨少数族裔作家在差异地带所

---

[1] Mary Maynard, "Race, Gender, and the Concept of Difference in Feminist Thought", in Haleh Afsha & Mary Maynard eds., *The Dynamics of Race and Gender: Some Feminist Interventions*, London: Taylor & Francis, 1994, p.20.

采取的政治策略。

　　身体差异和文化差异是美国黑人作家所面对的两个主要领域。在 20 世纪以前，白人主流社会普遍依据生物属性即身体差异来确定种族的社会边界。他们认为肤色、发质以及其他身体特征等表型差异是智力、脾性、体力、性能力等差异的基础。20 世纪以来，人种体质决定论受到了博厄斯等所倡导的文化相对主义的反对，但白人主流社会仍然依据黑人的文化差异来区分"我们白人"和"他们黑人"。对黑人作家来说，表征黑人身体差异和文化差异就成为他们同主流社会协商、抗争的重要方式。本章两节分别从身体差异和文化差异两个角度入手，探讨黑人作家在差异领域同主流社会协商、抗争的方式。

第一节　奴隶叙事文本中的身体表征与废奴思想

　　奴隶叙事是"由奴隶书写或口述记录的自传性叙事"①。随着人们对奴隶叙事进行的文化分析的深入，人们越来越关注奴隶叙事中文化和权力的问题，其中一个重要内容便是奴隶叙事作为美国蓄奴社会的文学证据。多数学者认为，奴隶叙事是美国废奴时期重要的历史文献。在 20 世纪 60 年代之前，由于编辑对奴隶叙事价值的否定和对奴隶叙事文本作者书写能力的怀疑等，在 20 世纪上半叶之前，奴隶叙事并非学界的主要分析内容。在 20 世纪 60 年代之后，奴隶叙事逐渐成为重要的分析对象。弗兰西斯·史密斯·福斯特的《见证奴隶制：美国南北战争期间黑奴叙

---

① Charles T. Davis and H. L. Gates Jr.: "Preface", in Charles T. Davis & H. L. Gates Jr. eds., *The Slave's Narrative*, Oxford: Oxford University Press, 1985, p. v.

事发展史》（*Witnessing Slavery: The Development of Antebellum Slave Narratives*，1979）是第一部研究奴隶叙事的著作。该著作分析了文本生产的社会和历史研究以及主要的读者群。福斯特的研究揭示了文本与社会文化语境互动的关系。然而，更多的研究则将奴隶叙事文本视为独立的语言事件，主要分析文本的文学性。比如，1979年出版的《非裔美国文学：体制的重构》（*Afro-American Literature: The Reconstruction of Instruction*，1979）就强调了非裔美国文学与社会意识形态相对的文学性的特征。其中所收录的亨利·路易斯·盖茨的《黑人性的前言：文本和前文本》（"Preface to Blackness: Text and Pretext"）就指出，语言、修辞策略、文本主要的修辞方法等应该是阐释的重点。这些研究帮助我们了解奴隶叙事文本的写作策略和主题。本书采用文化批评的方法，通过将分析对象从文本事件（即语言、文学或言语系统）的象征符号转移到外部系统的象征维度以及二者之间的联系来加深人们对奴隶叙事的理解。对奴隶叙事的文化分析旨在关注文本内部和外部的动态过程。文化分析并不将历史和文学视为孤立的，而是将历史和文学同等地视为"文本"，并把它们放在彼此的对话中。身体是从文化研究角度分析奴隶叙事的主要维度，它能够有效揭示文本和历史的互动过程。身体总是卷入政治领域，权力关系总是给它打上标记，强迫它完成某些任务，表现某些仪式和发出某些信号。身体和历史发生互动，让人们看到历史和身体连接后产生的效应。权力将身体作为驯服的生产工具进行改造的历史，体现了身体和历史、身体和权力，以及身体和社会的复杂纠葛。

第一章 美国黑人文学的差异政治

奴隶叙事文类本身具有"身体的性质"[①]。奴隶叙事作者在描述奴隶制和自我的过程中,其首要任务之一就是再现黑人的身体体验。比如,19世纪杰出黑人废奴领袖弗雷德里克·道格拉斯(1817—1895)所创作的《道格拉斯自述》(Narrative of the Life of Frederick Douglass, an American Slave,1845)就充分再现了黑人苦痛的身体:海斯特被安东尼鞭笞的赤裸身体、道格拉斯被科维鞭打得血肉模糊的身体、奴隶被监工托马斯·兰曼打得脑浆都迸出来的身体等。又如,黑人女奴和女性废奴主义者哈丽雅特·雅各布的《一个女奴的人生际遇》(Incidents in the Life of a Slave Girl,1861)对黑人女性身体的描述,就包括作者被凌辱的身体、隐藏在黑暗小洞中虚弱的身体等。在奴隶叙事文本中,黑人的身体是被束缚的、被囚禁的、被鞭打得血肉模糊的身体。身体是探讨文化、权力和意识形态的重要场所,承载着复杂的历史、文化内容。奴隶叙事文本处理、呈现身体的方式,可以揭示出丰富的文化和历史内涵。

对于奴隶叙事文本的作者来说,如何表征奴隶的身体是一个至关重要的问题。身体表征方式往往与奴隶叙事文本中的废奴主义话语紧密相关。奴隶叙事是在一系列不同的对话、辩论和争论中演变而来的动态的、杂糅的书写,集中体现了白人废奴主义者和黑人废奴主义者之间的合作、协商和抵抗。虽然白人废奴主义者和黑人废奴主义者都有废除奴隶制的目标,但两者有着截然不同的历史和个人经历,这使得两者之间既有合作又有抵抗。一方面,黑人废奴主义者会与白人废奴主义者合作,以实现废除奴隶制的政治目标;另一方面,由于白人废奴主义内部存在种族歧

---

① Karen Sanchez-Eppler: "Bodily Bonds: The Intersecting Rhetorics of Feminism and Abolition", in Shirley Samuels ed., *The Culture of Sentiment: Race, Gender, and Sentimentality in Nineteenth-Century America*, Oxford: Oxford University Press, 1992, pp. 92-114.

视,黑人废奴主义者又会"抵制这种主宰性的废奴话语"①。事实上,19世纪40年代之后,黑人废奴主义者越来越清楚地意识到他们同白人废奴主义者之间的分歧,由此形成了两种截然不同的废奴主义。奴隶叙事正是在这种充满冲突的历史中得以形成的,它包含了黑人废奴主义者和白人废奴主义者的合作、协商和对抗。奴隶叙事文本中的身体表征再现了这一合作、协商和对抗过程,集中反映了奴隶叙事文本作家在不同时期的不同废奴思想。

一、肉身化叙事和白人废奴思想

作为一种独特的文类,奴隶叙事与美国废奴主义的发展紧密相关。奴隶叙事是带有显著政治目标的文本,目标即废除奴隶制。尽管奴隶叙事的背后有许多动机,但其中最为主要的动机便是希望其能在废除奴隶制的斗争中发挥作用。美国废奴运动是从19世纪30年代初开始在美国北部兴起的要求彻底废除黑人奴隶制的群众运动。1833年4月美国反奴隶制协会成立,随后反奴隶制协会在北部各地纷纷建立,到40年代这类组织约达2 000个,参加协会人数超过20万人,形成声势浩大的群众运动。在废奴运动的大背景下,奴隶叙事因提供了奴隶制残酷现实的证据,它的出版和发行很快成为废奴运动最重要的事件。领导废奴运动的白人领袖认为,由曾经是奴隶的黑人亲自撰写的奴隶叙事是揭露奴隶制残暴的有效证据。因而,在奴隶叙事的文本中,作者们往往极力体现黑人的肉身性。在他们的作品中,黑人身体所遭受的残暴折磨是最频繁出现的主题。比如,哈丽雅特·雅各布

---

① Kerry Sinanan, "The Slave Narrative and the Literature of Abolition", in Audrey A. Fisch ed., *The Cambridge Companion to the African American Slave Narrative*, New York: Cambridge University Press, 2007, pp. 61-82.

所描写的女主人对其身体的施虐和弗雷德里克·道格拉斯所描写的"训奴者"科维对其身体的折磨。可以说，肉身化叙事是奴隶叙事的典型特征。"肉身化叙事是一种写作形态和叙事状态，它突出了身体在叙事中的结构功能和意义功能。"[①] 肉身化叙事在奴隶叙事文本中的重要功能之一便是承载白人废奴思想以实现废除奴隶制的政治目标。

19世纪40年代之后，黑人废奴主义者越来越清楚地意识到他们同白人废奴主义者之间的分歧，这时出现了两种截然不同的废奴主义。比如，白人废奴主义者与黑人废奴主义者设定的目标和采取的策略都大不相同。白人废奴主义者以废除奴隶制为最高目标，而黑人废奴主义者不仅要求废除奴隶制，而且要求种族平等；白人废奴主义者采取道德至善策略，在抽象的意识形态层面探讨奴隶制和自由，而黑人废奴主义者则更关心结果而不是战术，他们往往用具体的、经验性的术语来定义奴隶制和自由。然而在废奴运动一开始，黑人废奴主义者还未独立，他们往往不得不依赖于白人废奴主义者。在这种情况下，他们只能顺应白人废奴主义者所采取的策略。比如，19世纪著名的黑人废奴领袖道格拉斯所创作的第一个奴隶叙事文本《道格拉斯自述》（下文简称《自述》）就是一个融合白人废奴思想的文本。

道格拉斯于1839年逃脱奴隶制枷锁，1840年加入白人废奴团体。1844年当公众怀疑其奴隶身份时，道格拉斯根据其经历写成《自述》并由反奴隶制办公室于1845年出版。白人有组织的废奴运动是道格拉斯创作《自述》的先决条件。1833年4月美国反奴隶制协会成立，随后反奴隶制协会在北部各地纷纷建立，到40年代这类组织约达2 000个，参加协会人数超过20万

[①] 张红翠：《身体转向与肉身化叙事》，载《郑州大学学报》（哲学社会科学版），2007年第3期，第129—131页。

人,形成声势浩大的群众运动。在众多白人废奴主义领袖中,威廉·劳埃德·加里森(1805—1879)是佼佼者。他是美国反奴隶制协会的创办人,拥有一家激进的废奴主义报纸《解放者》,身兼该报主笔和总编。加里森倡导"在全国散播关于奴隶制的小册子,就如雨滴洒在大地上"①。由于废奴团体的大力宣传,道格拉斯在挣脱奴隶制枷锁一年之后便接触到了加里森的《解放者》。通过阅读该报,道格拉斯"掌握了废奴主义的原则和方法","它(《解放者》)对奴隶主严厉的斥责——对奴隶制忠实的揭露"使得道格拉斯的"灵魂经历着从未有过的狂喜"②。1841年8月,道格拉斯决定参加在肯楠塔基特岛举行的废奴会议,并首次在废奴会议上发表讲话。加里森听到了道格拉斯的演讲,立马下定决心"劝说道格拉斯把他宝贵的时间和才华奉献给废奴事业"③。从此,道格拉斯成了加里森领导的麻省废奴协会的代理人,并作巡回演说。四年之后,在白人废奴主义者的鼓励下,道格拉斯创作《自述》并由反奴隶制办公室出版。可见,如果没有废奴主义者有组织性地开展各种活动,道格拉斯便不可能以演说家的身份进入公众视野,更不可能创作《自述》。

《自述》是由反奴隶制办公室资助、在白人废奴运动者鼓励下创作的文本。白人废奴主义所倡导的废奴策略渗透进《自述》中,决定了《自述》的身体表征方式。加里森领导下的废奴主义

---

① John Sekora: "Black Message/White Envelope: Genre, Authenticity, and Authority in the Antebellum Slave Narrative", in *Callaloo*, vol. 32, no. 6, 1987, pp. 482—515.

② Frederick Douglass: *Narrative of the Life of Frederick Douglass, an American Slave*, Cambridge: The Belknap Press of Harvard University Press, 2009, p. 114.

③ Frederick Douglass: *Narrative of the Life of Frederick Douglass, an American Slave*, Cambridge: The Belknap Press of Harvard University Press, 2009, p. 3.

第一章 美国黑人文学的差异政治

运动坚持废奴策略必须符合道德至善原则，采用道德劝导（moral suasion）的策略，反对使用暴力手段和通过政治途径废除奴隶制。道德劝导"试图唤醒公众，尤其是奴隶制支持者的良知，让他们意识到奴隶制从道德上来说是错误的，从而放弃奴隶制"①。为了达到这种效果，感伤模式（sentimental frame）成为白人废奴主义控制下奴隶叙事文本最主要的策略。感伤模式要求奴隶叙事文本能激起读者的同情、愤怒、羞愧等情感，使读者意识到奴隶制残暴、非人性、违背人类道德的特点，从而使奴隶制问题化。奴隶苦痛的身体成为最能激发同情、愤怒、羞愧等情感的符号载体。《自述》反复刻画奴隶苦痛的身体。第一章在简要介绍道格拉斯的父母之后，便大篇幅地描写海斯特姑姑苦痛的身体，也正是姑姑苦痛的身体使他第一次了解到奴隶制的恐怖。在接下来的章节中，我们也总能与奴隶苦痛的身体相遇。比如，被残暴的监工斯维尔先生鞭打的内丽——"她的血在孩子哭声和恳求声中流了半个小时"，被监工戈尔先生开枪射杀的邓比——"他的身体从眼前消失，只有鲜血和脑浆在水里扩散"；又比如，被托马斯·兰曼先生用斧头砍的一个奴隶——"他的脑浆都迸了出来"；再如，被训奴者科维购买来当作生育机器的卡洛琳——她"强壮结实，繁殖能力强"；还有被科维鞭打之后的道格拉斯——他"从头到脚，浑身是血；腿和脚被荆棘刺得伤痕累累、鲜血淋淋"②。这些身体是被鞭打的身体、裸露的身体、死亡的身体、有用的身体、鲜血淋淋的身体……不管是怎样的身体，这

---

① Bernard R. Boxill: "Fear and Shame as Forms of Moral Suasion in the Thought of Frederick Douglass", in *Transaction of the Charles S. Peirce Society*, vol. 31, no. 4, 1995, pp. 714–716.

② Frederick Douglass: *Narrative of the Life of Frederick Douglass, an American Slave*, Cambridge: The Belknap Press of Harvard University Press, 2009, pp. 23–24, 35, 36, 70, 74.

些身体共同的特征是苦痛。

感伤模式不仅要求《自述》反复刻画奴隶苦痛的身体,而且要求充分再现苦痛的过程。只有充分展示奴隶所遭受的痛苦,才能有效激起读者的愤怒、羞愧等情感,才能使人们意识到废除奴隶制的必要性和紧迫性。以主人安东尼上尉鞭打姑姑的场景为例。因道格拉斯的姑姑海斯特与一名黑人男奴待在一起,主人便怒火中烧,"他把她拖到厨房,剥去上衣,她的脖子、肩膀、后背全裸露了出来……接着,他用一根非常结实的绳子捆住她的双手,把她挂在托梁的挂钩上。现在,她站在那里,任由他鞭打辱骂"①。通过对鞭打前的详细描写,姑姑被凝视的身体被展现出来。而鞭打场面的充分再现更让姑姑血淋淋的身体触目惊心:"她叫得越大声,他抽得就越狠;哪儿的血流得最快,他抽得最多。他鞭打她,使她尖叫;他鞭打她,使她安静",当姑姑"几乎浑身上下被血覆盖后"主人才停了下来,而"我"也被姑姑那"撕心裂肺的尖叫声"吵醒②。道格拉斯对鞭打过程的充分描述,再现了姑姑苦痛的身体。比如,姑姑裸露的后背、捆住的双手、悬挂的身体、鲜血淋漓的全身、撕心裂肺的叫声等。通过充分再现黑色身体的苦痛,道格拉斯触动着每一个读者的心灵。

道格拉斯对黑人苦痛身体的充分描写可以起到以下两方面的作用:一方面,"在19世纪,人们认为对一个人的痛苦无动于衷是这个人没有人性的表现"③,因此,人们往往会对奴隶所遭受

---

① Frederick Douglass: *Narrative of the Life of Frederick Douglass, an American Slave*, Cambridge: The Belknap Press of Harvard University Press, 2009, p. 20.

② Frederick Douglass: *Narrative of the Life of Frederick Douglass, an American Slave*, Cambridge: The Belknap Press of Harvard University Press, 2009, p. 19.

③ Benjamin Lamb-Books: *Angry Abolitionists and the Rhetoric of Slavery: Moral Emotions in Social Movements*, New York: Nature America Inc., 2016, p. 26.

的苦难表示深刻的同情,意识到奴隶制的非人性特征;另一方面,奴隶所遭受的苦难可以揭露奴隶主的残暴、邪恶,使公众谴责奴隶主良知的泯灭,让奴隶主感到羞耻,并迫于压力放弃奴隶制。白人废奴主义者所倡导的废奴策略有利于公众意识到奴隶制的罪恶。在以《自述》为代表的奴隶叙事文本中,作者应用这一策略充分再现苦痛的黑色身体,将黑人苦痛的身体体验作为奴隶制残暴的证据。《自述》是白人废奴主义者书写黑人身体的典型。可以说,以《自述》为代表的奴隶叙事文本的典型特征就是肉身化叙事,突出了奴隶叙事的身体特性,反映了白人废奴者所采取的道德至善的策略。对于白人废奴主义者来说,奴隶苦痛的身体是一种政治性的武器,书写奴隶苦痛的身体有助于营造一种社会氛围,使人们形成"奴隶制是罪恶的"这一共识,这对废除奴隶制的政治性决策有至关重要的作用。

二、重构的身体和黑人废奴思想

融合白人废奴思想的奴隶叙事文本详尽地描写了黑人身体,刻画了黑人的肉身性特征。正如凯伦·萨切斯-埃普勒所指出的,情感模式"可以解放黑人身体"的能力与奴隶叙事的"身体特性"紧密相关[①]。但是,美国主流社会认为黑人低劣的标志也正是他们的身体,黑人被认为缺乏理智,受困于肉身性(corpoeality)。文本中"可以解放黑人的身体"恰巧也成为捆绑黑人的身体。在19世纪的美国,黑人身体的低劣性是黑人种族身份的符号。当时的许多学科,诸如骨象学、民族志等都以科

---

① Karen Sanchez-Eppler: "Bodily Bonds: The Intersecting Rhetorics of Feminism and Abolition", in Shirley Samuels ed., *The Culture of Sentiment: Race, Gender, and Sentimentality in Nineteenth-Century America*, Oxford: Oxford University Press, 1992, pp. 92−114.

学的名义来测定各种族身体特征的差异,并据此判断种族的优劣。美国人类学家约西亚·C. 诺特和乔治·R. 葛利登在其人类学巨著《人的种类》中,通过测量人类头骨尺寸来确定人的种类。他们指出黑人的头脑太小,这证明了大自然"让非洲黑人处于低劣的状态"①。除头骨尺寸外,前后头颅比例也是区分种族差异的一个依据。科学家们认为头颅前部负责理智和智力,头颅后部则与人类的激情和情绪相关。黑人头颅后部所占比例要比白人大得多,因此黑人要比白人更富有肉欲,更有激情,更像动物。科学家们又通过面角的测量指出黑人与猿猴更为接近,比如,解剖学家理查德·科尔法克斯指出,欧洲人的面角是80度,黑人的是70度,而所有动物的是70度以下②。黑人与白人之间的差距不仅体现在头骨尺寸、头颅比例、面角等方面,身体的每一部分都成为白人浪漫化想象的对象。医生查尔斯·科德维尔说道:"从上到下,这两个种族的差异许许多多且极其之大……非洲人的胃要大一些,血液的颜色要深些。他们的生殖器官也相差很大……"③ 科学家们通过这些身体差异确定了黑人在理智方面的低劣,比如诺特和葛利登在用头颅尺寸证明了"黑人的低劣"之后得出结论,"从'理智'的角度来看,黑人与动物之间没有任何明晰的界限,几乎没哪个野蛮的种族有可以识别道德或宗教

---

① Josiah C. Nott and George R. Gliddon: *Types of Mankind*; or, *Ethnological Researches*, *Based upon the Ancient Monuments*, *Paintings*, *Sculptures*, *and Crania of Races*, *and upon Their Natural*, *Geographical*, *Philological*, *and Biblical History*, Philadelphia: Lippincott, Grambo &. CO., 1854, p. 407.

② Richard Colfax: *Evidence against the Views of the Abolitionists*, *Consisting of Physical and Moral Proofs*, *of the Natural Inferiority of the Negroes*, New York: Applegate, 1833, pp. 25—26.

③ Charles Caldwell: *Thoughts on the Original Unity of the Human Race*, Ohio: J. A. &. U. P. James, 1852, p. 56.

第一章 美国黑人文学的差异政治

的意识"①。当把黑人的身体当作肉身性的存在时,黑人便被驱逐出了理智、意识的天堂。

《自述》的身体表征便把黑人刻画成了一种肉身性的存在。比如,在安东尼上尉鞭打姑姑时,姑姑始终是被动的,她没有说出一句话,也没有任何反抗的行为,我们只看到主人安东尼上尉把她拖到厨房,扒去她的上衣,露出她的肩膀和后背,捆住她的双手。当监工斯维尔先生鞭打奴隶内丽时,监工任她的血流了半个小时,整个过程中内丽没有任何意识,只有流血的身体。进行反抗的邓比也被再现成了一种肉身性的存在:"他(监工戈尔先生)打了邓比几鞭子,为了不被挨打,邓比跑到河边,跳进了水里,水没过了他的肩膀。戈尔先生说他数三下,如果到时他还不出来便开枪杀死他。第一次喊数,邓比没反应,接下来两次喊数邓比也没反应。戈尔先生不再喊数,他拿起枪,瞄准那受害者,刹那之间可怜的邓比烟消云散。他的身体从眼前消失,只有血液和脑浆在水里扩散。"② 在整个过程中,邓比具有思考的能力、反抗的意识,然而道格拉斯却一言带过,邓比英雄式的反抗行为成了动物式的、对危机的本能反应。不管是海斯特姑姑、内丽还是邓比,他们似乎都没有思想,没有语言,没有声音,只有被折磨的苦痛的黑色身体。与肉身性的奴隶相反,奴隶主和监工是动作和语言的发出者,是意识和声音的来源。奴隶被鞭打的身体、裸露的身体、有用的身体、鲜血淋淋的身体、死亡的身体成了白

---

① Josiah C. Nott and George R. Gliddon: *Types of Mankind; or, Ethnological Researches, Based upon the Ancient Monuments, Paintings, Sculptures, and Crania of Races, and upon Their Natural, Geographical, Philological, and Biblical History*, Philadelphia: Lippincott, Grambo & CO., 1854, p. 408.

② Frederick Douglass: *Narrative of the Life of Frederick Douglass, an American Slave*, Cambridge: The Belknap Press of Harvard University Press, 2009, p. 35.

人凝视的对象。《自述》的身体表征方式虽然能够激起人们的同情，却使得肉身性成为黑人种族身份的唯一符号。如此一来，黑人与兽性、物性相连，成为文明、人性的他者。这正好迎合了美国主流社会种族歧视的观点。

被凝视、被种族化的黑色身体是白人废奴话语对黑人身体的铭刻。白人废奴主义者所采取的道德劝导策略，使他们控制了黑人奴隶叙事文本的情感模式。情感模式要求充分再现苦痛的黑色身体，这使得黑人被困于肉身性之中。在这个层面上说，《自述》中的黑人是一种模式化的形象建构。正是通过建构这种模式化的形象，白人废奴话语与种族不平等形成同谋关系。道格拉斯在《奴役与自由》中指出，白人废奴主义者虽然为废除奴隶制不辞辛苦，然而他们的目标仅仅是废除奴隶制，而不是消除种族歧视。所以，以《自述》为代表的奴隶叙事文本的身体表征给黑人作家造成一种困境：一方面需要充分再现苦痛的黑色身体，以使奴隶制问题化；另一方面却使得黑人丧失了主体性，沦为肉身性的存在，成为"他者的景观"。

19世纪40年代之后，黑人废奴主义者逐渐脱离白人废奴主义者，成为独立的废奴领袖。随着才智和学识的增长，道格拉斯越来越觉得受到了白人废奴话语的限制，1851年他正式与加里森所领导的白人废奴团体分道扬镳，成为独立的黑人废奴主义者。黑人废奴主义倡导与白人废奴主义不同的废奴策略，他们倾向于采用政治途径和暴力反抗、宪法废奴等手段。除此之外，黑人废奴主义者也致力于消除种族歧视。对黑人废奴主义者来说，"奴役和种族歧视是同一个问题的不同表象；它们之间关系非常

第一章　美国黑人文学的差异政治

紧密，如果一个问题不解决必然危及另一个问题"①。道格拉斯创作第二个奴隶叙事文本《奴役与自由》也是出于这种考虑，他告诉编辑："不仅仅是奴隶制经受着考验，被奴役的人们也经受着考验。人们断言，他们天生低人一等，人性低劣，愚昧无知，对自己犯的错误毫不知晓，更无法知道他们所享有的权利。因此，从这个角度考虑，我打消了疑虑，完成了书稿。"② 可见，在其第二个奴隶叙事文本中，道格拉斯不仅要揭示奴隶制的残暴本质，也要破除社会对奴隶的歧视。因此，道格拉斯在《奴役与自由》中融合黑人废奴话语，重构奴隶和监工的身体表征，以掀起白人废奴话语控制下种族歧视的面纱，解构白人主流社会有关黑人身体的既定话语。

道格拉斯重构身体的第一个策略是消除奴隶身体的肉身性，建构黑人的主体性。在对血腥场面的再现中，道格拉斯大大删减了对黑人身体的描写。以安东尼上尉鞭打海斯特姑姑的场景为例。在《自述》中，道格拉斯详细描写了鞭打过程，将姑姑苦痛的黑色身体暴露无遗。而在《奴役与自由》中，道格拉斯仅仅告诉我们鞭打的场面太过血腥，"不能在这里重复"③。又如监工斯维尔先生鞭打内丽的场景。在《自述》中，内丽的血在孩子的哭泣声中流了半个小时。而在《奴役与自由》中，道格拉斯仅仅告诉我们："内丽被他无情地鞭笞，接下来发生的一切，我都不忍

---

① William Pease and Jane Pease：*They Who Would Be Free: Blacks' Search for Freedom*，1830－1861，New York：Atheneum，1974，p. 8. Quoted from Benjamin Lamb-Books：*Angry Abolitionists and the Rhetoric of Slavery: Moral Emotions in Social Movements*，New York：Nature America Inc.，2016，pp. 161－162.

② Fredrick Douglass：*My Bondage and My Freedom*，New Haven & London：Yale University Press，2014，p. 7.

③ Fredrick Douglass：*My Bondage and My Freedom*，New Haven & London：Yale University Press，2014，p. 71.

心描述。"① 在《自述》中被充分刻画的黑色身体，道格拉斯在《奴役与自由》中打断了叙事的进度，用"不能重复""不忍心描述"等一笔带过。正是通过这种删减，《自述》里裸露的身体、鲜血淋漓的身体、死亡的身体从《奴役与自由》中消失。通过这种重构，黑人不再受困于肉身性，从而颠覆了主流社会将黑人与肉身性、兽性、物性相联系的观点。

除了消除黑人肉身性，道格拉斯还努力建构黑人的主体性。主体性的建构首先体现在语言的选择上。比如，姑姑的后背在《自述》中是"裸露的"（naked）②，而在《奴役与自由》中则是"没有遮蔽之物"（bare）③。裸露的身体表明黑人女性的身体是白人男性凝视的对象，是被白人男性强暴的身体，黑人女性没有尊严可言。而没有遮蔽之物的身体仅仅是一个客观的存在，不再是凝视的对象。通过词语的选择，道格拉斯消除了将黑人种族化、他者化的欲望。另外，除了词语的选择，句子结构安排也凸显了黑人的主体性。在《自述》中，所有动作的发出者都是奴隶主或监工。比如，是"主人"剥掉姑姑的上衣，也是"主人"把姑姑挂在钩上；而在《奴役与自由》中，姑姑"她就站在那里，在一个凳子上。她的手臂紧紧地拉到胸前……"④ 姑姑此时不再是被动的承受者，而站在了主语的位置，成为施为者。道格拉斯建构黑人主体性的第三种方法是描写黑人思考、行为的能力。比如，

---

① Fredrick Douglass: *My Bondage and My Freedom*, New Haven & London: Yale University Press, 2014, p. 77.

② Frederick Douglass: *Narrative of the Life of Frederick Douglass, an American Slave*, Cambridge: The Belknap Press of Harvard University Press, 2009, p. 20.

③ Fredrick Douglass: *My Bondage and My Freedom*, New Haven & London: Yale University Press, 2014, p. 71.

④ Fredrick Douglass: *My Bondage and My Freedom*, New Haven & London: Yale University Press, 2014, p. 71.

第一章　美国黑人文学的差异政治

在《自述》中姑姑自始至终都没有说过一句话，也没有任何行动；然而在第二部自传中，姑姑违背主人的命令，一如既往地与相爱的人见面。姑姑不再是一副被动的、驯服的皮囊，而是有人性、有思想的。又如，在《自述》中，内丽没有任何反抗行为，只是在孩子们的哭泣声中血流不止；而在《奴役与自由》中，"监工的脸上血迹斑斑，内丽的手指印都还清晰可见。……他（和她）脸上的血迹证明了她的能力、她的勇气和她使用指甲的技艺"①。内丽不再是被动的受鞭打者，而成了有勇有谋的反抗者。她的反抗颇有成效，现在流血的是监工。在第二部自传中，道格拉斯通过语言的选择、句子结构的安排以及对黑人反抗行为的描写，表明黑人并非一种肉身性的存在，而是具有思考能力和反抗能力的人。这就颠覆了黑人没有道德意识、缺乏理性思维能力的种族歧视观点。

道格拉斯使用的第二个策略是增添对监工身体的描写，突出其道德的堕落。在《自述》中，我们看不到任何有关奴隶主和监工身体的描写，而在《奴役与自由》中，道格拉斯添加了相关描写。比如，监工斯维尔先生的脸"无比丑陋"，他的牙齿"非常短"，因此"很难咬合住每一句话，说的每句话都由污秽之言爆发又以污秽之语结束"②。斯维尔先生丑陋的身体成为他丑陋的精神的隐喻。身体和精神的丑陋使得他只能讲出污秽之言。监工的身体也是他们丧失理智的隐喻。道格拉斯告诉我们监工会随身携带两种武器——语言和鞭打，然而"鞭打总是先于语言"③。

---

① Fredrick Douglass: *My Bondage and My Freedom*, New Haven & London: Yale University Press, 2014, p. 76.
② Fredrick Douglass: *My Bondage and My Freedom*, New Haven & London: Yale University Press, 2014, p. 78.
③ Fredrick Douglass: *My Bondage and My Freedom*, New Haven & London: Yale University Press, 2014, p. 98.

他们似乎已经不能正常地思考，总是以鞭打来解决问题。监工戈尔先生总是发出"尖锐、刺耳的声音"①。如果在《自述》中，姑姑"令人心碎的尖叫声"是语言之前的状态，那么戈尔先生"尖锐、刺耳的声音"则标志着他语言能力的丧失。监工的身体成了他们道德低下、理智不够的隐喻。增添对白人监工身体特性的描写表明身体性不再仅仅属于黑人奴隶，将身体性作为黑人种族身份标识的观点极其荒谬。

在《奴役与自由》中，道格拉斯融合黑人废奴话语，通过消除奴隶身体的肉身性和增添对监工身体的描写，突出奴隶主道德的堕落，从而驳斥了《自述》中白人废奴话语控制下被凝视的、被种族化的黑色身体表征。白人废奴主义者和黑人废奴主义者有着共同的目标，即废除奴隶制。然而对黑人废奴主义者来说，他们的目标不仅仅是废除奴隶制，还包括与美国社会普遍存在的种族歧视作战；他们所奉行的并非仅有道德至善的原则，他们还诉诸暴力行动、依赖于宪法等政治策略。道格拉斯的第二个奴隶叙事文本《奴役与自由》集中体现了黑人废奴思想，彰显了黑人废奴主义者为争取自由和平等所做的努力。

三、小结

人的身体是文化的客体，总是被社会性地建构。身体是奴隶叙事的重要主题，彰显了身体、权力和意识形态之间的复杂纠葛。奴隶叙事文本中对身体的表征方式可以揭示丰富的文化和历史内涵。在白人废奴领袖引导下的奴隶叙事文本往往融合白人废奴话语，通过详细描写黑人身体所遭受的痛苦来揭示奴隶制的罪恶。在这种情况下，黑人作家所创作的奴隶叙事文本往往被白人

---

① Fredrick Douglass：*My Bondage and My Freedom*，New Haven & London：Yale University Press，2014，p. 99.

废奴领袖视为奴隶制残暴的证据。在黑人废奴领袖引导下的奴隶叙事文本则融合了黑人废奴话语，通过删减关于黑人身体的描述来增强黑人的主体性。这些文本除了以废除奴隶制为目标，还希望证明黑人的人性，以消除种族歧视、获得种族平等。可见，奴隶叙事文本中的身体表征并不全然由奴隶叙事文本的作者决定，而更多地受制于不同的话语和意识形态的激烈竞争。

19世纪中期，大多数奴隶叙事文本的作者是黑人领袖或逃离奴隶制的"自由黑人"，他们面临的最大问题是如何在废除奴隶制的同时消除种族歧视。一方面，他们需要再现黑人苦痛的身体以揭示奴隶制的不合理，另一方面，他们又不得不面对白人主流社会就黑人"身体"而产生的有关黑人身份的话语。因而，如何表征身体对奴隶叙事文本的作者来说是一个难题。这也是道格拉斯重写其第一个奴隶叙事文本《自述》的原因。通过重写《自述》，道格拉斯在第二个奴隶叙事文本《奴役与自由》中驳斥了白人主流社会将黑人与肉身性、兽性、物性相联系的观点。可以说，正是由于白人主流社会对黑人的种族歧视，黑人领袖才对如何再现黑人身体持矛盾的态度，从这个意义上来说，奴隶叙事文本中有关身体描述的矛盾性本身就是美国种族主义的病理症候。

第二节　哈莱姆文艺复兴时期的民俗表征与身份政治

从1619年欧洲殖民者第一次用船把非洲奴隶以"人货"的形式运到北美大陆的詹姆斯敦开始，非裔人便开始了他们在美国的散居。在长达几百年的散居生活中，非裔人将非洲文化、美国白人文化与自己在美国的生活遭遇相结合，形成了独特的民俗文化。民俗文化既指通过某一群体风俗习惯、口承文学、传统技艺等所表达的有关群体非官方、非正式、非精英的文化，也指该群体彼此之间或与他人分享和交流其非官方、非正式、非精英文化的互动过程。长期以来，不同的文化主体，如白人人类学家、黑人人类学家、黑人精英领袖、黑人小说家对黑人民俗的表征不尽相同，这些不同的民俗表征表达了各文化主体对种族身份的不同观点。

哈莱姆文艺复兴是20世纪二三十年代由美国新兴黑人知识分子发起的一场思想文化运动。这是第一个得到美国主流社会广泛承认的黑人文化运动，在美国黑人文学和文化史上占有极其重要的地位[①]。20世纪二三十年代，在第一次世界大战、现代化进程加快等因素的作用下，美国社会进入了历史断裂、文化断层的时期。在这个特殊的历史时刻，身份的辩论变得尤为激烈。不管是白人还是黑人都从黑人民俗中吸取营养，重新建构种族身份。如此一来，黑人民俗同时成为白人和黑人价值观念重构、身份重建的营养来源。对于白人来说，战争以及工业的快速发展使得白人文化陷入精神的荒原，白人稳固的种族身份受到质疑，他们不得不从其他地方寻求新的血液，在用"民"和"原始人"的文化

---

① 学界对哈莱姆文艺复兴的结束时间存在争论。多数学者认为哈莱姆文艺复兴以1929年的经济大萧条为结点，也有一部分学者认为哈莱姆文艺复兴延续到20世纪30年代。比如内森·哈金斯就将1935年哈莱姆种族暴动事件作为哈莱姆文艺复兴走向衰落的标志。卡里·D. 温茨也认为由于左拉·尼尔·赫斯顿、克劳德·麦凯、兰斯顿·休斯等人在20世纪30年代继续认同文艺复兴，哈莱姆文艺复兴便一直延续到了30年代。杰弗里·C. 斯特华德认为哈莱姆文艺复兴延续到了40年代。本书认为哈莱姆文艺复兴以第一次世界大战结束为起点，以第二次世界大战开始为结点，由于第二次世界大战的到来，整个美国的国家文化发生了巨大的变化，哈莱姆文艺复兴最终画上了句号。参见 Nathan Irvin Huggins：*Harlem Renaissance*，Oxford：Oxford University Press，2007，p. xv；Cary D. Wintz：*Black Culture and the Harlem Renaissance*，Houston：Rice University Press，1988，p. 2；Jeffrey C. Stewart："The New Negro as Citizen"，in George Hutchinson ed.，*The Cambridge Companion to the Harlem Renaissance*，New York：Cambridge University Press，2007，p. 17.

第一章 美国黑人文学的差异政治

建构自己的精神家园的同时，重新建构白人种族身份。在这种背景下，被白人认为是"民"和"原始人"代表的黑人及其民俗文化成为许多白人想象的对象。比如，白人学者纽贝尔·奈尔恩·帕克特在其学术著作《南方黑人民间信仰》中反复强调黑人的伏都教是"迷信"[1]，需要"同理性的、文明的白人接触"[2]才有可能获得进步。又如，白人作家卡尔·范·维克顿在其小说《黑鬼天堂》中通过黑人舞蹈和音乐反复强调黑人的本能欲望和原始生命力，并强调这些特征"出自生物本能"[3]。"迷信"的伏都教和"出自生物本能"的原始生命力等表述不仅暗示了黑人种族身份的低劣性，而且显示了白人种族身份的优越性。对黑人来说，部分黑人在经历过第一次世界大战、大迁移以及白人对黑人文化产生浓厚兴趣等事件后，种族意识逐渐觉醒，表现出挖掘黑人传统文化以重新界定自我身份的决心，这使得哈莱姆文艺复兴时期成为黑人知识分子首次广泛搜集和研究黑人民俗的时期。黑人知识分子搜集和研究黑人民俗旨在挖掘"自我本质内核"，建构黑人主体性身份。比如，黑人学者阿兰·洛克在《新黑人》中呼吁其他种族读者从"当今黑人文化所展现的启蒙自画像"中"了解黑人的本质特点"[4]，同时也号召黑人艺术家"更加全面、更为真

---

[1] 根据帕克特的研究，伏都教仪式中熊熊燃烧的火焰和木制的蛇等是为了"愚弄迷信的黑人"，而这些"迷信的黑鬼"并不知道法师的伎俩，于是非常相信这个"迷信"，因此"损失了大量的银行存款"。参见 Newbell Niles Puckett: *Folk Beliefs of the Southern Negro*, New York: Dover Publications, Inc., 1969, pp.179, 184, 279。

[2] Newbell Niles Puckett: *Folk Beliefs of the Southern Negro*, New York: Dover Publications, Inc., 1969, p.545.

[3] Carl Van Vechten: *Nigger Heaven*, New York: Alfred A. Knopf, 1926, p.14.

[4] Alain LeRoy Locke: *The New Negro*, New York: Simon & Schuster, 1992, p.xxv.

实的自我表达"以展现"对自我的理解"[①]。又如，黑人作家兰斯顿·休斯倡导黑人艺术家把目光转向黑人的民间文化，因为民间文化"面临美国的标准化时仍然保留了种族的特点"，能凸显黑人"他自己非白人性的特征"[②]。"黑人的本质特点"和"非白人性的特征"等表述体现了黑人知识分子通过挖掘黑人民俗建构黑人性的诉求。可见，面对身份危机，黑人和白人都从黑人民俗中吸取营养，重新建构种族身份。

一、黑人民俗与民性

哈莱姆文艺复兴时期是美国社会重要的历史转型时期。工业的快速发展、现代化进程加快等因素动摇了人们的传统行为方式、价值体系等。在这种背景下，黑人以及黑人民俗成为许多白人想象的对象。在学术领域，白人民俗学家发表了大量有关黑人民俗的文章，出版了大量相关专著。美国民俗学权威期刊《美国民俗学刊》几乎每一期都会连发多篇关于黑人民俗的文章[③]；白人民俗学家纽贝尔·奈尔斯·帕克特的博士学位论文《南方黑人民间信仰》（1926）成为美国历史上第一部对黑人民间信仰系统展开研究的学术专著；白人作家安布罗斯·E. 冈萨雷斯、约翰·S. 赛尔、霍华德·华盛顿·奥德姆等人出版了大量有关黑

---

① Alain LeRoy Locke: *The New Negro*, New York: Simon & Schuster, 1992, p. 9.

② Langston Hughes: "The Negro Artist and the Racial Mountain", in Winston Napier ed., *African American Literary Theory: A Reader*, New York & London: New York University Press, 2000, pp. 27, 28, 30.

③ 比如1931年第44卷第174期。该期除刊登了伯特·邓肯·巴斯的《匹地镇的黑人民歌》、梅林格·E. 亨利的《乔治亚州的黑人民歌》外，也刊登了佐拉·尼尔·赫斯顿的《美国的伏都教》一文。

人民间故事的书籍；研究黑人民间音乐的著作更是硕果累累①。在大众文化领域，白人艺术家所创作的小说《黑鬼天堂》（1926）、戏剧《泼吉》（1925）、电影《哈利路亚》（1929）等都描写了黑人民间文化。他们把黑人民俗当作科学研究的对象，当作文本的肌理，当作表达主题的策略等。然而不管目的如何、形式如何，这个时代不仅是黑人盛行的时代，也是黑人民俗盛行的时代。福柯认为，每一个历史时期都有其独特的话语类型，它决定了这个时代的语言、观念和交换模式。② 这促使我们思考白人主流社会对黑人民俗如此感兴趣的原因，他们在书写、再现黑人民俗的过程中建构了怎样的话语类型，这种话语类型对黑人种族身份的建构有何影响。

白人通过黑人民俗表征建构了民性话语（the discourse of folkness）。民性话语是"一种本体论和认识论上区分民（folk）与非民（non-folk）的构思模式，一个社会民性的大小要视它与'民'的特点接近程度而定"③。谁才是民？

在欧洲，"民"特指处于前工业时代的农民或乡下人，被认为是欧洲社会落后的他者。进化论的观点使"民"的界定成为可能。进化论认为，民俗是"非民"（即文明人）在历史早期的文化遗留，这使得欧洲民俗学家建立"民"与"非民"之间的历史

---

① 仅仅在1925年就出版了多部有关黑人民间音乐的书籍。比如，霍华德·华盛顿·德姆和盖伊·B. 约翰逊的《黑人与他的歌——南方典型黑人歌曲研究》、约翰·哈林顿·考克斯的《南方民歌》、尼古拉斯·G. 巴拉塔的《圣赫勒拿岛的灵歌》、埃米特·肯尼迪的《无名歌手编年史》以及多萝西·斯卡伯勒的《黑人民歌的踪迹》等。

② 马新国主编：《西方文论史》，北京：高等教育出版社，2008年，第492页。

③ John W. Roberts: "African American Folklore in a Discourse of Folkness", in *New York Folklore*, no. 3, 2000, pp. 73–90. Quoted from John Roberts: "African American Belief Narratives and the African Cultural Tradition", in *Research in African Literatures*, vol. 40, no. 1, 2009, pp. 112–126.

连续性成为可能。在欧洲的民性话语中,"民"不仅被看作欧洲社会中落后的他者,也被视为现代或精英社会的历史遗留。19世纪末期,美国也大力发展民俗学。为了同欧洲传统保持一致,美国也出现了民性话语。但美国并不存在欧洲那样的农民阶级,因此从一开始,"民性"话语在美国就存在问题。美国是一个由多族裔组成的多元文化国家。为了与欧洲民性话语保持一致,美国人建构了具有另一种内涵的"民",他们把"处于社会边缘,具有文化差异的群体"界定为民。① 关于这一点,我们可以考察1888年美国白人主流社会对"民"的认识。1888年美国民俗学会成立,《美国民俗学刊》创刊发行。威廉·威尔斯·纽厄尔在《美国民俗学刊》第1期发表《论美国民俗期刊的领域和工作》一文。该文明确指出美国民俗学旨在"收集在美国正迅速消失的民俗遗存",即:

a) 古英语民俗的遗留物(歌谣、故事、迷信、方言等)。
b) 南方各州的黑人知识。
c) 北美印第安部落知识(神话、故事等)。
d) 法裔加拿大人、墨西哥人的知识等等。②

我们可以看出,美国民俗学创立之初所确定的"民",除白人农民群体,还包括南方各州的黑人、印第安部落等。可见,那些"处于社会边缘、具有文化差异的群体"成了美国白人主流社会眼中的"民"。

美国民俗学会成立时的很多观念对美国民俗学后来的发展影

---

① John W. Roberts: "African American Belief Narratives and the African Cultural Tradition", in *Research in African Literatures*, vol. 40, no. 1, 2009, pp. 112—126.
② 参见扬·哈罗德·布鲁范德著:《美国民俗学概论》,李扬译,上海:上海文艺出版社,2011年,第4页。

响很大。正如阿兰·邓迪思在《美国的民俗概念》一文中所指出的，"民俗学家们不仅以研究传统为乐趣，而且他们自身在研究中也常常受传统的束缚。正像民俗材料一代一代传下来的一样，这些材料的研究者的理论和方法也从一代民俗学者传给下一代。因此，我们发现，20世纪美国民俗学家的很多民俗概念实际上是19世纪那些概念的伪装"[①]。纽厄尔在《美国民俗学杂志》第一期发表的文章中所罗列的民成为"现代美国民俗学家最关注的民群"[②]。20世纪60年代之前，南方各州黑人农民的文化被界定为黑人民俗。民俗学家认为南方的黑人农民才是黑人民俗的实践主体。比如，白人作家所创作的大众民俗读物《康加里草图——康加里沼泽地黑人生活场景和故事》和《叫做约翰的那棵树》讲述的都是南方种植园黑人佃农和家奴的生活故事。又如，白人民俗学家的学术著作《南方黑人民间信仰》和《黑人与他的歌》开篇都直接点明其研究对象是南方各州的黑人农民。

"民"作为一个文化概念，产生于一定的历史语境。美国的人类学作为一门体制化的学科产生于19世纪晚期。这个时期也是美国种族分离体制化的时期。人类学家便以"科学"的知识证明种族隔离的合法性。丹尼尔·G. 布林顿（Daniel G. Brinton）是美国科学促进会（AAAS）的主席，也是美国第一位人类学教授。他在《流行科学月刊》上写道："黑色人种、棕色人种和红色人种在解剖学上如此地不同于白人……哪怕他们同白人有一样的脑容量，付出一样多的努力，然而就其结果来说都无法与白人

[①] 阿兰·邓迪思著：《美国的民俗概念》，户晓辉译，载《现代性与民间文学》，北京：社会科学文献出版社，2004年，第231−254页。该文原载《民俗学所期刊》(*Journal of the Folklore Institute*) 1966年第3期，第226−249页。

[②] 阿兰·邓迪思著：《美国的民俗概念》，户晓辉译，载《现代性与民间文学》，北京：社会科学文献出版社，2004年，第231−254页。该文原载《民俗学所期刊》(*Journal of the Folklore Institute*) 1966年第3期，第226−249页。

相比拟。"① 显然，对布林顿教授来说，黑人与白人存在根本上的人种差异，这种差异使得黑人注定是低劣的。而劳伦斯科学学院（Lawrence Scientific School）的一位院长也说道："非裔美国人是这样一个民群，他们在野蛮的状态中被培育出来，然后又经历了奴隶制，他们根本无法在一个自律的社会结构中找到一个位置。"② 在这位院长看来，黑人民群是野蛮民族的后裔，也是奴隶制的残存。正是由于有"科学"证据，有的学者认为种族隔离是合理的："我们可以看到英国人、爱尔兰人、法国人和意大利人，在经历一些曲折后，他们的血液可以融合在一起，这种多样性的融合可以产生比较强大，甚至非常强大的种族。然而欧洲人和非洲人的结合却不会产生这样的结果，在绝大多数情况下这种结合的产物还没有原来的好。非洲和欧洲种族的血液必须分开。"③ 19世纪晚期，人们试图以"科学"的名义，用人种差异的客观概念，强使一些差异观念合法化，从而证明白人的白人性。白人性作为一种占有性投资（possessive investment）的砝码，使得种族分离制度得以维持，保护了白人在社会经济领域的利益。

20世纪初，第一次世界大战给美国白人带来了创伤，尤其是美国中产阶级，他们进入了"精神的荒原"。因此，他们反抗传统的价值观念，想从其他地方寻求精神能源。而此时，大量非

---

① Daniel G. Brinton: "The Aims of Anthropology", in *Popular Science Monthly*, vol. 48, no. 1, 1896, p. 68. Quoted from Lee D. Baker: *From Savage to Negro: Anthropology and the Construction of Race, 1896－1954*, Berkeley and Los Angeles: University of California Press, 1998, p. 34.

② Quoted from Lee D. Baker: *From Savage to Negro: Anthropology and the Construction of Race, 1896－1954*, Berkeley and Los Angeles: University of California Press, 1998, p. 48.

③ Nathaniel Southgate Shaler: "Science and the African Problem", in *Atlantic Monthly*, vol. 66, 1890, pp. 37－40.

第一章 美国黑人文学的差异政治

裔美国人来到北方城市,促使白人和黑人有了更多的接触。美国黑人"民群"便成为满足白人需求的群体。正如尤金·W. 麦特卡尔夫(Eugene W. Metcalf)在《黑人艺术,民间艺术和社会控制》一文中所指出的,"虽然在哈莱姆所发生的事情满足了两个群体的需求,然而受益更多的还是白人"①。在这种语境下,美国人类学家放弃了科学理性主义,转而使用浪漫主义的思想来界定黑人民群。在这种思想下构建起来的黑人民群的首要特点是他们生活在民间社会(folk society)。这种民间社会的显著特征就是"微型、孤立、自给自足、种族单一、风俗同源……社会相对固定、变化缓慢,生活方式相对单一,而且社会成员的习惯往往是对风俗的回应",所有这一切都是"假想的理想社会"的特点②。黑人民群的第二个特点是乡民本性中的天然的特点,如"原始的、吸引人的、自然的、本真的"③。黑人民群拥有一些现代文明人所缺失的本真的东西:"他们原始人尊重自然,我们失去了它……他们继续过着公社式的生活,我们失去了这种生活方式……神圣存在于他们的日常生活中,我们失去了这种生活方式。"④ 显然,拥有话语权的白人浪漫地遐想理想的黑人民性,然而无论怎样遐想,黑人民群都是文明之外的他者。

从以上分析我们可以看出,人类学在 19 世纪末和 20 世纪初

---

① Eugene W. Metcalf: "Black Art, Folk Art, and Social Control", in *Winterthur Portfolio*, vol. 18, no. 4, 1983, pp. 271–289.

② George M. Foster: "What is Folk Culture", in *American Anthropologist*, vol. 55, no. 2, 1953, pp. 159–173.

③ Richard Bauman: "Folklore", in Richard Bauman ed. *Folklore, Cultural Performances, and Popular Entertainments*, Oxford: Oxford University Press, 1992, pp. 29–40.

④ George E. Marcus and Michael M. J. Fischer: *Anthropology as Cultural Critique: An Experimental Moment in the Human Science*, Chicago: University of Chicago, 1986, p. 129.

主要以两大思想传统来界定黑人民性：科学理性主义和浪漫主义。然而不管从哪个思想传统来界定黑人民性，有两点是相同的。第一，白人凝视之下的黑人民性建构在生物本质主义（biological essentialism）思想基础上。"在本体论上，本质主义不是假定事物具有一定的本质而是假定事物具有超历史的、普遍的永恒本质（绝对实在、普遍人性、本真自我等），这个本质不因时空条件的变化而变化。"[①] 生物本质主义以人的生物属性为基础，将一些假设或想象因素附加在某些弱势群体身上，并认为这些因素是具备该生物属性的人所具有的普遍的永恒的本质。显然，白人关于黑人民性的话语是种族歧视的重要体现之一。第二，黑人民性是白人主观意向性的建构之物，旨在体现白人性的优越之处。通过对黑人民群居住空间和黑人民俗实践主体的想象，白人在将黑人标出为"民"的同时，建构了白人性的优越性。

对黑人"民"的表征方式首先体现在白人主流社会依据遗俗论来解读"民"上。从某种程度上来说，"民"是"社会建构"。它不仅反映了文本作者掌握该群体知识的状态，更"体现了研究主体看待、分析某一群体的方式"[②]。早在19世纪末白人就采取遗俗论的观点看待黑人民俗。他们认为黑人民俗是"非民"（即文明人）在历史早期的文化遗留。20世纪二三十年代，文化进化论虽然受到法兰兹·博厄斯等学者的质疑，却仍然是白人主流社会看待黑人民俗的基础。比如，在学术著作《南方黑人民间信仰》中，白人民俗学家帕克特依据"遗俗论"来解释将南方乡村

---

① 陶东风：《大学文艺学的学科反思》，载《文学评论》，2001年第5期，第97—105页。
② Robert J. Smith："Introduction: The 'folk' in American Folkloristics", in Robert J. Smith & Jerry Stannard eds., *Folk, Identity, Landscapes and Lores*, Lawrence: University of Kansas Printing Service, 1989, p. 1.

农民作为其研究对象的理由。帕克特指出，他之所以选择南方作为其调查对象是由于南方"切断了与现代生活潮流之间的关系"，而黑人则是在南方尘埃中寻找遗俗的最佳对象："祖父的椅子，很有可能是英国殖民时期的一件豪华家具，从白人种植园主的阁楼上移到了他最喜欢的家奴的最好房间中。接着，由于黑人总是追求新的东西，这件豪华的家具又被移到了厨房、阁楼。……黑人是老南方曾经的荣耀的保管人。"① 在帕克特看来，南方黑人与现代生活毫无关系，而是白人"遗俗"的保管者。他指出，南方黑人不仅是白人遗俗的保管者，也是非洲早期农业文明的保管者："美国黑人在乡村的环境中，仍然是农民，如此一来，他们也保留了非洲的农业民间信仰。有四分之三的南方黑人居住在农村的环境中，在这种相对孤立的环境中，更加原始的迷信被保留下来。"② 可见，帕克特认为，居住在南方乡村的黑人不仅是白人老南方"遗俗"的保管者，而且也是非洲原始迷信的继承者。又如，白人小说家朱莉亚·彼得金在其1929年获得普利策奖的小说中强调，虽然旧种植园体系早已被破坏，但南卡罗来纳州种植园中的黑人"与外界接触很少"，他们"坚持着老传统和迷信"并"忠诚于旧的生活方式"③。不管是"忠诚于旧的生活方式"还是"老南方曾经的荣耀的保管人"，都暗含着黑人处于进化阶梯低端的意义。可见，"民"不再简单地特指某一群体的人，而成了一个蕴含微观权力关系的文化概念。

以遗俗论来理解黑人民俗的方式确立了白人性和黑人性的二

---

① Newbell Niles Puckett: *Folk Beliefs of the Southern Negro*, New York: Dover Publications, Inc., 1969, p. 1.

② Newbell Niles Puckett: *Folk Beliefs of the Southern Negro*, New York: Dover Publications, Inc., 1969, p. 1.

③ Julia Peterkin: *Scarlet Sister Mary*, Athens and London: The University of Georgia Press, 1998, p. 12.

元对立关系。比如，白人民俗学家帕克特就多次提及"我们黑人"和"他们白人"的二元对立。比如，在描述黑人基督教时，帕克特说道："黑人宣传基督教并不必然意味着他们的基督教和我们自己的是一个类型。人们如何阐释基督教义很大程度上取决于他们的日常风俗和历史传统。"① 这里暗含着"他们黑人"与"我们白人"的二元对立关系。又如，在分析南方乡村黑人农民对鬼魂或灵魂故事的态度时，帕克特指出黑人之所以态度严肃是由于"未受教育的黑人没有与白人接触，没有受到白人对鬼魂无动于衷的影响"②。帕克特进一步指出，如果黑人想要进步、不再迷信，他们需要接触理性的、文明的白人。他说道："北方黑人，一方面由于接受了科学性质的教育，另一方面由于与白人有比较亲密的接触，因此都不怎么迷信；而在黑色地带上，黑人只能碰见黑人，迷信的旧观念因此在南方这片肥沃的土地上根深蒂固。"③ 在帕克特看来，白人位于文明阶梯的顶端，而居住在乡村的黑人因为没有与文明的白人接触，因此显得愚昧、落后。这表明帕克特根据黑人民群与白人种族的差异将黑人民群界定为"他者"的观念。

白人对黑人民俗的表征进一步强化了"民"所蕴含的微观权力关系。对"风俗"（lore）的表征反映研究主体对"民"（folk）的意识形态和价值判断。与黑人知识分子赞美、肯定黑人民俗不同，白人普遍以歧视的眼光看待黑人民俗，比如白人主流社会看待黑人民间信仰和黑人民间故事的方式。民间信仰（folk belief）

---

① Newbell Niles Puckett: *Folk Beliefs of the Southern Negro*, New York: Dover Publications, Inc., 1969, p. 545.

② Newbell Niles Puckett: *Folk Beliefs of the Southern Negro*, New York: Dover Publications, Inc., 1969, p. 121.

③ Newbell Niles Puckett: *Folk Beliefs of the Southern Negro*, New York: Dover Publications, Inc., 1969, p. 581.

第一章 美国黑人文学的差异政治

是黑人民俗中非常重要的一个分类,它既指黑人民众对某种宗教、鬼神、征兆等的极度相信和尊敬,也指因相信和尊敬而产生的相关实践行为。民间信仰在人们对"民"的想象中起着非常重要的作用。正如玛丽莲·莫茨(Marilyn Motz)所说:"信仰的概念对于民俗学来说具有核心的作用,如果不谈论信仰则很难探讨民俗。"① 民间信仰和"民"作为学术建构类型存在"共生关系"②:人们对"民"已有的观念决定了他们看待"民"的方式,而对"俗"的价值判断又强化了有关"民"的观念。帕克特是20世纪二三十年代美国白人主流社会对黑人民间信仰研究的集大成者,其《南方黑人民间信仰》集中反映了白人主流社会对黑人民间信仰的态度。帕克特将黑人民间信仰划分为丧葬风俗、鬼魂和巫术、伏都教、产生预期结果的征兆、避免负面结果的征兆(禁忌)和预示性征兆(预兆)。伏都教和各种征兆是其探讨的黑人民间信仰的主要类型。那么,帕克特是如何表征黑人所信仰的伏都教和各种征兆的呢?帕克特虽然用客观的笔触记录了伏都教在美国的起源、信仰特征等,然而其著作字里行间却透露出对伏都教的歧视。在他看来,信仰伏都教的黑人是"迷信的"。比如,在黑人心目中能召唤蛇的伏都教女皇玛丽·勒维(Maire Leveau)并不能控制蛇,而是用一个木制的蛇来"愚弄迷信的黑人"③。又如,伏都教法师把酒洒在蜡烛上燃起熊熊的火焰,也是为了"愚弄迷信的黑人",而这些"迷信的黑人"并不知道法师的伎俩,非常相信这个"迷信",因而"损失了大量的银行

---

① Marilyn Motz: "The Practice of Belief", *The Journal of American Folklore*, vol. 111, no. 441, 1998, pp. 339—355.
② Patrick B. Mullen: "Belief and the American Folk", *The Journal of American Folklore*, vol. 113, no. 448, 2000, pp. 119—143.
③ Newbell Niles Puckett: *Folk Beliefs of the Southern Negro*, New York: Dover Publications, Inc., 1969, p. 180.

存款"①。可见,在帕克特眼中,伏都教不过是迷信。帕克特从科学、理性的角度质疑民间信仰的有效性和正确性,从而将民间信仰贬低为"迷信"。如此一来,作为迷信的民间信仰成为一种"病理性"的存在。与将黑人民间信仰看作病理性存在不同,帕克特将白人的信仰称为"知识"和"宗教"。与要受到时代"先进科学理念检测"的迷信不同,宗教则"不用受到检测",因为"宗教仅仅是与普遍接受的教义不同的信仰"②。迷信与宗教的对比暗含了黑人"民性"与白人"白人性"的二元对立关系。白人对黑人"民"采取了优越性的立场,认为"民"的信仰低级,是迷信。"民"与"俗"作为学术建构类型存在共生关系:白人主流社会对"民"已有的观念决定了他们看待"民"的方式,而对"俗"的价值判断又强化了有关"民"的观念。有关"民"的等级化观念使得民间故事被剥夺了隐喻的功能,因而民间信仰被贴上了迷信的标签。反过来,"低劣"的黑人民俗强化了"民"作为他者的社会地位,成为黑人"他者性"的标志性符号。

可见,"民性"话语同白人性身份紧密相关。白人通过一个涉及他者的差异系统来定义自我身份,因此白人性和黑人性不可避免地纠缠在一起。正如托尼·莫里斯在《黑暗中的嬉戏:白人性和文学想象》中所说,当白人用"非洲主义"来喻指黑人性的意义时,"非洲主义成为一种文学想象,这种想象至关重要,因为通过细读文学中的'黑人性',或许可以发现文学中的'白人性'……以及白人性的发明和发展在被称为'美国'的建构中所

---

① Newbell Niles Puckett: *Folk Beliefs of the Southern Negro*, New York: Dover Publications, Inc., 1969, pp. 184, 279.

② Newbell Niles Puckett: *Folk Beliefs of the Southern Negro*, New York: Dover Publications, Inc., 1969, p. 576.

起的作用"①。莫里森明确指出白人笔下的黑人性是白人的文学想象，这种想象不仅将黑人建构为他者，同时也创造、发明了"白人性"身份。这种"文学想象"也存在于白人对黑人民俗的表征中。当白人通过黑人民俗把黑人表征为"民"时，他们不仅建构了黑人作为"民"的身份，也建构了白人性身份。"民性"话语是白人意向性的建构之物，它提供了白人主流社会理解黑人民俗的框架，也建构了"黑人性"和"白人性"二元对立的权力关系。

"民性"话语作为一种以知识或真理名义出现的话语，其目的是在将白人性表征为一种逻各斯中心式存在的同时，建构出一个黑人"民"的主体位置。"民"并非自然的存在，而是白人话语表征系统的产物。这种表征建立在前者对后者的权力关系、支配关系上，使得涉及黑人民俗的文本无不成为此话语权力关系的一部分。白人就黑人民俗为黑人所建构的主体位置会产生真实的、物质的权力作用。"一个话语所产生的知识构成了一种权力，作用于那些被'认知'的人身上。当那种认知在实践中实施时，那些以一种特定方式被'认知'的人将会从属于它。"② 可见，话语通过权力得到合法化的地位，并实施于那些没有权力的人身上，这就是话语权力发挥作用的时刻。因此，当白人通过黑人民俗发明"民性"话语时，黑人知识分子在其实践中不得不承受这种压力。

---

① Toni Morrison: *Playing in the Dark: Whiteness and the Literary Imagination*, Cambridge, MA.: Harvard University Press, 1992, p. 9.
② Stuart Hall: "The West and the Rest: Discourse and Power", in Stuart Hall & B. Gieben, eds., *Formation of Modernity*, Cambridge: Polity Press, 1992, p. 204.

二、黑人民俗与"黑人性"身份的建构

在哈莱姆文艺复兴时期,部分黑人在经历过第一次世界大战、大迁移以及白人对黑人文化的浓厚兴趣等历史事件后,种族意识逐渐觉醒,表现出挖掘黑人传统文化以重新界定自我身份的决心,这使得哈莱姆文艺复兴时期成为黑人知识分子首次广泛搜集和研究黑人民俗的时期。阿瑟·赫夫·福塞特和左拉·尼尔·赫斯顿成为美国历史上首批受过专业训练的黑人民俗学家。他们在《美国民俗学刊》上发表了多篇文章①,赫斯顿还出版了民俗学著作《骡子与人》和《告诉我的马》。托马斯·华盛顿·塔利的《黑人民间韵文》(1922)是美国历史上较早关注黑人民间韵文的著作。詹姆斯·韦尔登·约翰逊编辑出版了《美国黑人灵歌之书》(1925)并在前言中探讨了120多首灵歌的起源和历史。在艺术领域,黑人艺术家也积极将黑人民俗融入创作。比如,兰斯顿·休斯将布鲁斯与诗歌创作相结合,将黑人民间生活融入诗歌;左拉·尼尔·赫斯顿将黑人伏都教、黑人布道词与小说创作相结合,体现黑人文化差异性;乔治亚·道格拉斯·约翰逊将黑人民间信仰与戏剧创作相结合,探索黑人独特主题。正如罗伯特·博恩所说,哈莱姆文艺复兴是一个"民俗的发现"阶段②。

---

① 阿瑟·赫夫·福塞特是第一位受过民俗学训练的黑人民俗学家。他在《美国民俗学刊》上发表了三篇文章:《来自新斯科舍印第安混血儿的民俗》(1925)、《南部(亚拉巴马州、密西西比州、路易斯安那州)的黑人民间故事》(1927)和《费城搜集的故事和谜语》(1928)。左拉·尼尔·赫斯顿曾在哥伦比亚大学师从法兰兹·博厄斯。她在《美国民俗学刊》上发表了两篇文章:《来自巴哈马的舞曲和故事》(1930)和《美国的伏都教》(1931)。

② 罗伯·博恩认为哈莱姆文艺复兴为黑人小说史上的第二阶段,称之为"民俗的发现,1920—1930"。转引自 August Meier: "Some Reflections on the Negro Novel", in Cary D. Wintz ed., *Analysis and Assessment 1940—1979*, London and New York: Routledge, 1996, pp. 485−494.

第一章 美国黑人文学的差异政治

"民俗的发现"与国家身份、民族身份、种族身份等身份问题紧密相关。较早开始搜集民俗的有德国的格林兄弟。格林兄弟广泛搜集农民的歌曲、故事等,其动机很大程度上是民族主义的。他们认为德国中产阶级和贵族因模仿法国文化丢失了自己民族和国家的灵魂,而农民的风俗则保留了德国文化因子;搜集民俗可以使破碎的德国复原,赋予其民族文化连续性和身份。第二次世界大战之后,随着帝国的崩塌,许多新兴国家诞生,这些新兴国家也通过文化寻根来界定自我身份。

第一次世界大战后,黑人面临族群内部和外界日新月异的社会现实,族裔的外在表现(族裔传统)也需要被重新诠释。他们积极挖掘作为黑人传统文化的黑人民俗以建构黑人性身份。因黑人独特的生活经历和现实遭遇,他们努力建构的黑人性身份主要体现为启蒙主体性。黑人在美国的历史是一部以强迫迁徙、强制奴役、体制化种族歧视为主要特征的屈辱历史。强制迁移迫使他们与母国分离,与祖辈文化脱钩,这使得分离的裂缝、身份的迷失成为他们的主要特征。不仅如此,黑人长期以来面临着白人种族化的表征体系,这使得黑人总是用他人"嘲笑、蔑视和怜悯"的眼光来衡量自己,从而无法肯定自我价值。这些因素使得黑人长期以来面临着自我属性的分裂、破碎和不确定问题。时机一旦成熟,黑人知识分子便抓住机遇重新建构黑人性身份。这种黑人性身份主要体现为启蒙主体性。启蒙主体观认为:"个体的中心是由一种内核构成,当个体诞生时这种内核得以出现,随着个体生命的延续,这个内核不断得以展现,这个内核体现的自我本质中心就是个体的身份。"[①] 启蒙主体观突出地表现为对自我本质

[①] Stuart Hall: "The Questions of Cultural Identity", in Stuart Hall, David Held & Tony McGrew eds., *Modernity and Its Futures*, Milton Keynes: The Open University Press, 1992, pp. 274-323.

内核的挖掘和肯定。哈莱姆文艺复兴时期，随着种族意识的觉醒，黑人知识分子表现出挖掘"自我本质内核"、建构黑人性身份的需求和决心。阿兰·洛克在《新黑人》中呼吁其他种族的读者从"当今黑人文化所展现的启蒙自画像"中"了解黑人的本质特点"①，同时也号召黑人艺术家要"更加全面、更为真实地自我表达"以展现"对自我的理解"②。哈莱姆文艺复兴时期的知识分子积极挖掘黑人自我本质的内核、建构黑人性身份，使其在身份的断裂性中塑造种族自我的连续性和共存性。

就其实质而言，民俗是某一族群在长期生产实践和社会实践中创造的语言和行为模式，集中反映了族群共享的价值观念和传统。黑人民俗蕴含的共同价值观念和传统是黑人与其他种族之间差异性的集中体现，能有效反映黑人集体自我，从而彰显黑人性身份。黑人知识分子"发现民俗"并不仅仅是发现新的表达方式或拓展新的文化发展道路，对于长期陷入身份危机的黑人来说，黑人民俗是挖掘自我本质内核、建构黑人性身份的重要资源。克劳德·麦凯强调黑人民俗作为黑人种族根源的重要性，他呼吁道："我们必须深入我们的种族之根来创造它……深入我们自己的根、深入我们的人民创造的文化。"③ 吉恩·图默通过南方之行确证了其归属感："去年秋天的佐治亚之行是我做过的几乎所有有价值的事情的开端。我听见黑人农民口传的民歌；我看见绚丽多姿的黄昏……我本性中深沉的那一部分，我过去一直压抑的

---

① Alain LeRoy Locke: *The New Negro*, New York: Simon & Schuster, 1992, p. xxv.

② Alain LeRoy Locke: *The New Negro*, New York: Simon & Schuster, 1992, p. 9.

③ Quoted from Michael B. Stoff: "Claude Mckay and the Cult of Primitivism", in Cary D. Wintz ed., *Remembering the Harlem Renaissance*, New York & London: Garland Publishing, Inc., 1995, p. 132.

那一部分，突然复活了。现在我不可能把自己视为孤独和隔离的。"① 对图默来说，南方之行不仅是艺术灵感的来源，更是对自己迷失身份的寻求。再如，兰斯顿·休斯谴责种族内"按照美国标准化的模型塑造种族特点"以及他们"朝向白人性的冲动"，他倡导黑人艺术家把目光转向自己的民间文化，因为民间文化"面临着美国的标准化时仍然保留了种族的特点"，能突显黑人"他自己非白人性的特征"②。不管是麦凯、图默，还是休斯，他们都认为黑人民俗喻指黑色之根。作为黑色之根的黑人民俗，能够展现黑人"共有的文化"、集体"真正的自我"，从而建构黑人性身份。种族身份是历史进程中的文化建构，面临族群内部和外界日新月异的社会现实，族裔的外在表现需要不断被重新诠释。作为族群特征改造的重要来源，黑人民俗在黑人知识分子首次积极倡导的黑人性身份认同中发挥了重要作用。

在哈莱姆文艺复兴时期，黑人民俗成为汇集白人和黑人不同声音的领域，蕴含着极为复杂的"差异政治"和权力关系。一方面，白人围绕黑人民俗建构了"民性"话语，建立了白人性和黑人性二元对立的权力关系，确证了白人主宰地位的合法化。另一方面，黑人试图重新讲述黑人民俗，建构启蒙主体观的黑人性身份，以确保黑人性成为价值和意义的来源。只有重新讲述黑人民俗，才能使其成为针对西方主流社会的反抗和身份表征的源泉。然而由于多重压力，重新讲述艰辛无比：首先，白人知识界围绕黑人民俗建构了"民性"话语，将黑人表征为现代文明的他者；

---

① Quoted from Todd Lieber: "Design and Movement in *Cane*", in Cary D. Wintz ed., *Analysis and Assessment 1940—1979*, London and New York: Routledge, 1996, pp. 107—123.

② Langston Hughes: "The Negro Artist and the Racial Mountain", in Winston Napier ed., *African American Literary Theory: A Reader*, New York & London: New York University Press, 2000, pp. 27—30.

其次,黑人民俗产生于黑人买卖、奴役等屈辱历史事件,与黑人屈辱历史直接相关;再者,黑人知识分子面临着出版、生存等困难,即使在"黑人盛行"时,黑人刊发文章、出版书籍的数量都远比白人少①。这些因素使得他们不得不在实践中与各种话语协商、妥协和斗争,这种协商、妥协和斗争又使得黑人知识分子的黑人民俗表征呈现矛盾性特点。

哈莱姆文艺复兴时期的黑人知识分子"没有共同的政治或种族意识形态"②。因其种族意识形态不同,黑人群体采取了不同的协商方式。以黑人领袖杜波伊斯为代表的老一辈黑人知识分子否认"民"的主体位置。杜波伊斯认为艺术是社会改良的工具。在艺术作品中,只有展现黑人的真、善、美而非卑俗、低劣的一面,才能有效帮助黑人成为获得全部公民权的美国人。无知、迷信、未受教育的"民"所蕴含的负面价值使得杜波伊斯认为"民"不能成为艺术创作的对象。他批判以黑人下层文化为创作素材的《回到哈莱姆》是"满足白人将黑人描述为淫乱放荡的欲望"的作品③。与此相反,杜波伊斯对以中产阶级的、维多利亚式的价值道德规范写成的小说赞不绝口。比如,他称内勒·拉森的《流沙》是自切斯纳特鼎盛之日以来美国黑人创作的"最好小说","没有任何肮脏的东西",可以与杰西·弗塞特的《存在混乱》"相媲美",更盛赞主人公海格拉·克兰是"新女性、诚实

---

① 以美国民俗学喉舌《美国民俗学刊》上刊发的文章为例,笔者以"1919—1935"为时间限制,以"黑人"为主题进行检索,有133篇文章,而其中只有5篇是黑人作者(其中,阿瑟·赫夫·福塞特刊发3篇,左拉·尼尔·赫斯顿刊发2篇)。

② Cary D. Wintz: *Black Culture and the Harlem Renaissance*, Houston: Rice University Press, 1988, p. 2.

③ W. E. B. Du Bois: "The Browsing Reader", in Cary D. Wintz ed., *The Harlem Renaissance: An Anthology*, New York: Brandywine Press, 2003, pp. 178–179.

者、战斗者"①。但值得注意的是，杜波伊斯所盛赞的中产阶级价值观的真正含义是"反民性"。以杜波伊斯为代表的黑人知识分子害怕黑人作家创作的意象具有"民"的特征，使黑人陷入种族低劣、不文明的泥潭。

与杜波伊斯对"民"的畏惧不同，新黑人运动的主要发言人阿兰·洛克对"民"持有矛盾态度——既肯定民间文化的艺术价值，又认为应该切断与"民"的联系。洛克非常强调南方民间文化的价值，其所编著的《新黑人》是引导黑人艺术创作要"基于新黑人'民间价值'审美"的作品②。正是基于黑人民俗内在的艺术价值，洛克对黑人民俗大加赞美。他认为黑人民俗中的语言、节奏、意向、情感、象征等都是黑人艺术家可以充分利用的资源，可以成为"艺术的上上乘之作"③。他对将黑人民俗转化成高雅艺术的黑人艺术家给予高度评价。比如，他称赞詹姆斯·韦尔登·约翰逊的布道诗摒弃了黑人方言的形式，融合了未受过教育的黑人牧师丰富的想象力和黑人诗人的技巧④。这种融合象征着从黑人民间方言向有意识的艺术表达的转变。洛克主张"为艺术而艺术"，他赞赏黑人民间文化是希望其能够转化成高雅艺术。正是通过黑人艺术，"新黑人"的"成就和潜力才得到全方位的展示"。洛克虽然赞美黑人民俗的艺术价值，但却坚持认为

---

① W. E. B. Du Bois: "The Browsing Reader", in Cary D. Wintz ed., *The Harlem Renaissance: An Anthology*, New York: Brandywine Press, 2003, pp.178−179.

② George Hutchinson: "Introduction", in George Hutchinson ed., *The Cambridge Companion to the Harlem Renaissance*, New York: Cambridge University Press, 2007, pp.1−11.

③ Alain LeRoy Locke: *The New Negro*, New York: Simon & Schuster, 1992, pp.51, 49, 52.

④ Alain LeRoy Locke: *The New Negro*, New York: Simon & Schuster, 1992, p.51.

应该切断与"民"的联系。洛克在《新黑人》的开篇就以"民"来说明"新黑人":人们不会发现"如野蛮人那样古怪奇异的"或"如农民那样单纯幼稚的"思维,"那是昨天的"①;黑人的大迁移"是黑人一次有目的的飞跃,不仅是从农村奔向城市,而且是从中世纪的美国奔向现代"②。洛克将黑人民俗最本源的实践者(南方黑人农民)以及最本源的实践空间(南方农村)都置于历史尘埃中,认为它们要么是"昨天的",要么是"中世纪"的。洛克坚持将"民"置于历史尘埃中是为了抹杀"民"所代表的屈辱、落后、愚昧和奴性,以"确定新黑人的现代性身份"③。由于白人主流社会所建构的民性话语所蕴含的权力关系,洛克反对在艺术作品中直接描写未受现代文明进程影响的乡村,也反对直接再现"民"所实践的"迷信"等风俗。正出于此,当赫斯顿的小说流通民性话语时,洛克批评赫斯顿的小说"至多是民俗小说"(folklore fiction)罢了④。洛克试图建构基于"民间审美"的新黑人审美,他在求助于黑人民俗的同时,又希望割裂与黑人民俗的关系。这种矛盾态度无疑体现了黑人知识分子在协商黑人民俗表征时的艰难。

在协商黑人民俗表征的所有方式中,最困难的当属以佐拉·尼尔·赫斯顿为代表的年轻一代艺术家所采取的方式——既允许

---

① Alain LeRoy Locke: *The New Negro*, New York: Simon & Schuster, 1992, p. xxvi.

② Alain LeRoy Locke: *The New Negro*, New York: Simon & Schuster, 1992, p. 6.

③ Alain LeRoy Locke: *The New Negro*, New York: Simon & Schuster, 1992, p. xxiii.

④ Alain LeRoy Locke: "Review of *Their Eyes Were Watching God*" (*Opportunity* 1 June, 1938), in Henry Louis Gates, Jr. & K. A. Appiah eds., *Zora Neale Hurston: Critical Perspectives Past and Present*, New York: Amistad, 1993, p. 18.

民性话语的流通,又允许"反民性"内容的存在。兰斯顿·休斯和佐拉·尼尔·赫斯顿都非常强调黑人"民"的价值,但在具体创作中,休斯应用更多的是来自城镇大众文化的布鲁斯。既是民俗学家又是小说家的赫斯顿则真正地让民性话语得到流通。她的大多数作品都以南方的伊顿维尔小镇作为其主人公的生活空间,比如代表作品《他们眼望上苍》。《他们眼望上苍》讲述了一个女性通过三段婚姻逐步找到主体性的故事。故事发生在美国南方佛罗里达州的伊顿维尔小镇。赫斯顿创作该小说的时期正是人类学家以浪漫主义的思想来界定黑人民性的时期。这种黑人民性话语是否会流通到赫斯顿的小说中呢?我们知道背景在小说中具有特殊的意义。托马斯·福斯特(Thomas Forster)在《如何阅读一本小说》中强调了背景的重要性:"是背景,但不仅仅是背景。地点是一种对事物的感觉,一种思维模式,一种观看之道。……在某种程度上,地点,这个正在发生事情的地点,成了主题。"① 小说的故事主要发生在三个地方:南方佛罗里达州的一个不知名的乡村小镇、一个全由黑人组成的小镇伊顿维尔和一片边缘群体做零工的沼泽地。这三个地方虽然地理外貌特征不同,但它们都在南方,都是乡村。第一个地点是珍妮和外婆生活的地方。虽然外婆口述了黑人女性被白人男性强暴的悲惨遭遇,但小说里只有为数不多的黑人在这个地点上活动。第二个地点伊顿维尔镇是珍妮和第二任丈夫乔生活的地方。这是一个全部由黑人组成的小镇。居民们形成一个微型的自给自足的社会,他们有自己的经济、政治体系。小镇上的人讲着熟悉的民间故事,开着真实的玩笑,他们有着自己的风俗传统。第三个地方是佛罗里达大沼泽地。这个地方是美国黑人和来自加勒比海地区的巴哈马人做季节

---

① 托马斯·福斯特:《如何阅读一本小说》,梁笑译,海口:南海出版公司,2015年,第35页。

工的地方。为什么赫斯顿会在这里加入巴哈马人呢？赫斯顿认为加勒比海地区的巴哈马、海地、牙买加等国由于其历史原因都更加成功地保留了非洲文化之根。因此，佛罗里达大沼泽地成为非洲文化狂欢的地点。或许赫斯顿选择这三个地点意在证明南方乡村社会是"黑人文化精粹的所在地"[1]。然而不管赫斯顿出于何种诉求，她笔下的黑人的确生活在一个人类学家所谓的"民间社会"里。他们的生活方式自给自足，他们的生活环境种族单一、风俗同源。当赫斯顿仅仅以自给自足的南方黑人小镇作为黑人民群生活的舞台时，人类学关于黑人民群"民性"的话语便流通到了小说之中。因此，赫斯顿的小说似乎确认了白人的话语：黑人是生活在乡村的、处于进化阶梯低端的群体，他们落后、未开化，因此并不能真正获得完全的美国公民身份。

小说中的人物又有哪些特点呢？刘彬在《原始主义与非裔美国文学》一文中写道："有些新黑人为了迎合白人社会刻意突出黑人人性及生活中原始返祖的一面。他们塑造漂泊无根的人，享乐至上被本能驱使的无理性的返祖式人物。这些人物既有来自南方经历了文化拔根而今蜗居在城市的本性难移的'野蛮人'，也有栖息在乡村保持纯真本性的'野蛮人'。"[2] 赫斯顿笔下的黑人便是"栖息在乡村保持纯真本性的'野蛮人'"。茶点心领着珍妮来到未被完全开垦的佛罗里达大沼泽。荒野、人群、生活方式，这里的一切显示出原始迹象。"土地肥沃极了，因此什么都长疯了"，"杂草能长到 8 或 10 英尺高"，"甘蔗在地里肆意长着"，

---

[1] Tiffany Ruby Patterson: *Zora Neale Hurston and a History of Southern Life*, Philadelphia: Temple University Press, 2005, p. 10.

[2] 刘彬：《原始主义与非裔美国文学——评20世纪前及哈莱姆文艺复兴时期的非裔美国文学》，载《外语教学》，-2011年第6期，第87—90页。

"路两边的野生甘蔗把整个世界都掩盖了"①。这片沼泽充满野性生命力。他们工作之余就去垂钓、打猎、喝酒、唱歌、跳舞,有时一夜又一夜地跳舞,然后围着篝火席地而睡。珍妮夫妇的小屋前每晚都会聚集许多黑人工人和那些跳"拉锯舞"的巴哈马工人。每晚,他们都会举行一次狂欢活动。而在这些狂欢活动中,最为独特的便是"动态、微妙"的黑人鼓声,"鲜活、精细、怪异"的舞蹈②。赫斯顿笔下的人们就如人类学家所认为的那样,是"原始的、吸引人的、自然的、本真的"③。

显然,当赫斯顿如此塑造"民"时,白人主流社会关于黑人"民性"的话语也就流通到了文本之中。白人的意识形态也流入文本,确认了白人权力的合法性。或许正是出于这个原因,与赫斯顿同时代的黑人评论家对这部作品的评论诋毁多于赞美。理查德·赖特认为这部小说"没有主题、没有信息、没有思想",它的唯一的作用就是"满足白人观众沙文主义的品位"④。阿兰·洛克在《机会》杂志上对这部小说发表了评论,抱怨该小说"人物太简单","只有背景和当代民俗的惊奇的片段才是要点",因此这部小说"至多是民俗小说"⑤。或许正是由于赫斯顿对背景

---

① Zora Neale Hurston: *Their Eyes Were Watching God*, New York: Harper Perennial, 2013, p. 129.

② Zora Neale Hurston: *Their Eyes Were Watching God*, New York: Harper Perennial, 2013, p. 155.

③ Richard Bauman: "Folklore", in Richard Bauman ed., *Folklore, Cultural Performances, and Popular Entertainments*, Oxford: Oxford University Press, 1992, p. 31.

④ Richard Wright: "Review of *Their Eyes Were Watching God*", in Henry Louis Gates, Jr. & Kwame Anthony Appiah eds., *Zora Neale Hurston: Critical Perspectives Past and Present*, New York: Amistad, 1993, p. 17.

⑤ Alain LeRoy Locke: "Review of *Their Eyes Were Watching God*", in Henry Louis Gates, Jr. & Kwame Anthony Appiah eds., *Zora Neale Hurston: Critical Perspectives Past and Present*, New York: Amistad, 1993, p. 18.

的选择和这种自然、本真的人物形象塑造正好迎合了当时白人所盛行的关于黑人民性的话语,赖特和洛克才会认为赫斯顿的小说无疑再生产了白人的价值体系。而这恰恰是关注文学政治功能的两位批评家所不能接受的。

但是,赫斯顿并非一味流通"民性"话语,她也从表征内部争夺民性话语所蕴含的权力关系。赫斯顿本人对阿兰·洛克的评论发起了猛烈的反击。在写给詹姆斯·韦尔登·约翰逊的信件中,她说道:"阿兰·勒罗伊·洛克是个恶意的、蛮横无理的恶棍。"① 赫斯顿又给《机会》杂志投了一篇名为《由一只母鸡带的小鸡》的文章,她愤怒地反驳道,洛克"对黑人一无所知",他的评论"非常不诚实……是一个有意识的欺诈行为"②。赫斯顿非常生气,因为在她看来,她的作品不是一部讨好白人的民俗小说。赫斯顿小说中"民"所处的时空、"民"所实践的风俗等都确证了白人主流社会建构的民性话语。这主要体现为,赫斯顿虽然将黑人描写成"迷信""无知"的,但她建构主义的观点抽空了白人所建构的民性话语。种族作为社会建构的产物,首先就要让人们意识到"生物意义上的种族是一种错误的观念"③,是人创造了种族。那么赫斯顿在小说中对种族身份做了哪些思考呢?童年时候的珍妮从来不觉得自己是黑人,只有当与白人对比时她才发现自己是黑人。小说中写道:"我和白人小孩一起玩耍非常多,直到六岁时我才发现我不是白色,那个时候我就根本没

---

① Zora Neale Hurston: "Zora Neale Hurston to James Weldon Johnson, February 1938", in Carla Kaplan ed., *Zora Neale Hurston: Life in Letters*, New York: Doubleday, 2002, p. 413.

② Carla Kaplan ed.: *Zora Neale Hurston: Life in Letters*, New York: Doubleday, 2002, p. 414.

③ Ian F. Haney Lopez: "The Social Construction of Race", in Julie Rivkin & Michael Ryan eds., *Literary Theory: An Anthology*, 2nd edition, New York: Blackwell, 2004, p. 972.

明白，但有一天来了一个人给大家照相，他叫那个稍大的男孩谢尔比把我们也叫上"，而当珍妮看了照片后她才意识到"啊，啊！我是有色的"①。又如茶点心和珍妮只有在白人的歧视和残忍行为中才会认识到自己是"黑色的"。飓风席卷了沼泽地之后，茶点心和珍妮大难不死，来到了城市。茶点心不想在房里待着，一心想出去转转。珍妮警告他不要出去，白人在抓人来掩埋飓风中丧生的人，茶点心自认为是包里有钱的工人，便没把珍妮的警告当回事。然而当他出去之后，两个白人不顾他的争辩，硬是用枪逼着他去掩埋尸体。而且白人尸体要用棺木，黑人尸体就被随意拖拉到一个坑里埋上。城里的这种经历使他们意识到城市里种族主义的盛行，因此决定返回沼泽地，一个纯粹只有边缘群体劳作的地方。在伊顿维尔小镇、在大沼泽地上茶点心和珍妮都没有意识到自己是黑人，只有在白人的歧视中，他们才成为黑人。因此在赫斯顿看来，种族并不由生物属性所决定，白人的凝视才使黑人意识到自己的肤色。赫斯顿充分表明了种族是人为建构的概念。如果黑人并非"天生"是黑人，那么赫斯顿的小说便颠覆了小说中关于"民性"的话语及其背后的权力意识形态。

另外，珍妮的身份并非完全由种族决定。伊恩·F. 哈尼·洛佩兹说："作为人类的建构，种族是包括性别和阶级关系的整个社会构造（social fabric）不可分割的一部分。"② 在众多社会构造中，性属是重要的身份特征。虽然同是黑人，男性和女性却对许多相同的问题有不同的看法。比如，赫斯顿的外婆用骡子的比喻来表明等级化的权力结构："白人扔下担子，让黑鬼男人捡

---

① Zora Neale Hurston: *Their Eyes Were Watching God*, New York: Harper Perennial, 2013, p. 9.
② Ian F. Haney Lopez: "The Social Construction of Race", in Julie Rivkin & Michael Ryan eds., *Literary Theory: An Anthology*, 2nd edition, New York: Blackwell, 2004, p. 969.

起来。他把担子扛起来,不是因为他喜欢,而是因为他必须扛起来。然后他又把担子扔给他的女人。就我目前所知的啊,黑人女人是这世界上的骡子。我一直在祈祷,希望对你来说能有所不同。"① 然而黑人男性却有不同看法:"白人和黑人女人是世界上最自由的人。她们可以做任何她们想做的事情。"② 对于深受白人和黑人男性压迫的外婆来说,黑人女性是"这个世上的骡子",而黑人男性却认为黑人女性可以做她们想做的任何事情,言下之意便是黑人男性才是"这个世上的骡子"。显然,因为性属不同,男性和女性对剥削压迫往往有不同的理解。对赫斯顿来说,相同的种族并不能使得黑人男性和黑人女性有完全相同的诉求。

而且,在某些特定的历史语境中,性属的重要性甚至超过了种族。当珍妮出于自卫杀死了茶点心后,她被法院起诉。在法院里,赫斯顿对黑人男性和白人女性的描写形成了鲜明的对比。黑人男性们站在法庭的后边,"他们的舌头就如上了膛的枪一样",他们想作证,"茶点心是个好人。他对那个女人一直都很好,没有任何黑人妇女受过那样的待遇……当他在水里感染风寒,她却和另外一个男人在一起。绞杀了她都不过火"③。然而,一些白人妇女也来到了法庭,"她们穿着精美的衣服,因为营养丰富而面带粉色"④。当珍妮被宣布无罪时,"这些白人妇女哭泣着,围

---

① Zora Neale Hurston: *Their Eyes Were Watching God*, New York: Harper Perennial, 2013, p. 14.

② Zora Neale Hurston: *Their Eyes Were Watching God*, New York: Harper Perennial, 2013, p. 180.

③ Zora Neale Hurston: *Their Eyes Were Watching God*, New York: Harper Perennial, 2013, p. 186.

④ Zora Neale Hurston: *Their Eyes Were Watching God*, New York: Harper Perennial, 2013, p. 185.

第一章 美国黑人文学的差异政治

绕她站立,就像一堵保护她的墙"①。或许是出于对爱情的追求、对女性主体性的向往,法庭上的白人女性和黑人女性珍妮站在了同一阵营,而黑人男性,哪怕他们有同珍妮相同的肤色,却站在了珍妮的对立阵营。种族作为一种社会建构,仅仅是社会构造中不可分割的一部分罢了。除了种族、性属之外,赫斯顿也注意到了阶级在身份建构中的重要性。在小说开篇,珍妮带着她的故事回到了她在伊顿维尔的家。当她走过大家聊天的门廊时,大家说道:"她为什么穿着工装就回来啦?难道她找不到衣服穿了吗?……她为什么不待在她的阶级应该待的地方?"② 可见,村民有较强的阶级意识。黑人个体的身份不仅由种族、性属决定,也由阶级决定。或许是出于这样的考虑,珍妮的外婆才一心想让珍妮嫁给拥有六十亩地的洛根;乔迪成为市长之后才坚持要让珍妮坐在高高的椅子上以表明身份。

从以上分析我们可以看出,赫斯顿关于黑人性的探讨并不是生物本质主义的。在她看来,种族为社会所建构。种族这个概念是人为建构的,只有在差异的体系中才会有意义。另外,作为人类的建构,种族仅仅是"包括性别和阶级关系在内的整个社会结构不可分割的一部分"③。的确,"性别、种族、民族、阶级、性、宗教和国家起源这些轴的差异构成多重身份"④。正是这种由社会各种因素建构而成的多重身份使赫斯顿意识到:"并不存

---

① Zora Neale Hurston: *Their Eyes Were Watching God*, New York: Harper Perennial, 2013, p. 188.

② Zora Neale Hurston: *Their Eyes Were Watching God*, New York: Harper Perennial, 2013, p. 2.

③ Ian F. Haney Lopez: "The Social Construction of Race", in Julie Rivkin & Michael Ryan eds., *Literary Theory: An Anthology*, 2nd edition, New York: Blackwell, 2004, p. 969.

④ Susan Stanford Friedman: *Mappings: Feminism and the Cultural Geographies of Encounter*, Princeton: Princeton University Press, 1998, p. 4.

在一个作为整体的种族……肤色并不能衡量人内在的东西,我开始嘲笑那些声称因自己肤色便有福气的白人和黑人。因此,我认为是黑人不会有什么诅咒,是白人也不会有什么多余的滋味。"①赫斯顿明确表明这种以生物本质主义为基础的观点是荒谬的。虽然《他们眼望上苍》中的人物生活在乡村,似乎也不识字,注重口语传统,性格天然、本真,但他们并不是由生理特征决定的一个群体,如此一来,白人关于黑人"民性"的话语及其意识形态就被抽空了。

与杜波伊斯等精英领袖采取的方法不同,赫斯顿所采取的策略是流通民性话语。这种对抗策略正是霍尔所说的"置身于表征自身的复杂性和矛盾性之中,并试图从表征内部争夺意义"的策略②。这种方法更加关注种族表征的形式。它认可意义变化、不稳定的特性,并且从表征内部争夺意义。以赫斯顿为代表的年轻一代艺术家将黑人民俗作为表征策略的主要场域,在白人帝国凝视的眼神中嬉戏。正是通过这种嬉戏,他们动摇了白人所建构的模式化形象的稳固性,在流通民性话语的同时建构黑人主体性身份,使得黑人性身份呈现出矛盾性特征。面对白人种族化的表征体系,黑人知识分子采取了不同策略协商黑人民俗表征以抵抗种族化表征体系所蕴含的权力关系。这些协商方式虽然就是否需要流通民性话语产生争论,但它们普遍体现出矛盾性的特征。这种矛盾性是美国社会种族病理的症候。正是由于白人社会长期以来对黑人体制化的种族歧视,黑人才必须与白人主流社会所建构的主导性话语进行协商和争论。

---

① Zora Neale Hurston: *Dust Tracks on a Road: An Autobiography*, New York: Harper Perrenial, 1991, pp. 168−169.

② Stuart Hall: "The Spectacle of Other", in Stuart Hall ed., *Representation: Cultural Representations and Signifying Practices*, London: Thousand Oaks, 2003, pp. 223−290.

三、小结

长期以来，处于疆界地带的美国黑人民俗是白人和黑人不同主体相互作用的一个场域；通过表征黑人民俗，各个主体表达了他们对种族身份的不同观点。白人主流社会对黑人民俗的兴趣在哈莱姆文艺复兴时期大增。他们在把黑人民俗文化表征为病理性存在的同时将黑人标出为"民"，从而建构了白人性的种族身份。对经历了强迫迁徙、奴隶制和体制化种族歧视的美国黑人来说，分离的裂缝、身份的迷失是他们的主要特征。他们试图重新讲述黑人民俗，使黑人民俗成为针对西方主流社会表征反抗和身份的源泉，建构起基于启蒙主体观的黑人性身份。然而白人主流社会建构的"民性"话语给黑人知识分子建构主体性身份造成巨大压力，他们不得不以某种方式结合主流话语，以重新界定自我身份。黑人知识分子试图切断与"民"的联系，然而却又不得不将其放在身边，与之融合、争论、对抗。"新黑人"运动的独特性也正在于黑人知识分子建构黑人种族身份时体现出的矛盾性。这种矛盾性不仅有助于我们恰当理解哈莱姆文艺复兴时期黑人的"创伤经历"，也能进一步揭示美国种族主义的病理症候。

第二章　亡者归来——印第安文学中的幽灵性

　　近年来印第安文学存在回归民族传统和融入世界主义两种倾向。部分学者采用霍米·巴巴关于第三空间的观点，认为当代印第安文学作品具有两种文化的杂糅性和间质性，符合美国文化多元主义的意识形态。另一些学者则认为当代印第安文学过于注重主流文化市场，只有将印第安文学视为不受外界文化侵蚀的领域才能回归文化本真（cultural authenticity）。这种矛盾源于少数族裔民族主义和主流文化的对抗，以及少数族裔在摆脱刻板形象和维护民族文化两者间的困境。笔者认为当代印第安文学既非坚持完全回归印第安文化，亦非完全坚持脱离当代文化影响。正如鬼舞崇拜本身也是在天主教和基督教长老会宗教思想基础上建立的一样，当代印第安作家采取了折中策略，其作品最大的特点是利用"不在场的幽灵"作为切入点和叙事手段，让印第安文化以幽灵的在场形式进入小说，使两种文化处于辩证状态。二者的相互解构产生的动力使得多元文化语境下的族裔身份认同也处于被不断融合消解的过程中。

　　幽灵首先象征着残余民族性的不断回归，而后殖民社会则因一直面对永不消亡的民族主义亡魂而不得安宁。后殖民研究中有倡导回归文化本真的趋向，认为少数族裔群体的文化是不受外界干预的真空地带。这种极端的民族主义在当下的多元文化语境中显然不可能存在。进入后殖民时期，少数族裔的自我认知具有双

第二章 亡者归来——印第安文学中的幽灵性

重性和辩证性,个体如果抛弃加诸他们身上的形象标签也就等于抛弃他们在后殖民文化中的自我定义,从而抛弃作为其认同基础的民族文化本真性。只有民族主义的幽灵性才能解决少数族裔的身份认同困境。因此在后殖民文学中,作家常常利用鬼魂作为叙事手段引入具有民族性的叙事(如引用、翻译、复制或重写本民族的历史叙事),从而在与民族主义亡魂达成妥协的同时拒绝承认民族文化本真性的在场。其次,幽灵喻指商品主义导致的少数群体的边缘化。为了能指入资本主义世界被幽灵化的少数群体,斯皮瓦克在阅读詹姆斯·穆尼关于苏族鬼舞崇拜的纪实性作品后受到启发,认为"鬼舞"一词更精准地描述了少数群体幽灵的回归状态。鬼舞是特定群体确立真实和历史想象之间伦理关系的工具。它制造了暂时性的时间停滞,在诉说他者历史的同时预言不同的未来。"鬼舞"否定了历史的确定性和绝对性,以鬼魂的模糊存在解构了自我与他者的绝对对立,赋予了他者以主体性和未来的多重可能性。斯皮瓦克基于德里达的概念将鬼魂和幽灵性引入后殖民研究中发展的观点可以解释幽灵在少数族裔文学中的表现和功能。

和其他类别的后殖民文学相似,在当代印第安文学中,原住民文化和群体不断以死者的亡灵出现。勒内·勃兰在《印第安鬼魂和美国主体》一文中就指出了印第安文学幽灵性的双重指涉——消失的印第安民族以及将民族文化重新复活的印第安鬼魂:"原住民召唤他们的祖先化作恶灵复仇,他们虽败于白人,却借助亡灵重新发声。"[1] 强烈的民族意识一直存在于印第安文学中,构成了《想象的共同体》中所提出的"幽灵一样的民族想

---

[1] Renée L. Bergland, *The National Uncanny: Indian Ghosts and American Subjects*, New Hampshire: University Press of New England, 2000, pp. 3—4.

象"①，不断赋予印第安人民族主体性。但需要注意的是，回归并不意味着印第安文化本质性的全面恢复，民族性和主体性仍然需要借助白人主导的话语和文化载体实现还魂。斯皮瓦克所提到的印第安鬼舞崇拜可以解释这种矛盾的存在。

"鬼舞"崇拜是尤特族部落在19世纪末期发起的宗教运动，旨在恢复美国西部印第安人的传统文化。这一宗教运动源于西内华达州尤特族的释梦预言家，他们声称死者的亡灵会复活，将白人从美洲大陆驱逐出去，将被白人剥夺的土地、粮食和生活方式还给印第安后裔。为了早日迎接鬼魂的归来，信徒要唱跳预言者在进入灵界时看到的歌舞，同时禁止与白人或印第安人发生冲突或争斗。第一次鬼舞崇拜运动发生在1869年，由释梦者沃兹沃博发起，在1871至1873年间迅速传遍加州和俄勒冈州的印第安部落，不久就传播到其他部族。曾和沃兹沃博有密切关系的派尤特宗教领袖沃沃卡发起了第二次鬼舞崇拜运动。沃沃卡曾在长老会教徒的牧场干活，受长老会思想影响颇深，并且还受到摩门教和印第安震颤教宗的影响。在1889年的一次日食期间，他声称见到亡灵并和上帝对话，被委以传授新舞和传达末世信息的重任。许多部落的印第安人纷纷前来朝觐，沃沃卡手脚上自残留下的伤痕让印第安人深信他是新降临到印第安族群中的弥赛亚，鬼舞崇拜的规模因此迅速扩大到密苏里河附近、加拿大边境、内华达山脉和北得克萨斯。苏族鬼舞信徒的数量尤其众多，最终导致了1890年冬天爆发的苏族叛乱。这次叛乱最后以伤膝河大屠杀告终，而沃沃卡为信徒制作的鬼衣（ghost shirt）也没有像许诺的一样保护印第安人，使之免于死伤。在情势发生逆转后，第二次鬼舞崇拜运动也销声匿迹，但是直到20世纪我们仍能在少数

---

① Benedict Anderson: *Imagined Communities: Reflections on the Origin and Spread of Nationalism*, London and New York: Verso Books, 2006, p.9.

部落中见到鬼舞仪式的踪迹。这两次宗教活动改变了部族中对巫医传统的盲目信仰（比如，相信巫医有治病和操纵心智的能力），并为印第安人进一步接受基督教、融入白人文化打下了基础。从鬼舞崇拜的历程可以看出，尽管预言者声称这一崇拜的宗旨是恢复被破坏的印第安文化，祛除白人对印第安人施加的文化影响，但是预言者本身接受的白人宗教和文化影响却从内部解构了鬼舞崇拜的初始目的和组织原则，反而将印第安人进一步引入主流社会的文化领域。

从这里可以看出，鬼舞崇拜和后殖民幽灵性都涉及相同的双重性建构过程：在原住民文学和后殖民文学文本中存在解构和重构的创作倾向。印第安作家维兹诺将当代印第安文学称为新鬼舞文学，借历史事件暗示今天印第安文学批评家要求回归文化本真的趋向。但是这种提法并非完全贴切，实质上当代印第安文学存在族裔传统与白人文学规约此消彼长的状况。印第安作家在采用主流文学叙事手法和形式的同时，将印第安传统演化为鬼魂的隐喻藏匿于作品中。鬼舞崇拜的主题在当代印第安文学中被赋予多重含义后不断重现。厄德里奇的短篇小说《屠夫唱歌俱乐部》借鬼魂附身影射伤膝河屠杀中的亡魂无法安息，同时指涉印第安传统对已经现代化和世俗化的印第安后裔的影响。另外，印第安诗歌也有对鬼舞崇拜的再次解读。诗人蒂凡尼·米吉受印第安文学的哥特元素影响颇深。在她的诗作中，以鬼舞崇拜为特征的印第安文化沦为商业社会的消费品，死者的亡灵被商业化浪潮所吞噬。第一个用英语写作的印第安作家莱斯利·西尔科的重要作品《亡灵历书》也类比了鬼舞崇拜。这部长篇小说糅合了美洲大陆被殖民者征服的历史、原住民的神话传说和不同印第安部族文化传统。随着小说推进，由祖先流传下来的白人和其文化覆灭的笔记陆续出现，加速了原住民对美国主流社会窃取原住民文化和土地的反抗。印第安亡灵以文本的形式再次回归，成为印第安反抗性力量的源泉。

因小说《保留地蓝调》而闻名的作家谢尔曼·阿列克西特别在小说中渲染了这种"时刻在场的不在场鬼魂"的恐怖。小说中的缺失带来隐隐不安，更突出了背景中没有显现的文化屠杀。他的短篇小说《鬼魂之舞》和《印第安杀手》就是具有这种特征的翘楚之作。《印第安杀手》将谋杀案和印第安的血祭相关联，暗示白人对印第安人所犯下的原罪。《鬼魂之舞》则更加直接地控诉了白人的罪行。小说以鬼舞崇拜为背景，讲述了在卡斯特最后一战即小巨角战役时出现食人鬼的故事。第七骑兵连的鬼魂因警察曾对他们施加暴行展开报复，联邦调查局警员埃德加得知暴行的真相后受到了严重的心理创伤，他感到自己被鬼魂追索，闭上眼就闻到鲜血的气息。露天墓地里的鲜血、人皮和无法辨认的尸体残片是埃德加无法摆脱的噩梦。阿列克西对暴行的残酷细节的详尽描写唤起人们对伤膝河大屠杀的回忆，印证美国永远无法消除对种族主义历史的回忆。除此之外，印第安切诺基后裔作家托马斯·金在小说《青草，流水》中以插叙手法暗示了鬼舞崇拜和伤膝河屠杀事件。文本只提及四个印第安人在1891年的冬天进入一家医院，但是这个日期会立即让人联想到那年冬天发生的骇人事件，暗示了这四人可能是鬼舞崇拜被镇压或伤膝河屠杀的幸存者。他的另一本小说《真相和亮水》从一个艺术家的视角重新审视了鬼舞崇拜预言的印第安文化复兴，讲述了印第安后现代艺术家芒罗·斯威莫离开加拿大保留地回到美国真相镇的故事。在印第安切诺基部族历史上有一位和芒罗同姓的著名巫医有治愈病人的特殊药方，他曾把记录药方的笔记展示给记录鬼舞崇拜历史的人类学家穆尼。芒罗在真相镇用画笔揭露白人以"天定命运"的名义对印第安部落实施的暴行，他还用画笔将风景画中被抹去的印第安人形象重新画出来，让他们象征性地重新回到属于印第安的栖息地。小说结尾，芒罗从博物馆"救回"了伤膝河屠杀留下的印第安孩子的遗骨。芒罗的存在证明印第安艺术和巫术一样拥有治愈人心和让原住民文化复活的神奇力量。

史密森尼博物馆中等待被族人后裔认领安葬的印第安人遗骨、从画作中被人为抹去但似乎仍然存在的印第安人、保留地和战争纪念地一直徘徊不去的幽灵、鬼舞崇拜中流传下来的歌曲——这些鬼魂形象和题材反复出现于印第安文学中。正如被迫消失但仍然存续的印第安历史和文化,它们的不断回归消除了幻想和现实、历史和当下的界限。这类小说的共同特点在于借用后现代文学手法,创造出自我指涉的虚构世界。虽然唤起死者的亡灵并不能真正抵偿印第安失落的文化和历史,但是它成为文化记忆的一种表征,为重新书写历史提供了一种可能渠道。同时,鬼魂所具有的他者性改写了主流文学的叙事规约和文化预设。笔者将聚焦当代印第安文学作品中的鬼魂叙事和幽灵性,探讨印第安作家处理印第安历史和文化经验的范式,并揭示印第安文学中的鬼魂叙事和幽灵性如何构成被遗忘的历史、如何影响印第安后裔的心理和主体性建构,从而窥视印第安族群内部和外部社会矛盾形成的张力以及历史对后裔体验的形塑作用。

第一节 美国印第安哥特文学的鬼魂叙事研究

构成美国哥特文学经典的作品大部分由白人作家所著,他们不仅将印第安人污名化为在荒野中嚎叫的野蛮人,更将他们再现为疯狂攻击白人的怪物或鬼魂,指责他们对社会的良好秩序构成了事实或象征意义上的威胁。白人对印第安人的恐惧和怀疑一览无余,驱逐印第安人等同于驱逐鬼魂,印第安人在小说中的他者化使得他们的被驱逐再合理不过。白人作家成功掩盖了白人以暴力征服和残害原住民的罪恶历史。美国哥特小说因其文学形式和写作动机和殖民事业形成了共谋。

那么为何当代印第安作家会同样倾向于采用哥特文学这种高度感性化的形式创作呢？查尔斯·克劳在《美国哥特文学指南》中这样解释：哥特文学是一种反叙事，它专注于恐惧、失败、绝望、噩梦、犯罪、疾病和疯癫等在其他文类中有所回避的负面性主题，因此提供了很好的替代性视角。① 由于哥特文学具有以上特征，这种叙事形式尤其适用于揭露和阐释个体对族裔性或国家认同的焦虑和不安。在哥特文学中，鬼魂或怪物常常象征因各种原因而难以言表的经验和记忆。具有丰富隐含意义的哥特式场景和弗洛伊德的梦境一样，成为释放潜意识中被压抑的回忆或欲望的渠道。恐怖小说的形式不仅与题材相符，小说中怪物和鬼魂的题材更是强调了当代印第安人所面临的历史问题和社会问题已经累积到让人时刻感到不安的严重程度。

一、印第安文学中的鬼魂和白人的"他者化"

印第安古老传说中常出现的幽灵或怪物形象被嫁接到印第安哥特文学中，形成了印第安作家独特的叙事策略。约瑟夫·布鲁凯的儿童小说《黑暗中的细语》出现了印第安纳拉干族鬼故事中常出现的怪物"细语者"和"刀手"。"细语者"呼唤人四次后就会消失，而"刀手"则会吃掉被拖入坟墓的活人。谢尔曼·阿列克西的小说《印第安杀手》不仅描述了高原地区的传统鬼舞，还借用了萨哈泼丁族想象死者还魂占领阳间的传说。维兹诺的《熊心》演绎了印第安亚尼西北纳族中英雄击败邪恶赌徒的故事，其形象也源于印第安民间传说中住在人头皮棚屋里的狰狞可怕的怪物。艾伦·卡尔在《眼睛杀手》中讲述了一个住在新墨西哥州的

---

① See Charles L. Crow ed. : *A Companion to American Gothic*, Hoboken: John Wiley & Sons, 2013, p. 5.

吸血鬼被多个部族的吸血鬼猎人围猎的恐怖故事。印第安哥特文学中最典型的形象是奥吉韦和克里印第安传说中的食人魔（Windigo）。它常出现于极度寒冷的北方地区，由于食欲无法满足而永无止境地吃人。食人魔是失去人形、精神错乱的怪物。印第安作家常用食人魔来比喻被资本社会个人主义侵蚀而追求个人利益最大化的个体。厄德里克的《羚妻》用食人魔的行为暗喻对利益的过分追求，认为会危害家庭和社群的团结并最终导致自我毁灭。琳达·霍根的《太阳风暴》中食人魔一样的母亲在抛弃婴儿时啃噬婴儿的脸，导致主人公的身体上留下毁灭性的伤害。不管是"细雨者""刀手""吸血鬼"还是"食人魔"，这些形象都表明鬼魂是印第安小说的重要主题。

印第安作家在书写鬼魂时，往往会改变早期英美哥特小说的叙事策略，尝试"反写"殖民传统，以再现印第安人被暴力征服以及被消费主义所胁迫的历史。比如，部分作家通过鬼魂叙事来再现印第安人的屈辱历史。1830年的《印第安人迁移法案》、1887年的《一般分配法》等迫使印第安人迁离自己的故土，逐渐被迫生活在保留地。很多作家便将作品中鬼魂出没的地方设置在保留地。比如，吉拉尔德·维兹诺的《圣路易斯的熊心》、马丁·科鲁兹·史密斯的《夜翼》、安娜·李·瓦尔特的《幽灵歌手》和路易斯·欧文的《最锋利的视野》等。在这些小说中，印第安主人公感受到的不仅是恐惧和害怕，还有被白人的资本主义驱使而走向自我毁灭的无力绝望感。又如，艾伦·卡尔的《眼睛杀手》讲述了一个住在新墨西哥州的吸血鬼被多个部族吸血鬼猎人围猎的恐怖故事，不仅表现了对20世纪末印第安部族消失的忧虑，也追溯了印第安部落被屠杀的数百年历史。通过鬼魂叙事，印第安作家再现了印第安人历史上被屠杀、被迫生活在保留地的屈辱历史。

通过鬼魂叙事再现印第安人的屈辱历史的主要意图之一在于

再现白人对印第安人的殖民、剥削和压迫。安娜·李·瓦尔特的小说《幽灵歌者》便是其中的代表作品。在小说开篇，瓦尔特写道："人类的耳朵，像珠子串在一根细绳上；人的头骨上还留有完整的毛发和耳朵；婴儿的骨头被放在药袋里……完整的尸骸陈列于玻璃橱柜中。"① 遗骸和文物静静地躺在史密森尼博物馆的阴暗角落，无法安息的印第安鬼魂却打破了这种诡异的平静。它们附身于白人学者，将他们折磨至死，只有印第安巫医举行的神圣仪式才能平息它们的怒火。小说的恐怖开篇预告一段被历史叙事掩埋的事实将被发掘和拷问，白人学者以科学名义对印第安人实施的暴行将被揭露。

　　安娜·李·瓦尔特的小说《幽灵歌者》取材于她在史密森尼博物馆的真实工作经历。故事的一条主线讲述在博物馆阁楼工作的人类学家发现馆内收藏的印第安人遗骸和圣物上附着印第安人的灵魂，因此备受幽灵困扰。三位印第安学者拉瑟尔·托曼、乔治·代莱特和威利·比盖卷入有关死亡事件的调查风波中，两位巫医到史密森尼博物馆大厅调查超自然现象，但由于博物馆对墓葬品附有印第安的幽灵持怀疑态度而处处阻挠，巫医无法发挥自己的能力。另一条主线讲述在1830年奴隶暴动中，纳瓦霍族的一个妇女连同她年幼的女儿被人掳走，她们的家人在此后数十年间一直努力寻找小女孩的后代，希望能一家团聚，然而女孩的后代对自己的身世一无所知。小说的关键人物是威利的祖父、迪内部落的灵歌手约翰尼·纳瓦霍，托曼的祖母安娜·斯内克以及能用肉眼看到灵界的巫医威尔伯。不管是怎样的灵异事件，威尔伯只需一眼就能大致看出事件的来龙去脉，甚至能预测事件的走向。事实上他在多年前已去过史密森尼博物馆，知道那里有鬼魂

---

① Anna Lee Walters: *Ghost Singer: A Novel*, New Mexico: UNM Press, 1994, pp. 42—44.

第二章 亡者归来——印第安文学中的幽灵性

作祟,也知道闹鬼的真实原因。白人人类学家唐纳德和德雷克因为这次超自然经历几乎改变了观点,转变了态度,然而最后他们仍然因为恐惧而退却。最后博物馆将遗骸归还给同族的后人,事件才最终平息。

《幽灵歌者》涉及印第安历史上真实存在却被轻描淡写的残酷事实。书中虚构的史密森尼博物馆是权威学术机构的代表,也是白人知识话语体系的代表,它以霸权式的文化观点决定了研究对象和藏品的收集和展出。博物馆的学者和工作人员与保留地的印第安部族后裔达成交易,由他们带领前往其祖先的墓地进行勘探和挖掘,收集坟墓中的陪葬品、宗教仪式器具和死者的尸骸。博物馆收集的印第安人尸骨不少是白人军队大屠杀的被害者,尸骸和陪葬品的展出无异于变相宣告白人镇压原住民的胜利。它让人联想起1864年沙河大屠杀后美国军队在科罗拉多州所有剧院公开展览印第安人遗骸的事件。所展览的"物品"包括印第安战士的头皮、被切掉的睾丸和妇女的子宫等。这种炫耀战利品式的惨绝人寰的展览必定会受到公开谴责。在小说中,史密森尼博物馆的阁楼中不仅藏有用二十个断指做成的项链、装在瓶中被做成标本的孩子尸体,还有装着婴儿骨架的尸骨袋。博物馆也自觉这样的收藏行为有违伦理,于是将这些"具有高度争议性"[1]的东西藏在阁楼的抽屉和箱子口。另外,他们也只向非印第安族裔的参观者展出这些藏品,以免受到印第安人的抗议。尽管如此,白人还是公然表现出对被殖民者的蔑视和对遗物的侮慢。比如,博物馆的负责人之一唐纳德·伊万"用左手拨弄一串人耳……一边用右手给自己倒了一杯咖啡"[2]。在印第安文化中,一边接触死

---

[1] Anna Lee Walters: *Ghost Singer: A Novel*, New Mexico: UNM Press, 1994, p.44.

[2] Anna Lee Walters: *Ghost Singer: A Novel*, New Mexico: UNM Press, 1994, p.92.

者一边吃喝是对神圣死者的冒犯。不仅如此，伊万还"把耳朵卷起来套在钥匙串上"①，对遗骸的亵渎态度可见一斑。他的前任乔弗里·纽森更厚颜无耻地把人手指做的项链戴在身上。这些人完全无视尸骨的后代还活在世上，更不尊重印第安文化习俗，因为他们从未将印第安原住民视为与其平等的人类，这也解释了为何他们以科学研究的名义大肆搜罗这类遗物。经过估算，史密森尼的馆藏尸骨数目一度达到 18 500 具，在尸骨上进行的实验研究备受外界诟病。在印第安人看来，为美利坚合众国事业服务的历史学和人类学具有极强的政治性。

　　由于印第安人的强烈抗议和激进分子的努力游说，美国国会终于在 1990 年通过了《印第安人坟墓保护修复法》，禁止以私人或机构名义交易、运输或贩卖印第安人的遗骸，并要求州立机构和博物馆清点和保存印第安人或夏威夷原住民的遗骸，查清遗骸的身份并将其归还给遗骸部落的后人。尽管法案在一定程度上承认了白人屠杀印第安人的事实，然而法律文本却完全没有记录这一点。D. S. 彭斯利考察该法案时说道："法律文本中没有丝毫涉及 1942 年后屠杀印第安人和戕害尸体的信息。在法律的第一条中，墓地一词指天然或人为、位于地层下或地表的地点，用于印第安部落举行葬礼时安放遗体。该定义忽略了大屠杀或战争后印第安人被吊死的场所和多数尸体被草草堆放的地点，无视整个部族被灭绝后由于数量过多未来得及埋葬的尸体。"②法律条文中种族主义意味浓厚且模棱两可的措辞还见于多处，例如个人或国家机构必须"遣返"被"挪用"的文物和人骨这一表达。"遣返"

---

① Anna Lee Walters: *Ghost Singer: A Novel*, New Mexico: UNM Press, 1994, p. 93.

② Danielle S. Pensley: "The Native American Graves Protection and Repatriation Act (1990): Where the Native Voice Is Missing," in *Wicazo Sa Review*, vol. 20, no. 2, 2005, pp. 37—64.

一词以胜利者的口吻将印第安人置于战犯和俘虏的位置,"挪用"掩盖了白人的抢劫和非法交易行为。这无疑是对立法目的的莫大讽刺。政府立法和博物馆对待尸骨态度的改变在一定程度上表现出政府对原住民诉求的关注,然而小说中的科学家和学者的种族主义态度仍十分露骨。年轻的印第安学者质疑纽森对尸骨的处理方式让后者怒不可遏;唐纳德·伊万始终把印第安人的文化传统和宗教习俗视为迷信,他强烈反对将尸骨归还给印第安后裔,因为他深信印第安子孙在参观按博物学规则编号和命名的遗骸后会更清楚自己在社会中的地位。

除小说中的白人考古学家和人类学家外,白人历史学家也在伪造历史的过程中扮演了重要的角色。他们为建立具有整体性和连续性的历史,主观地忽视了少数族裔。福柯在《知识考古学》中批判了服务于意识形态的历史编纂,然而史密森尼博物馆历史学家的所作所为恰是这样。《幽灵歌者》中的历史学家戴维·德雷克总是幻想自己是为印第安事业做出积极贡献的好人。德雷克出生于美国东部,自小熟悉印第安人的生活,一直对印第安人很感兴趣。他尤其关注印第安人在历史上的缺席和博物馆长久以来对印第安文化遗产的"保护",因此他渴望从纳瓦霍人的角度书写和厘清纳瓦霍部族的历史。纳瓦霍族人约翰尼接受了其口述部落历史的要求,并请求德雷克帮忙调查百年前纳瓦霍族人遭到白人奴隶贩子掳掠的事。德雷克当即婉拒,他否认白人曾经在美国西南部进行奴隶交易的肮脏历史,因为他从未在历史书上看到过这样的残暴行径。在他看来,约翰尼的请求太过荒唐,因为这种事根本不可能发生。他想写出客观中立的原住民历史的愿望最终被现实挫败。不仅学界同寮反对他撰写历史的叙事角度和书写策略,长期以来他严格按照社会准则接受的学术训练也让他无法跳出狭隘的"历史叙事"框架。和约翰尼的沟通令写作备受阻挠,他感到自己只是听老人讲述了"与事实毫无干系的长长的故事",

更糟糕的是印第安人倾向于"臆造个人想象的纳瓦霍历史"①。德雷克没有从老人的口述文献中找到他需要的信息，但远离真实文献和史料却让德雷克顺利完成了整部历史著作。作为受过正统学术训练的学院派历史学家，他还高度怀疑印第安口述史是否为凭空捏造。个人记忆中的印第安人被奴役和买卖的事件被忽略，文本对历史的单一再现和阐释置换了个人经验和记忆，形成了固定的知识体系。小说通过德雷克这个人物生动诠释了福柯笔下基于先验知识撰写历史的史学观，他不是从原始材料出发通过分析归纳还原历史，而是按照想象寻找史料以重建历史。如此一来，文献从来源变成了历史叙事的附庸和工具。德雷克最后决定抛弃纳瓦霍人的视角，因为他认为这些不够理性的叙述会动摇学术的根基，分不清神话和史实界限的印第安人口述的历史缺乏可信度和事实根据，"极有可能败坏他的学术名声"②。

《幽灵歌者》以史密森尼博物馆中各类白人学者的学术实践证实了学科研究为建构国家认同和为国家事业服务的性质。人类学和历史学合谋创造的印第安人，编造的印第安历史与真实存在过的印第安人和印第安历史已经毫无关系。史密森尼博物馆中的仿像③代替实际个体填充了历史学家所谓的真实，为参观者展示了完整正统的美国历史画卷，而真实的印第安人则一直被藏在史密森尼博物馆的阁楼深处，其后代的声音也因被认为非理性、不可信，而被拒于学术体系的门外。真实和仿像之间的模糊边界为

---

① Anna Lee Walters: *Ghost Singer: A Novel*, New Mexico: UNM Press, 1994, p. 30.

② Anna Lee Walters: *Ghost Singer: A Novel*, New Mexico: UNM Press, 1994, p. 78.

③ 仿像（simulacra）是鲍德里亚的重要理论之一。"simulacra"一词一般翻译为"仿像"或"拟像"，本书采用"仿像"这一翻译。鲍德里亚用这个概念表示话语权力使反映真实的规律被打破的现象。仿像让缺席（absence）表现为存在（presence），把想象（imaginary）表现为真实（real）。

第二章 亡者归来——印第安文学中的幽灵性

瓦尔特创造了重写历史的可能性，于是在《幽灵歌者》中我们看到真相以死者鬼魂的形式归来。除了幽灵歌者本人，纳瓦霍巫医"白羊"和女儿"红夫人"的鬼魂也向后人讲述了纳瓦霍人在萨姆纳堡被监禁和被白人奴隶贩子拐卖的事实。艾奥瓦族巫医勒克莱在死后仍然出现在印第安人安娜·斯内克的幻觉中，之后他的鬼魂袭击了博物馆的人。被静置在博物馆中的断指残臂变成了巨大的怪物，将博物馆变成争夺话语权的场所。在这里白人从观看者变成了被观看者，从定义他者的人变成了被他者定义的人，彻底失去建构知识和传播知识的合法位置。被白人剥夺人类身份的印第安人以鬼魂的方式重新找回了人性：博物馆管理员简·威利在阁楼死者的肢体中逐渐看到印第安人还魂变成逼近她的活人；纽森在阁楼上听到活人发出的喘息声；唐纳德盯着墙上挂的那串人耳朵，惊恐地感觉到有人向他逼近。最终，感到被鬼触碰而被吓疯的威利在尖叫中从高处坠落身亡。纽森发现阁楼中锁着的尸骨跟随自己回到家里，在歇斯底里中从十三楼阳台上坠落。最令人毛骨悚然的是，通往阁楼的阶梯上出现非人的脚印，藏品中发出异常的声响，唐纳德坐在阁楼房间中，突然被巨大的鬼魂抓住，举起来重重地摔在地上。唐纳德第一次感到自己就像被他摆弄过的印第安尸骨一样被粗暴摔打，因为极度恐惧和疼痛，他昏厥过去。鬼魂的复活让大一统的历史分崩离析，让白人承认知识结构中渗透的压迫性权力。小说以鬼魂隐喻暴露了国家想象中印第安人的缺席。这很难不让人联想到福柯在《知识考古学》中提到的历史的首要任务是研究文献和遗物的内涵，按照需要从文献中甄选出所需的原始材料进行处理加工。白人学者罔顾伦理道德，挖掘印第安人的墓地，买卖文物和遗骨，其目的无非在于制定有用的"文献"，重建属于白人殖民者的历史。印第安人只是在历史学和历史叙事中被编纂者固定的背景和剪影，他们没有属于自己的过去。瓦尔特的鬼魂象征着被白人偷走的历史和遗骨再次回到人间,凸显印第安人想要反写历史和为受到侮辱的遗骨复仇的强烈欲望。

白人被幻化为鬼魂是印第安作家反写历史以充分再现白人文化对印第安部落的破坏的又一途径。为了充分再现这种破坏性力量,许多印第安作家将白人幻化为鬼魂,比如厄德里克的儿童小说《桦树皮小屋》。故事背景设定在 1800 年。此时正值白人肆虐印第安人聚居地,在此期间白人罹患的天花传染给了当地原住民,导致天花的爆发。七岁的奥马卡娅在照顾家人时偶然发现自己有治愈病人的神奇能力,自此决定成为部落的巫医。白人的领土扩张对印第安人构成的潜在威胁还未波及奥马卡娅居住的奥吉布瓦人聚居地,当地社会仍然维持着自给自足的生活方式,但是奥马卡娅等人发现外来者已经影响到部落成员日常生活的方方面面。白人"大批来到奥吉布瓦人的定居地,在这里搭起小屋,开办市集,搭建谷仓,开辟菜园、牧场,筑起篱笆,建了毛皮交易站、教堂和教会学校"①。白人还带来了致命的天花,让整个村镇都染上疾病,最终奥马卡娅的弟弟因染上天花死于襁褓之中。白人对印第安人造成的威胁在厄德里克的下一部小说《沉默的游戏》中变本加厉。美国政府悍然侵入奥吉布瓦聚居地,撕毁了之前和部落签下的条约,强制他们西迁至拉科塔和达科他人居住的区域。奥吉布瓦人明知这样会引起部落间的战争,却不得不接受家园被毁的命运。此时白人已经完全把原住民的居住地占为己有,无处不在的白人在奥吉布瓦人心目中逐渐幻化为魔鬼的形象。奥马卡娅的父亲打猎回来,向家人讲起他被饿鬼拼命追赶,差点被捉住的经历。讲完故事,父亲便和朋友谈论起白人殖民者逐渐遍布奥吉布瓦土地的事,他们猜测白人这样做的动机,并且

---

① Louise Erdrich and Nicolle Littrell: *The Birchbark House*, New York: Hyperion Books for Children, 1999, pp. 76−77.

认为白人生下来就像永远填不饱的鬼魂①。父亲此时突然将话题拉回刚才的经历，说像鬼一样攻击他的人"大概是生前因饥饿而死，所以才永远忍饥挨饿"②。印第安人对穷追不舍的鬼魂的生动描述与现实中奥吉布瓦人的领土被白人步步吞噬的情况形成了微妙的对应。印第安人露骨而辛辣地把白人比作由于贪婪而丧失道德和理性的鬼魂，和白人将印第安人视为嗜血野兽的观点形成了强烈的反讽。通过现实与幻想的并列比较，作者为现实披上了魔幻的外衣，产生了令人顿悟的效果：白人在印第安人眼中才是食人鬼，对土地和财富永不满足的欲望促使他们同类相残。父亲用计谋逃脱了鬼魂的追捕，并诱使白人毛皮商进入下棋的圈套，用白人发明的西洋棋赢了白人毛皮商，为家人赢得了冬季可靠的食物来源。厄德里克的对照叙事试图解构白人和印第安人之间粗暴的二元对立划分。通过类似灵界的想象空间和真实空间的倒置，厄德里克颠覆了纯粹以白人（人类学家和殖民者等）人为设置的固定框架窥视印第安人的视角，以印第安人的眼睛夺取凝视权（right of inspection），揭示白人的残忍和贪婪。

  这些印第安作家通过鬼魂叙事展现了当今社会印第安人的关注焦点：一是印第安人屈辱的文化经历；二是白人主流知识体系对印第安人的消声。艾伦·卡尔在《眼睛杀手》中讲述了一个住在新墨西哥州的旧世界的吸血鬼被多个部族的吸血鬼猎人围猎的恐怖故事。弗兰克·莫雷提在《恐惧的辩证法》一文中提到吸血鬼的本性是"不断积聚的贪婪"③。卡尔笔下的吸血鬼有永无止

---

① Louise Erdrich and Nicolle Littrell: *The Birchbark House*, New York: Hyperion Books for Children, 1999, p. 80.

② Louise Erdrich and Nicolle Littrell: *The Birchbark House*, New York: Hyperion Books for Children, 1999, p. 65.

③ See Franco Moretti: "The Dialectic of Fear", in *New Left Review*, vol. 136, no. 1, 1982, pp. 67–85.

境的胃口，还有将咬过的人变成吸血鬼的能力，这些特征与莫雷提所说的"不断积聚的贪婪"，影射了白人主流社会所推崇的资本主义和殖民主义对少数族裔文化的消耗。《幽灵歌者》通过印第安人鬼魂的回归，证明了白人对印第安人的殖民。无论是博物馆的管理者还是研究者都在灵魂歌者毁灭性的报复下被绝望、囚禁和病痛折磨，最终发疯和自杀，其实也变相宣告了权威的土崩瓦解。小说中跨文化认知产生的误解和对灵魂的不同认识揭示了白人和印第安人对历史和超自然的认知差异。白人历史学家书写纳瓦霍部落历史的尝试以失败告终，是因为他傲慢地将从部落获得的真实史料当作无关紧要的信息，失去了在历史书写中需要采取的中立态度。厄德里克·瓦尔特和其他一些当代印第安作家希望通过文学唤醒读者的历史意识，使他们认识到带有偏见或误解的历史叙事如何扭曲了历史真相，从而影响现代人对过去的认识，塑造人的历史观和对民族国家的理解。

二、印第安哥特文学的鬼魂叙事和民族文化身份建构

印第安哥特文学最显著的特征在于作家灵活利用了生者和死者之间被鬼魂占据的第三空间，形成了具有印第安文化特征的鬼魂叙事。基于鬼魂处于模糊边缘地带的特殊性质，鬼魂和被鬼魂占据的空间成为再现历史和承载文化记忆的最好载体。由于鬼魂赋予了沉默的死者以主体性和话语声音，鬼魂叙事使得被宏大叙事压制的对象超越时空阈限与今人进行对话，与主流话语混杂和斗争，在单一文本中呈现杂语纷呈的多元世界。布罗根指出，鬼魂叙事中的文化魅影是无法被埋葬的集体记忆，是被白人屠杀和抛尸的亡魂，它们如同纳瓦霍传说中没有被下葬的尸骸，到处寻

第二章 亡者归来——印第安文学中的幽灵性

找活人附身其上。① 莎朗·霍兰德将鬼魂的第三空间视为一个封闭和不确定的薛定谔盒子②，印第安人在其中经历生死叠加状态，它永远抗拒他者和外力侵入这个想象空间，事实上死亡恰恰让鬼魂具有了永生和不断轮回的能力。

德里达关于"不在场幽灵的在场"的表述为读者揭示出幽灵处于中间地带的双重性和不确定性。鬼魂的边缘性使其能重述宏大叙事下被遗忘或掩埋的真实历史，再现少数族裔无法言说的恐惧或欲望。因此，少数族裔作家通常利用幽灵、鬼魂等隐喻使少数族裔群体在死亡中获得主体性和言说权力，这一点在印第安文学中得到充分印证。如在《黑麋鹿如是说》和《亡灵历书》中，作者用鬼魂叙事的策略重新回顾殖民者迫使印第安人迁徙和屠杀印第安人的历史，动摇了殖民叙事将印第安人他者化和边缘化的根基。印第安哥特文本中对鬼魂的描写说明幽灵性作为印第安民族主义的要素和去殖民化的写作策略，深刻影响了后殖民时代印第安群体文化身份的建构。鬼魂的文学功能在于表现印第安人对失去场所的归属感、文化创伤以及集体记忆。

印第安部落有关鬼魂的口述史和民间传说在原住民文化中的作用不仅是取悦或警示儿童，它们也是连接儿童和祖先以及历史的纽带。先人的灵魂有安抚人心的作用，祖先鬼魂的故事经过代际传递，对增进家族凝聚力和塑造后代的人格和世界观起到重要作用。由此可以看出，印第安哥特叙事中的幽灵更多地扮演了历史记录者的角色，成为家族和部落成员亲密关系形成的催化剂。尽管祖先鬼魂的回归并不能完全治愈印第安人由于流离失所和痛失至亲受到的伤害，然而祖先鬼魂的回归为印第安后裔创造了重

---

① Kathleen Brogan, "American Stories of Cultural Haunting: Tales of Heirs and Ethnographers", in *College English*, vol. 57, no. 2, 1995, pp. 149—165.

② Sharon Patricia Holland, *Raising the Dead: Readings of Death and (Black) Subjectivity*, Durham: Duke University Press, 2000, p. 26.

新解读历史、复兴印第安文化和社群的可能性。印第安奇卡索作家琳达·霍根在20世纪90年代末创作的成长小说《力量：一部小说》就是召唤祖先灵魂讲述过去的典型例子。十六岁少女奥密西塔·伊顿出生于虚构的印第安部落泰加，她由阿姨艾玛抚养长大，和部落余下的三十多个成员一同面临与其他印第安部族相同的逐渐衰落走向灭绝的命运。在一次剧烈的风暴后，艾玛和奥密西塔因追踪一只受伤的鹿误入沼泽地，两人用鹿作掩饰追逐泰加的圣物猎豹。之后，艾玛因杀掉了瘦骨嶙峋的猎豹而被指控违反了濒危动物保护法。这次事件几乎让部落分崩离析，泰加的成员指责艾玛触犯了部落虔诚遵守的戒律。然而奥密西塔和艾玛触犯戒律的动机却是试图复活泰加的亡魂，并以此拯救印第安逐渐失落的文明。哥特叙事里面的主人公常常打破禁忌，曝光被严禁说出的秘密；一旦魔障被打破，必然会暴露出被隐藏多年的惊人内幕。奥密西塔和艾玛打破禁忌复活亡灵的举动，恰恰旨在找到印第安死者之所以被永远封存的原因：印第安人被迫选择性遗忘史实才能被容许生存。人为的禁忌以及奥密西塔和族人的对峙实质上反映了当代印第安人本身也存在拒绝承认历史的矛盾心理。生存环境的恶劣以及创伤和丧失带来的焦虑失落感使得印第安人很难接纳自己的历史。大部分印第安人接受了白人主流范本的历史叙事，拒绝接纳另一版本的历史，以隐藏自己的不安和不确定。小说中，幽灵的形态恰好影射了历史令人不安的阴暗面：在奥密西塔面前出现的四个女性幽灵"没有脚，似乎在空中滑行"[1]，她问艾玛她们是谁，艾玛只是"闭上双眼，脸上出现了我从未见过的表情，就像她同时看到了美丽和可怕的东西"[2]。奥密西塔

---

[1] Linda Hogan: *Power: A Novel*, New York: W. W. Norton & Company, 1999, p. 24.

[2] Linda Hogan: *Power: A Novel*, New York: W. W. Norton & Company, 1999, p. 24.

第二章 亡者归来——印第安文学中的幽灵性

受这些女人魅惑,前往部落禁止人涉足的圣灵栖息地乞力沼泽,一路上这些幽灵不仅为她们引前进的方向,还为她扫清障碍。这是印第安文学中的幽灵最显著的特点之一:它们更像连接过去和现在的桥梁,用故事的方式实现了文化的代际传递和种族的延续。生与死的联系,生命的循环往复,都体现了印第安民族独特的文化价值观。奥密西塔和艾玛探寻亡灵埋葬的场所还体现了另一层含义,它提示读者历史的书写实际上是不同力量相互制衡的过程,埋葬于一个场所的亡灵是缺席的集体记忆,为悼念者展示了这个场所被遗忘的历史。闹鬼房间的无声诉说并不单纯是为了播种恐惧,也是为了不断唤醒历史曾经存在的意识,正如柏林纪念大屠杀的博物馆的展览空间的虚无和空白。琳达·霍根的成长小说借助哥特文学在少数族裔叙事建构中具有的社会功能,唤醒亡灵,掀开尘封的历史。

通过祖先亡灵向后代昭示未来,传达有关民族文化身份信息的文本还包括《圣提拉故事集》和《沉默的游戏》等儿童文学作品。《圣提拉故事集》的作者埃德娜·切克勒里出生在传统的印第安切诺基家庭,从小接受切诺基语教育并受切诺基文化影响,立志要帮助下一代人传承濒临灭绝的切诺基语和切诺基文化。她倾尽一生教授切诺基语、传统手工艺以及切诺基传统的歌舞,希望能尽可能地将印第安文化传播给更多的青少年。为了吸引青少年读者,切克勒里出版了印第安传统的鬼故事集。在该故事集中,主人公和家庭成员一起为刚过世的亲戚守夜,全家人沿着山野小径连夜赶路,路上只有月桂树丛和月光。年幼的"我"在黑暗中感到惴惴不安,因为"我"想起老人曾在露台上讲过的鬼怪传说。骇人的故事情节更加重了"我"内心的恐惧,"我"只看到一些白影尾随"我们":

它向前走

(喘着粗气)

我偷看了下
　　张开双眼
　　只看到
　　通身
　　雪白
　　布匹
　　犹如悬挂的窗帘。
　　那具尸体没有头
　　也没有影子
　　我看到它张开双臂。①

　　女孩的父亲态度强硬地让幽灵走开，并保证不会伤害它，幽灵"升入空中，越过月桂树枝，消失不见"②。这段看起来毫无意义的经历在印第安文化语境下具有特别的意味，它以鬼魂为载体为生者和死者创造了对话的可能性。保罗·德曼在《作为抹除的自传》一文中提出，诗人用亡灵具象化的方法实现与祖先或文学先驱的对话，将主体性和声音转移到虚构的媒介中，让它们进行替代性发言。③ 德曼指出，这种拟人法实质上代表了主体的声音被压制或被剥夺，与亡灵的交流和对话并不存在实质上的交换，反而使话语主体失去了自己的地位。从德曼对话语主体置换的讨论中我们可以推测切诺基人虚构死者灵魂的动机，父亲默认女孩看到的白色鬼魂并毫不犹豫地帮她驱赶，说明两人在幻象中达成默契共识，但他们并未像德曼的诗人一样被"惊吓到全身僵

---

　　① Barbara R. Duncan and Davey Arch eds.：*Living Stories of the Cherokee*, Chapel Hill: University of North Carolina Press, 1998, pp. 134—135.
　　② Barbara R. Duncan and Davey Arch eds.：*Living Stories of the Cherokee*, Chapel Hill: University of North Carolina Press, 1998, p. 135.
　　③ See Paul De Man："Autobiography as De-Facement", in *MLN*, vol. 94, no. 5, 1979, pp. 919—930.

第二章 亡者归来——印第安文学中的幽灵性

硬"后被夺取话语权和能动性,反而将鬼魂驱走。和德曼的结论相反,在印第安文化语境中,人与鬼魂的对话更类似于一种赋权的方式,它象征着在白人文化裹挟下失去话语权的话语主体重新确立自我认知的间接途径。

在厄德里克的儿童小说《沉默的游戏》中,祖母诺克米向奥马卡娅讲述了自己看到祖辈灵魂的幻视经历。当时还是孩子的诺克米偷乘木筏到达湖心,在湖面上看到祖母的鬼魂以年轻的面貌出现在眼前,而前来寻找诺克米的祖父被妻子的鬼魂蛊惑,决定与她一起沉入亡灵的国度。除了讲述目睹活人被带往灵界的经历,诺克米还讲述了自己小时候遇到一个死灵魔法师的故事。该魔法师虽然身形矮小却散发出骇人的气息。经历家人和族人死亡的奥马卡娅本已心灰意冷,然而,在前往保留地的独木舟上她的眼前浮现出死去家人的面孔,回想祖母讲述的灵界故事,她心中倍感慰藉。恍惚之间,她仿佛瞥见"其他的灵魂,那些善良的灵魂,曾帮助过她祖母的那个魔法师,她向他们敞开心扉"①。奥马卡娅在逝者亡魂的抚慰下决心鼓起勇气面对更大的考验,她坚信亲人的灵魂会在被强制迁徙的艰难旅途中庇佑她。在该小说中,印第安鬼魂不仅没有散播恐惧和死亡,反而给予后人勇气和信心,变成了生命的来源。印第安人对鬼魂的观念不仅符合印第安的"神圣环形""生命循环"的哲学思想,也与列维纳斯的观点不谋而合。不同于海德格尔否认生者和死者间存在确切联系的观念,列维纳斯认为,人通过他者确认自我的存在,他者无论生死都与自我密不可分,死亡是自我与他人的另一种联系。②列维纳斯将自我定义为他人死亡的幸存者,幸存者的定义仍然被置于

---

① Louise Erdrich: *The Game of Silence*, New York: Harper Collins, 2005, p. 248.

② See Tina Chanter: *Time, Death, and the Feminine: Levinas with Heidegger*, Redwood City: Stanford University Press, 2001, pp. 170—188.

逝者的背景下，他者的死亡并不等于表意的终止。根据列维纳斯理论解读《圣提拉故事集》和《沉默的游戏》，这两个文本向读者展示了印第安文化中鬼魂对生者的重要意义。在死者和幸存者的表意系统中，鬼魂作为表意符号指向不同的死亡含义，维系生者和死者的不同表意关系。诺克米和奥马卡娅在解读鬼魂的意义时或将自我理解为死者的幸存者，或将自我视为传统文化的传承者。列维纳斯指出，死者通过不可预知的符号传达的含义影响幸存者自我认同的形成，鬼魂表示的不同含义也成为印第安人身份认同的来源。

对特定场所的归属感是印第安作家尤其想要表现的主题，部落的文化实践和生活经验为一个单纯的地理位置赋予了特殊含义，也让印第安人的记忆铭刻下这个地方。这种感情在印第安人被强制迁徙到保留地后更加强烈，而鬼魂恰巧成为当代作家的叙事策略，成为连接印第安后裔和祖先的文化纽带。鬼魂在叙事中作为血缘和文化纽带的隐喻反映出场所作为文化标志和身份认同方式对印第安人的重要性。厄德里克的小说真实记录了没收土地和文化规训对奥吉布韦印第安人带来的冲击，他们唯有从与土地的联系中才能找到部落的归属感。在小说《小无马奇迹的最后一次报道》中，作家厄德里克将失去土地的印第安人比作无家可归的印第安鬼魂。印第安的每一寸土地都铭刻着祖先的名字，人和场所的相互依存关系在此表现得淋漓尽致。通过鬼魂和场所的共生关系，作品表现了印第安人强烈的民族主义精神和回归民族文化的意愿。克里克印第安诗人哈犹在早期诗集《她有一些马匹》中也通过鬼魂叙述表达了强烈的民族主义意愿。在该诗集中，多数诗歌讲述的都是关于一个内心伤痛无法治愈的独行者的故事。她深受祖先鬼魂的折磨而不得安宁，只有永远游荡在北美大陆上，徘徊于各个城市之间。在鬼魂的指引下，独行者回到印第安人被迫迁离的家园，沉默的故土向她讲述白人殖民者践踏印第安

第二章 亡者归来——印第安文学中的幽灵性

人的经历。哈犹通过想象的空间再现了真实发生的事件,重新建构了创伤经验的意义。诗歌中一直追随叙述者的鬼魂变成了创伤符号和建构创伤的场所,它无所不至的存在打破了时间、空间、神话和个人经验的边界,回溯历史并反转了迪·索托等早期白人探险者看待新大陆和原住民的视角,展现出由暴力和贪婪构成的美国殖民景观。每个城市展现出不同的历史图景,反映不同部落的传统和习俗、历史创伤经验,由诗人逐渐绘制成遍布整个北美大陆的原住民历史画卷和文化景观,相似的经验和特征赋予了红种人共同的印第安身份。哈犹在《新奥尔良》一诗中写道:

> 这是南方。我寻找着
> 其他克里克人,寻找那些残余的声响
> 寻找那些烟熏一样的褐色骨头,
> 而流浪到康缇街,罗亚尔,迪凯特。①

作者不断在各个地方寻找自己的同胞以求血缘和文化上的身份认同,最终发现只有和祖先父辈一样把以迪·索托为代表的白人作为克里克印第安人的对立面,才能产生纯粹独立的民族意识。在印第安叙事中,白人迪·索托才是已经死去被埋葬于无名墓地的人,而印第安先人的鬼魂会延续到现代历史中。在美国殖民史中,迪·索托象征着西班牙探险者发现新大陆的胜利和为欧洲带去丰富资源的福祉,而在克里克人的眼中,迪·索托只是印第安文明毁灭的噩兆。"他应该待在自己的国家",叙述者这样说道,"克里克人在数里以外就感受到他/即将闯入村镇",印第安人"早已清楚他是那些白人中的一员/他们垂涎的东西太多/超过

---

① Joy Harjo: "New Orleans", in *She Had Some Horses: Poems*, New York: W. W. Norton & Company, 2008, pp. 42—43.

了他们应付的能力"①。据史料记载,迪·索托由于热症在一个印第安村庄去世②,诗歌中却写克里克人最终"把他溺死在/密西西比河/免得他被自己的贪欲淹死"③。欧美史学家坚信迪·索托死于热症,为免印第安人破坏他升入天堂的神圣时刻,同伴将他秘密安葬于密西西比河畔。然而向印第安人隐瞒迪·索托的死讯这一点却含义颇深,其背后是迪·索托带着600人的队伍、200匹马和一大群猎犬在佛罗里达州登岸后烧杀抢掠长达三年的残酷事实。他的经历被历史叙事美化为推进西班牙殖民事业的功绩,这是典型的欧洲中心主义的表述。而诗人将迪·索托的死因改写为原住民的报复行为,则是后殖民语境下对欧洲中心主义历史话语的反写和解构。在诗歌的另一处叙述者感叹道:"我的灵魂来此痛饮/我的灵魂来此痛饮/鲜血的暗流。"④ 这里的鲜血不是为了制造恐怖小说中毛骨悚然的效果,它是联结家庭、部族的血脉,是后代追溯祖先的潜在证明。鲜血的潜流带着叙述者沿着从西到东、从俄克拉荷马到新奥尔良的轨迹移动,意味着被强迫迁走的印第安灵魂在地理和象征意义上的双重回归。印第安人被驱赶到保留地。主流社会对空间的人为划分和隔离导致历史血脉被割裂,而鬼魂的超验性使得空间的重新占领成为可能。叙述者通过重新想象新奥尔良来找回失落的归属感。通过血缘的引导和对特定场所的回归,印第安后裔得以重新定义自身的存在。沃玛

---

① Joy Harjo: *She Had Some Horses: Poems*, New York: W. W. Norton & Company, 2008, p. 43.

② Lawrence A. Clayton, Edward C. Moore, and Vernon James Knight eds.: *The Expedition of Hernando de Soto to North America in 1539 – 1543*, vol. 1, Tuscaloosa: University of Alabama Press, 1995.

③ Joy Harjo: *She Had Some Horses: Poems*, New York: W. W. Norton & Company, 2008, p. 43.

④ Joy Harjo: *She Had Some Horses: Poems*, New York: W. W. Norton & Company, 2008, p. 42.

克也因此评价哈犹的诗表达了"诗人以自我意志创造出想象空间,为新奥尔良重新赋予了克里克人的政治含义和文化价值"①。

鬼魂叙事不再是白人扭曲记忆、将印第安人他者化的过程。在哈犹的诗歌中,以白人为主的活动区域被揭示为产生印第安族群共同经验和文化习俗的温床,而鬼魂的回归则让新奥尔良从单纯的地理处所变成了少数族裔意识的居所和多重政治含义动态竞争的空间。哈犹诗歌中鬼魂叙事与特定场所的动态关联也常见于其他当代印第安文学文本。印第安乔克托作家路易斯·欧文在《最锋利的视野》和《尸骨游戏》中以密西西比沼泽为背景,描绘了乔克托幽灵和乔克托保留地连环杀手等形象;同为乔克托人的作家勒安·豪威所著的《龟甲舞者》中出现附身在现代人身上的来自18世纪的乔克托鬼魂;专栏作家、印第安契第马查人斯图夫在一篇散文中写下他和祖先不灭的亡魂共享"暮光的世界,现在和过去的边缘,现世和灵界的分割线变得模糊脆弱"②。在这些作品中,鬼魂成为一种与特定场所关联的社会记忆,在印第安哥特文学中出现的目的更像是诱导读者去揭开隐藏其中的原住民创伤,再现印第安人对特定场所和民族文化的归属感。

三、小结

欧洲哥特叙事符合弗洛伊德提出的诡异理论和崇高的审美概念,这也是为何这种特定的文学形式必须伴随特定历史时刻和特定地点以达到期望的美学和伦理效果。欧洲哥特文学传统中的鬼魂和幽灵具有瞬时性和在场性,它强迫观看者接受冲击性的瞬

---

① Craig S. Womack: *Red on Red: Native American Literary Separatism*, Minneapolis: University of Minnesota Press, 1999, p. 226.
② Eric Gary Anderson: "Raising the Indigenous Undead", in Susan Castillo Street & Charles L. Crow eds., *The Palgrave Handbook of the Southern Gothic*, London: Palgrave Macmillan, 2016, pp. 323-335.

间,然而它的展示并未在可认识的框架之外干扰信息的认知,也并未造成读者意识和现实感的断裂。印第安文学中的鬼魂叙事则大相径庭,它更强调幽灵的反复回归和不在场性。在印第安鬼魂身上不存在一个产生崇高体验的"现时",它处于德里达所描述的一个悬而未决的状态,暴露出建立在虚假历史上的连续性和不确定性。印第安作家以鬼魂的不在场强调在殖民史中逝去和被遗忘的生命。然而这种缺席因其空白更显得触目惊心,因为缺席已经变成被屠杀和被遗忘的生命的具象化形式。简而言之,印第安哥特文学中的幽灵性是原住民文化创伤的表征和反映,它既参与埋葬和挖掘事实的过程,也将社会记忆重新置于当代语境下进行考察。主流话语的语境框定下对印第安历史的单一解读产生的意义被印第安鬼魂的幽灵性——解构,鬼魂的存在推翻了阅读者习以为常的经验,将我们对历史的解读导向更多的可能。

第二节 《黑麋鹿如是说》中的鬼舞运动和印第安文化史

1930年8月,西部作家约翰·奈哈特到位于南达科他的松岭保留地拜访奥格拉拉苏族人黑麋鹿。彼时奈哈特正在写关于美国西部的长诗《西部之环》,他已经出版了长诗的第四部分"印第安战争之歌",正在为最后一部分"弥撒亚之歌"寻找素材。奈哈特曾定居在内布拉斯加的奥马哈保留地附近,因此已经熟悉印第安文化,他知道黑麋鹿是出名的苏族圣人,伟大的苏族酋长疯马的表亲。两人初见,黑麋鹿就发现奈哈特是真正对印第安历史和灵界感兴趣的倾听者。他希望告诉奈哈特自己的人生经历和预言,因为他预感自己将不久于人世。黑麋鹿没有透露自己将死的预感,也没有说出站熊的故事,他只是说:"我所知道的只是

第二章 亡者归来——印第安文学中的幽灵性

上天让我替人知晓的事情，真实，美丽。不久我将长眠于青草下，这些事将不为人所知。你是上天派来挽救这些故事的，你要返回这里我才会告诉你。"① 第二年奈哈特回到保留地聆听黑麋鹿的事迹，之后他将这些口述整理成小说，即《黑麋鹿如是说》②。黑麋鹿的儿子本充当了两人的翻译，奈哈特的女儿负责用文字记录两人的对话。

《黑麋鹿如是说》是典型的口述史，叙述者以口头形式说出自己的人生经历。印第安人的典型文学体裁就是口述自传，最早以这种形式出版的作品是1833年的《黑鹰的自传》③。这类印第安作者往往不擅长用英语对话和写作，他们的人生故事也缺乏具体的主题和中心，因此常常由能与之沟通的白人为其记录编辑。《黑麋鹿如是说》是有关预言和预言实现情况的故事。黑麋鹿的预言是基于苏族信仰的幻视，整个故事也围绕黑麋鹿和苏族神的关系展开。在苏族文化被挤压到几近灭绝的历史语境下，黑麋鹿的自述和美国边缘群体文类——非裔奴隶叙事和犹太裔大屠杀叙事有相似之处。另外，《黑麋鹿如是说》采用了史诗和神话中常见的追寻情节，即主人公因为独特的命运踏上追寻目标的旅程。在西方文化中，这类故事多数以圆满结局告终，如《奥德赛》的英雄最后回到城邦和人民达成和解；而黑麋鹿的故事却以悲剧告终，他的悲剧不是源于人格缺陷，而是由于外界的不可抗力。黑麋鹿的叙事从边缘群体的角度勾勒了白人西进运动和印第安人反抗的图景。

---

① Black Elk and John G. Neihardt: *Black Elk Speaks: The Complete Edition*, Lincoln: University of Nebraska Press, 2014, pp. 23-24.

② Black Elk and John G. Neihardt: *Black Elk Speaks: The Complete Edition*, Lincoln: University of Nebraska Press, 2014.

③ Black Hawk: *Black Hawk: An Autobiography*, Champaign: University of Illinois Press, 1964.

小说中有对部落生活习俗的描写，也有对苏族信仰和重大仪式典礼的刻画，这部口述史既可以作为印第安民族志，也可以作为考察特定族裔群体日常文化实践的人类学研究材料。与苏族集体日常生活如狩猎、屠宰、烹饪、治疗和繁育等相关的典仪以及与苏族信仰有关的太阳舞在《黑麋鹿如是说》中均有记载。作品还生动地描述了印第安战士在战斗中的勇猛行为、苏族的求偶和婚配，以及印第安人的娱乐消遣活动。尤为可贵的是，黑麋鹿作为在苏族中地位极为尊贵的巫医和圣人，为观察苏族的世俗和宗教生活提供了难得的视角。特定文化群体的生活方式和文化实践反映出当时的社会、文化和政治环境。文化史的研究对象包括典仪、习俗和地域活动等。因此，尽管《黑麋鹿如是说》讲述的是个人经历，但它不仅是关于一个英雄人物的陨落的故事，它书写的也是以苏族为代表的整个印第安群体的文化史，讲述了白人文化介入后印第安人生活习俗和文化实践的转变等。关于苏族人被迫迁徙到保留地前后生活习惯转折过程的叙事破除了白人的偏见和成见，对民俗学和民族史研究具有很高的价值。《黑麋鹿如是说》对印第安文化的叙述使得我们重新审视历史叙事灌输的观念。

一、鬼舞崇拜和印第安人的文化脱位

《黑麋鹿如是说》所记录的印第安文化是否真实长期以来一直存在争议。一方面叙述者和记录者分别是印第安人和白人，两者的文化背景和知识结构大相径庭，如此一来，转述和笔录以及后来的编辑整理过程是否如实反映了印第安人的历史经验，是否受到白人文化和宗教的影响，在后期编辑的过程中是否根据白人历史观进行了改写，都让《黑麋鹿如是说》的文化真实性有待商榷。另一方面，《黑麋鹿如是说》产生于印第安鬼舞崇拜彻底偃旗息鼓，而印第安人也逐渐接受白人文化的过渡时期。黑麋鹿在鬼舞运动期间目睹了印第安人的失败和神力失去效用，这让他对苏族信仰产生怀疑。而他本人在与奈哈特交谈时由于鬼舞崇拜失败已经皈依罗马天主教，因此天主教崇拜是否对他的印第安信仰和讲述有影响也是值得斟酌的问题。比如，黑麋鹿描述的幻视与白人宗教中的预言有很多相近之处，尤其是幻视的具体过程几乎是在重述《旧约》中人类从伊甸园跌落凡尘后遭受苦难的经历。这很难不让人联想到黑麋鹿的双重宗教背景。在一定程度上，印第安人被边缘化的过程同时也是文化脱位（cultural dislocation）的过程。他们所经历的创伤和新习得的文化使他们对知识和经验的理解有所不同。黑麋鹿在新习得的文化基础上对记忆进行再诠释和再现，其真实性必然要打折扣。叙事身份理论认为，人们为使记忆产生连贯性，会根据现在的经验不断调整对记忆的理解和叙述。黑麋鹿的记忆叙事恰恰是印第安人受白人文化主导的最好证明，这不仅是因为和白人历史学家的交流，更和他的成长经历有着密不可分的关系。

黑麋鹿在成长过程中亲历空间的政治化，波兹曼铁路和保留地规划框定了白人和印第安人在社会结构中的位置。成人后他目睹部落间的战争耗尽森林和动物资源，迫使印第安人逐渐放弃游猎生活，《道斯法案》的通过则彻底终止了印第安人的传统生活方式和以社群为主的财产分配方式。印第安文明的衰落已成不争事实，这促使黑麋鹿向白人文化靠拢。另外，黑麋鹿在自述中提到自己在保留地所目睹的事实：白人随意射杀野牛违背了印第安人的伦理准则，印第安民族的神环也被方形房屋破坏。黑麋鹿虽然仍作为巫医治疗族人，但神环和花树等圣物的消失令他心灰意冷。在这种情况下，当他偶然听闻水牛比尔招募印第安人在巡演中扮演角色后，为进一步了解白人的文化和本质，黑麋鹿在1886年主动加入水牛比尔的狂野西部巡演。此后，他不仅走遍美国主要大城市，而且远渡重洋受到维多利亚女王的接见。和大多数印第安人对白人持抗拒和敌视的态度不同,黑麋鹿在文化交流上显示出的积极主动性说明他远非自己在口述中表现的那样保守,他比绝大多数印第安人都更深入地了解白人的文化领域和社会结构,他看到大城市白人的贪婪和势利,也亲眼见到监狱等用于规训和管理人的现代文明产物。与维多利亚女王的会面转变了黑麋鹿对白人的印象,他称呼女王为英格兰祖母,觉得她对印第安人和蔼可亲,甚至幻想如果她代替美国总统成为美国的"国母",印第安人的生活应该会改善不少。讽刺的是,黑麋鹿不知道维多利亚女王是当时最大殖民帝国的最高统治者,美国企图征服和教化印第安人的行径正是承袭自英国殖民者,他对女王的赞许和欣赏部分弱化了印第安人对殖民者的仇恨。从上述事实可以看出,黑麋鹿在认知层面认可白人文明的现代性,尽管他反感某些现象和见闻,也深感在衣着和饮食方面白人未尊重印第安习惯,但黑麋鹿在耳濡目染中不可避免地习得了白人的文化,进入了混沌的身份认同状态。由此我们也可以理解为何他在伦敦巡演结束后没有跟随水牛比尔回到美国,而是和其他参加巡演的苏族人加入名叫"墨西哥乔"的巡演团队,随之转战巴黎、德国和意大利,甚至在巴黎曾一度和白人女性交好。

　　水牛比尔组织的狂野西部巡演主要表现白人征服印第安人推进西进运动的英雄事迹,从刊登广告招揽观众的宣传手段来看,印第安演出者被粗暴地划分为"友善组"和"敌对组",即和美国政府合作的印第安人和负隅顽抗的印第安人。当时巡演团在利兹的演出传单上将著名的印第安勇士踢熊和坐牛列为敌对组,用"复仇"和"迟钝"等消极的词语介绍敌对组的印第安人。从当时英国的报刊评论来看,多数评论家认为印第安人在剧中存在的目的只是为了被灭绝。主持人让印第安表演者在演出中做出各种夸张拙劣的动作,让白人观众印证其对印第安人非理性的先见。从批判性历史研究的角度来看,巡演建构的印第安人形象实质上是对西方观众期待的一种回应。柏格森将这种艺术形式类比为催眠,在巡演中会产生令观众和演员意识麻木的效果,正如黑麋鹿在伦敦看到的为女王举办的庆典中万众欢呼的景象,每个人都陷入疫病一样的狂热中。正是在这种情况下,巡演将印第安人以固定形式呈现的固化形象传达给观众,处于高度兴奋中的观众在无意识中迅速复制同样的建构方式,产生了意识的重组。同理,巡演中被赋予固定性的印第安个人和集体主体也受到外部力量和程式的影响或控制,有很大可能会生成和白人观众同样的观点。法国社会学家涂尔干、勒庞等认为,个体被强加控制后形成了消极无意识的集体,处于高度集中状态下的人们会不可避免地陷入麻木的服从状态,相信自己所感受到的一切。将印第安人聚集起来再现印第安的节日典仪和战斗习俗被重新拆解整理为机械化的流程,而印第安人也在重复演绎的过程中逐渐认同这种错觉。更值得注意的是,水牛比尔一直以戏剧形式营造白人想象中的西部和印第安民族,省略了已经被同化的拉科塔人在保留地的现实生活。事实上,在举办狂野西部巡演时,印第安人早已从猎人和战士变成靠政府救济度日的难民,日常穿着的羽毛和兽皮被普通的西式服装代替。继地理上的迁移后,印第安人已经在精神层面经历了文化脱位和文化再定位(relocation),具有了印第安人不愿承认的白人文化特征。可笑的是,这些真实存在的印第安人反而从水牛比尔建构的西部图景中消失。归根结底,狂野西部巡演只是白人缔造的美国神话,是关于英雄征战的元叙事。在表演中展出的西部只是由仿像构成的图景,甚至连印第安人也变成了仿像之一。黑麋鹿作为参演人员之一,无疑和其他印第安演员一样受到演出潜移默化的影响,因此他的传记在很大程度上是从西方人赋予的视角观看印第安人自身的结果。

从对印第安人影响最大的鬼舞崇拜中其实也能找到欧洲宗教的雏形。印第安人处于伟大神灵也无法逆转的颓势中,因而逐渐对原有的信仰产生怀疑。从欧洲回到保留地的黑麋鹿正是在此时听说了派尤弥赛亚狂热的传闻。受制于保留地环境而无法按原有传统模式进行经济、社会和宗教活动的印第安人希望寻找方法恢复原有的生活，数位宗教领袖为处于绝望中的印第安人提供了精神上的出路，其中最有名的就是派尤预言者的儿子沃沃卡，他预言印第安人终将得到救赎，水牛也会被归还，因此被尊为派尤的弥赛亚。詹姆斯·穆尼在《1890年的鬼舞崇拜和苏族叛乱》[①]中记录了这场跨越地区和部族的宗教运动，这一运动盛行的根本原因在于印第安人对家人团聚和归还财产的迫切渴望。这场宗教运动被政府视为叛乱的苗头，最终鬼舞崇拜以伤膝河大屠杀告终。弥赛亚是希伯来语中"被神选中的人"的意思，在《新约》中代表救世主耶稣。沃沃卡本人也和白人及白人宗教颇有渊源。他曾经为白人农场主工作二十多年，并取白人姓名为杰克·威尔逊。他的雇主是个虔诚的基督徒，沃沃卡受其影响学习了基督教教义和《圣经》。据史学家考证，沃沃卡在一次日食后声称自己看到幻象，预言派尤的死者将会复活，白人会被驱逐出美洲大陆。他还强调，想要预言应验，印第安人必须过虔诚的生活，跳一种传统舞蹈"鬼舞"，鬼舞崇拜由此而来。我们可以据此推断，沃沃卡的教派是在基督教的启发下结合印第安传统民俗创立的。一直以来，历史叙事中的鬼舞崇拜都被认为是印第安叛乱的起源，当时的美国政府认为印第安宗教领袖借鬼舞的名义挑起印第安人对白人的敌意，这些观点大多来源于主张和参与镇压宗教运动的人的口述和证词，比如松岭保留地印第安警察局局长乔治·史沃德曾说沃沃卡发誓要击溃他的全部白人士兵，或者让地上变出裂缝

[①] James Mooney: *The Ghost-Dance Religion and the Sioux Outbreak of 1890*, vol. 176, Lincoln: University of Nebraska Press, 1896. Quoted from Joy Porter & Kenneth M. Roemer eds.: *The Cambridge Companion to Native American Literature*, New York: Cambridge University Press, 2005, p. 54.

吞噬他们。史沃德的证言露骨地暗示鬼舞崇拜是反白人的宗教，印第安人想借助超自然力量摧毁白人。对鬼舞崇拜狭隘单一的解释只能说明历史叙事由胜利者书写。然而当代历史学家经过研究和考证，得出事实恰恰相反的结论，鬼舞崇拜实际上是印第安人和白人文化交流的结果，而且证明了印第安人有被白人文化同化的强烈意愿和倾向。首先，鬼舞运动的积极参与者的证言并没有提及任何摧毁白人的计划，沃沃卡只是发出过凡不信者会被大地吞噬等警告，结果被曲解为针对白人。其次，穆尼发现鬼舞的歌曲体现了基督教的弥赛亚思想，尤其是反复强调基督复活后引领信徒进入他的国度。歌曲文本并没有提到要摧毁白人，反而强调印第安人和白人之间的和平相处。沃沃卡禁止鬼舞信徒与白人争斗，希望他们能和白人合作。他曾告诉小牛要让印第安人像白人一样垦荒耕种，不再延续以前的游猎生活。他还希望信徒上教堂做礼拜，送孩子到白人学校接受教育。显然沃沃卡提倡印第安人的文化同化，接受白人社会提供的便利，以利于印第安人的生存延续。他希望鬼舞信徒接受主流文化的积极方面，同时坚持保留自己的独特文化和族裔性，因为沃沃卡很清楚少数族裔毕竟和白人有根本上的不同。沃沃卡深知美国19世纪势头正盛的种族主义注定了少数族裔和白人之间的不平等，在白人眼中，印第安人只是需要父权制政权驯服教化的孩童，他们无法获得美国公民身份，也得不到人权法的保护。他相信如果鬼舞信徒信奉白人的上帝，实践和白人友好相处的信条，他们以后在白人统治的社会中生存会更容易一些。沃沃卡在印第安人的归化或异化问题上表现出富有理性和远见的思索，表现出他深受白人文化影响的一面，也证明鬼舞崇拜旨在促使印第安人融入白人文化。鬼舞崇拜期间，黑麋鹿虽然承担了印第安巫医和先知的角色任务，但他同时受到当时在保留地传教的耶稣会的影响。鬼舞运动失败后，黑麋鹿不仅和白人女性结婚，他的三个孩子也受洗成为罗马天主教徒。1904年，耶稣会牧师林德纳为黑糜鹿举行洗礼，并为他起教名为尼古拉斯，虽然黑糜鹿成为天主教徒，但自此以后他仍然参加苏族的宗教活动。

黑糜鹿并非对白人文化持宽容和灵活态度的极少数特例，奥格拉拉酋长红云尽管没有远赴欧洲受到白人文化熏陶的经历，却表现得比黑糜鹿更有远见。白人普遍认为他是苏族的英雄，也是白人和印第安人之间沟通的桥梁，但他同时也被保守的印第安人视为叛徒和白人的代理。他率领苏族战士在红云战争中首次击溃入侵的白人，并联合其他部落在小巨角河战役中歼灭了第七骑兵团并杀死了卡斯特上校，在一定程度上制约了美国政府对印第安领地的吞并。然而在黑糜鹿看来，红云代表印第安人出面和美国政府谈判并签署了拉勒米堡条约，成为白人从物质到精神上彻底摧毁印第安部族的关键。红云认为这样做是为他治下人民的福祉着想。红云十分重视部落成员的福祉，曾亲自为即将遭受士兵惩罚的淘气男孩说情。出于相同的动机，他敦促苏族人离开定居地迁往保留地生活，无视苏族人宁愿挨饿也不愿向白人投降的忠诚和坚韧。黑糜鹿等苏族人认为红云受白人影响太深，红云对白人的妥协和服从态度已经让他变成美国政府的走狗和代理人。在目睹印第安人进入保留地的悲惨生活后，黑糜鹿更将红云视为背叛者。权衡两方的观点后我们可以得出结论：红云一直在试图协调白人和印第安人的关系，他作为苏族伟大战士的功绩不可磨灭，同时他也是出色的政治领袖和外交家。1870年红云和其他印第安酋长到华盛顿会见总统格兰特，为了维护印第安人仅存的生活方式和历史传统，他拒绝了政府提供补偿，要求印第安人放弃在达科他地区狩猎的提议。但是在小巨角河战役后，红云拒绝了印第安战士请缨复仇的请求，希望和平解决两方争端。红云和白人的交流程度远远超过了与他同时代的人，他成为基督教信徒并把名字改成约翰，在黑山战争之后为印第安保留地人民争取权益数次前往华盛顿，成功游说政府撤销了松岭保留地事务局。红云和美国政府的谈判十分高瞻远瞩，具有策略性，他深知原住民无法抵抗殖民者的入侵和占领，他们只能在最大限度上保护印第安人的权益和文化传统。他敦促印第安人进入保留地适应现代生活方式实际上也是为了印第安族裔的存续。红云的远见卓识在很大程度上归功于他对白人文化的了解和白人化的思考方式。红云对政府带有保留的合作态度更贴近大部分印第安人的现实，他们在明确双方的实力差距后灵活地转变了之前坚持的敌对立场，愿意在保留文化和政治自治权的基础上加入美国联邦，而不是像马歇尔法官在《联邦印第安人法》中所强调的那样，不具备治理能力又缺乏对政府的服从，只能成为美国政府管辖下的依附族群。

红云和黑麋鹿在皈依西方宗教时表现出的积极主动性与历史叙事出现了相悖的地方。根据历史记录，政府在保留地开始有组织地镇压印第安传统社会宗教活动，特别是部落首领发起的宗教组织，以解除部落对政府的威胁，在这个过程中印第安人表现出极端消极和抗拒的态度，和黑麋鹿在两种宗教之间转圜自如的态度形成强烈反差。实际上，黑麋鹿和其他拉科塔人在接受白人宗教的同时并没有抛弃印第安信仰，白人文化和印第安文化在他们身上呈现共存的趋势，而不是按前后顺序呈现线性和阶段性的存在状态。从黑麋鹿等人的真实生活轨迹来看，由印第安人主导的文化脱位和文化交融在印第安部族内部交互进行，完全颠覆了历史叙事灌输给人们的认知。

二、白人凝视下对苏族文化的误读

《黑麋鹿如是说》中的苏族传统继承暗示了文本具有历史和文化的双重语境。研究者通常从内容和形式两方面考察口头文学传统对当代族裔文学的影响。就内容而言，研究者通常关注印第安文学中的叙事环（narrative cycle），即围绕一个特定人物的系列故事，具有固定要素和事件。口头文学中最常见的叙事环包含下列要素：赌徒、诱拐、劫持、愚弄、异常、反抗、礼仪、创造性诞生、迁徙、死亡、神秘事件、殖民、战争、爱情、永生、小孩（出生和夭折）、女性人物。除关注特定题材和人物外，叙事环也包含印第安文学的传统要素：动物（水牛、土狼、蜘蛛、鲑鱼）、植物（玉米），矿物、风景、气候、天象、颜色、仿像、实践、舞蹈和超自然现象。黑糜鹿在传记中多次提到的动物和植物等一般被认为是印第安文学中的转喻和隐喻。但我们也可以将这些影像看作利奥塔所称的形象（the figural），它既存在于话语中，又独立于话语，破坏了文本的不及物性（intransitivity），杜绝了文本对认知的歪曲和破坏的可能。就形式而言，当代文学受口头文学传统的影响，具有使用重复、叠加句、冗语等特点，口头文学中画像的现实感突出，和西方叙事传统惯用的策略和形式相比较更能引起读者的共情和参与感。

印第安的口头文学传统尤其强调重复（repetition），重复有助于口头文本的记忆和保留，因此重复既是出于仪式的需要，也是为了故事的延续和传承。另外，重复对口头叙事的连贯性十分必要。重复讲述故事的某一部分，就会使听众将两种事物关联起来。《黑糜鹿如是说》就对黑糜鹿的幻视和印第安文化中的重要符号进行反复陈述，之后黑糜鹿的幻视在真实事件中得以再现，使文中的苏族人和读者产生黑糜鹿具有让预言实现的能力的认知，进而产生敬畏。由此可见，口头文学的述行（perfomative component）机制为印第安巫医和圣人赋予了权力。因为强调重复，口头文学更多呈现环形结构而非线性结构。西方叙事学视文本结构为冲突、危机和解决的线性结构，这不符合印第安文学的审美标准。另外，印第安文学的伦理观更倚重读者的价值判断而非作者强行灌输的道德教化。和西方文学相比，印第安文学因环状叙事的特点获得了读者的高度参与。然而由于西方思想崇尚理性和知识,西方文学传统一直强调理性、精神、秩序和确定性,认为印第安口述文学强调的感性、身体和情感体验是印第安民族低劣性的体现。

除文学之外,反映印第安文化的宗教信仰和社会风俗在各种实践中都有具体呈现,它们被不同的印第安部族的意识形态所塑造,并转化为各个部落所能接受的各种形式,起到对参与成员进行引导和规范的作用。在黑麋鹿的讲述中,苏族的"野牛狩猎"传统是浓墨重彩的一笔,也是印第安文化最引人瞩目的一面。站熊回忆起他在十三岁时猎杀了第一头野牛,这是印第安男性长大成人的标志。在狩猎成功后,整个部落会举行盛大的庆祝仪式,男孩们会在仪式上玩耐力比赛等游戏。黑麋鹿详细讲述了野牛狩猎的整个过程。苏族的盛大狩猎活动一般在七月开始。部落负责观察野牛群与侦察敌情的成员在看到野牛群靠近时会派传信者报告酋长准备狩猎活动。印第安人的食物来源主要是野生动物而不是养殖的牲畜,这充分说明了游牧民族的特性。传信者将发现野牛群的地点告知部落的青壮年男性,待所有人集齐,传信者就带领他们前往野牛聚集处。狩猎者装备弓箭和锋利小刀,赤膊骑马冲向牛群开始大肆猎杀,苏族勇猛的部落战士用毫不逊色于战场的气势横冲直撞,直到得到丰硕的成果。狩猎结束后部落的妇女就会聚集过来用颤音吼叫,表达胜利的喜悦。猎获的野牛被当场屠宰后分给所有参与狩猎的战士,用马匹驮回营地。之后在营地,部落会举行一场盛大的宴会祭祀神灵,感谢上天赐予衣食之源,所有成员在分食后观看舞蹈。除此以外,书中还描写了苏族的多种舞蹈形式和不同目的,太阳舞是最常出现的传统舞蹈,一直延续至今。这是一种在六七月的满月夜舞者围绕一棵树在月光下起舞的仪式,在树下环绕的一圈象征着印第安神圣的圆形。跳舞之前舞者必须经过净化仪式,在舞蹈过程中也不能进食,他们的皮肤被穿刺后由生牛皮制成的皮带和树连接起来,之后围着树跳上数小时直到皮带将连接处的肉扯掉。在太阳舞相关的太阳祭祀中,男性要从身上割下小块肉作为祭品供奉给伟大的神灵。《黑麋鹿如是说》中的洪克帕帕拉科塔族首领坐牛在太阳祭祀中割下了近一百片肉。太阳舞和太阳祭祀都是对身心忍耐力的莫大考验,舞者必须经受肉体的巨大痛苦,但苏族人认为疼痛越重越表明舞者挣脱世俗束缚的决心,越贴近神灵。太阳舞是苏族符号象征体系的最好佐证,开花的树在太阳舞中象征世界原初的纯洁繁茂,舞者按圆形路径跳舞被认为可以唤醒地球四个方位的神力。观看太阳舞的人群中必须有怀孕的妇女和正在哺育幼儿的母亲,她们被认为是子孙兴盛的征兆,象征苏族血脉的延续。

每到狩猎季节这类文化实践活动就会举行,并且被固定为神圣的仪式。在这种大规模的社会成员的共同行动中,每个成员都同时扮演了参与者和观众的角色。勒庞在《大众心理学》[1]中认为,现代社会群体会在外部力量推动下产生集体幻想,集体式的观看行为会促使观众不自觉地形成一个心理共同体。苏族的狩猎和舞蹈仪式成为一个象征性的场所,在这里每个成员共同创造和观看一种景观,有效地将部落聚合成一个整体。仪式在这里发挥了类似勒庞的剧场结构控制群体的作用,黑麋鹿的回忆描绘出一种群体的共同经验,它构成了印第安独特集体身份的基础。然而人类学家将印第安人描述为以原始冲动汇聚起来的群氓,简单粗暴地将野蛮人的形象投射到印第安勇士身上。

除了仪式和庆典,黑麋鹿还将印第安传说中的桥段巧妙引入苏族的婚嫁习俗,强调了求偶和繁衍后代对整个部族的重要性。在黑麋鹿的故事中,印第安男性不仅真诚、勇敢,更重要的是他们对配偶忠诚,视对方为唯一伴侣。尽管没有举行西方国家的婚

---

[1] Gustave Le Bon: *The Crowd: A Study of the Popular Mind*, London and New York: Routledge, 2017.

礼仪式，没有经历缔结婚约和忠诚宣誓的过程，但苏族人有自己的特殊仪式：新郎交给新娘的父母一些财产等于公开交换誓约，得到父母允许之后就算是建立家庭。尽管仪式简单，婚后的苏族人却严格遵守道德法则，不仅遵守一夫一妻制，而且甚少有对婚姻失信的行为，滥交和通奸的成员会被永久逐出部落。这一点恰恰是号称文明开化的白人难以遵守的，对白人加诸印第安人的"野蛮恐怖"标签构成莫大的反讽。

从历史叙事方面来说，《黑麋鹿如是说》从战败者和少数群体奥格拉拉苏族的特殊角度重新解读小巨角战役的始末，重新看待美国政府设立印第安保留地和印第安事务局的行为，与白人对鬼舞崇拜和伤膝河大屠杀的一面之词相比照，从印第安人的视角再现了印第安历史，赋予其更多含义。《黑麋鹿如是说》的政治寓意不言而喻：以参与过抵抗白人运动的印第安人视角描述印第安部落被白人征服和掠夺的过程，对宏大叙事中权力运用的正当性提出了伦理上的质疑。与《黑麋鹿如是说》同时代出版的美国历史类书籍多数宣扬美国天定命运论和西进运动的政治正确性，以掩盖其扩疆拓土追逐利益的目的。这些书中的印第安人被描写成野蛮嗜血、兽性尚存的未开化民族，作者把政府强迫印第安人迁徙至保留地集中居住的行为解释为是出于帮助印第安人进化为文明人的目的，更将参与小巨角战役的美国军官卡斯特奉为国家战斗英雄。《黑麋鹿如是说》的诞生无疑是对这类历史叙事捏造事实的最好证明，揭示出白人历史叙事中的文化相对主义：黄金对于印第安人只是毫无价值的金属块，对于白人却象征财富和权力；在白人看来方形房屋是文明开化的象征，印第安人却认为圆顶帐篷的神圣环形才是赐予人的力量；白人和印第安人签署的条约被白人认为是双方在平等条件下缔结的合约，实质上这只是对印第安土地的单方面侵占。横贯美洲大陆铁路的修建、美国西部拓荒和随之而来的淘金热向来被看作为美国经济发展和国力强盛奠定基础的正面历史事件,然而黑麋鹿发出声音,控诉了现代化进程背后人和自然付出的巨大代价。关于战役的历史叙事(如小巨角战役和黑山战役)总是暗示以武力镇压不服从的印第安群体有利于美国的稳定和发展,但在黑麋鹿等人看来,苏族的反叛是为了捍卫世代居住的家园,白人的胜利却是对无辜者的血腥屠杀。

《黑麋鹿如是说》在出版之初大受欢迎,部分白人读者是为满足对印第安人真实生活的好奇心,部分是因为奈哈特的历史学家身份赋予了口述史以权威性,使人对它的真实性和学术价值毫不怀疑。奈哈特一直强调主要作者是黑麋鹿,他只负责加工材料和生产作品,翻译(准确来说是转译)听到的事实,从而让白人理解内容。到了今天,奈哈特的声明却使得族裔研究对黑麋鹿自传的真实性产生怀疑。人类学家雷蒙德·德马里对口述史的真实性和两人的具体分工表示怀疑,奈哈特的辩解让问题变得更加扑朔迷离[1]。如果仅仅从文本上看,被书写的口述史难以还原真正的历史,口述者更可能是写作者通过修辞建构的白人眼中"纯粹"的印第安人形象。戴维·布朗勃发现白人和印第安人合著的自传文本存在身份政治上的对抗,前者有过分简化和主观臆造印第安人的倾向[2],比如德马里发现《黑麋鹿如是说》的前言提到奈哈特在见到黑麋鹿之前已经在松岭保留地认识了不少苏族人,因而他很可能早就知道黑麋鹿是罗马天主教传教士,但正文却隐瞒了黑麋鹿与欧洲宗教有过接触的事实。奈哈特在前言中提到的

---

[1] See Raymond J. DeMallie ed.: *The Sixth Grandfather: Black Elk's Teachings Given to John G. Neihardt*, Lincoln and London: University of Nebraska Press, 1984.

[2] See H. David Brumble III: "*The Way to Rainy Mountain* and the Traditional Forms of American Indian Autobiography", in Kenneth M. Roemer ed., *Approaches to Teaching Momaday's* The Way to Rainy Mountain, Modern Language Association of America, 1988, pp. 41–46.

第二章 亡者归来——印第安文学中的幽灵性

口述记录过程也有很多可疑之处：黑麋鹿的儿子本将土著语翻译为英语，但本说的是类似方言的印第安英语（印第安人寄宿学校为降低学生学习英语的难度而发展出的一种非正规英语），奈哈特不得不重新以标准英语表达本复述内容的大意，本再将记录回译为拉科塔语与黑麋鹿核对校正。奈哈特在 1960 年的再版前言中称黑麋鹿完全不懂英语，然而事实上黑麋鹿本人在参加狂野西部巡演时掌握了一定程度的英语，他不仅可以用英语和白人顺利沟通，还在松岭保留地承担了耶稣会的传教工作。奈哈特询问黑麋鹿为何放弃苏族信仰改信天主教，黑麋鹿告诉他："我的后代还要在这里生活下去。"① 这说明在 1930 年左右，印第安人已经清醒地意识到白人文化占据统治地位的事实，采取了妥协和交流的积极姿态。黑麋鹿其实比传记中的印第安巫医形象更接近现代文明人，当时做记录的奈哈特的女儿也认为黑麋鹿的谈吐和仪态显示出良好的教养，完全没有《联邦印第安人法》中原住民原始野蛮的特征。奈哈特在传记中详细披露了印第安宗教仪式和鬼舞崇拜的细节以及印第安先知和巫医的超自然能力，却只字未提黑麋鹿作为天主教传教士开展的宗教活动，意图已经很明显。前言中相互矛盾的地方和故意遗漏的细节暴露了作者为制造原始印第安人的假象故意隐瞒黑麋鹿曾与白人交往的事实。奈哈特的目的和当时大多数白人历史学家一致，都是为制造出符合白人受众期望的未受启蒙的形象。德马里由此推断："奈哈特声称这本传记是第一本纯粹由印第安人创作的书，为此他不惜牺牲事实的真相，极力淡化黑麋鹿从白人世界得到的知识和经验。"② 德马里

---

① William Powers: "When Black Elk Speaks, Everybody Listens", in *Social Text*, no. 24, 1990, pp. 43—56.

② Raymond J. DeMallie ed.: *The Sixth Grandfather: Black Elk's Teachings Given to John G. Neihardt*, Lincoln and London: University of Nebraska Press, 1984, p. 51.

认为，这种经口述和笔录合作而成的传记通过写作中介（written mediation）已经产生延异，奈哈特侵入（intrusion）叙事过程推迟和阻止叙述者本意上浮到文本表面，很难说没有受到白人政治对印第安人作品创作施加的影响。甚至有研究者认为，在印第安人口述传记的炮制过程中白人的作用占了更大比重，"来自主流文化群体的个人重塑了少数族裔成员的回忆和经验"[①]，白人的影响力已经进入口述层面。

三、小结

通过对《黑麋鹿如是说》写作过程的考察，可以推断出读者所看到的是被奈哈特过滤后重构的现实。它的写作过程反映了奈哈特如何在结构主义驱动下研究和再现原住民社会，导致了读者对传记的阐释被白人历史学家的观念限定。奈哈特之所以要在传记中忽略印第安人在文化融合和文化交换的过程中的能动性，将印第安人描述为消极的接受者或负隅顽抗的反叛者，不仅仅是因为塑造印第安人单一形象有利于将印第安人纳入整体统一的权力结构，更重要的是，塑造印第安人与白人完全相反的文化特质，就会使得他们的被征服和被同化显得更为合情合理。经过本研究的考察，奈哈特对读者的引导和对口述史的编辑存在一定的失误。在现代文学表现手法背后，口述史中的历史经验表明原住民的文化史充满外界思想和传统观念的交融碰撞，印第安后裔可以从对《黑麋鹿如是说》的解读中习得更为积极和包容的态度，形成更兼容并蓄的杂糅身份。

---

① Raymond J. DeMallie ed.: *The Sixth Grandfather: Black Elk's Teachings Given to John G. Neihardt*, Lincoln and London: University of Nebraska Press, 1984, p. 52.

第三章 亚裔美国小说中的
食物叙事和文化身份

人类学家玛丽·道格拉斯在《揭秘一餐》中写到饮食方式的文化含义:"如果食物被看作密码,包含在密码中的信息一定反映了不同的社会关系模式。食物暗示了不同程度的社会阶序,包含或排斥关系,划定界限或僭越界限。"① 道格拉斯的观点同样适用于文学作品中的食物。族裔作家在作品中通过食物叙事来反映权力对身体、欲望和阶序划分的调整。关于食物叙事的研究可以追溯到文学批评中的跨学科研究的兴起。食物一直是社会学、人类学和文化研究的重点研究对象,列维-斯特劳斯、布迪厄和道格拉斯从个体对特定食物的嗜好推导出社会和文化范式以及文化影响食物的选择。西德尼·明兹在其著作《品尝食物,品尝自由》中讨论了食物、种族和殖民史三者的相互关系②。罗兰·巴特和亨伯特·甘斯则从符号学角度分析食物在不同文化中的象征意义,他们关于食物研究的理论方法都与结构主义密切相关。结构主义对文化的符号、主题和形式的研究为探讨文学中食物的象征意义和母题提供了崭新的理论视角和分析途径,也促使文学批

---

① Mary Douglas: "Deciphering a Meal", in Mary Douglas ed., *Implicit Meanings: Selected Essays in Antnropology*, London and New York: Routledge, 1997, pp. 231—251.

② Sidney Wilfred Mintz: *Tasting Food, Tasting Freedom: Excursions into Eating, Culture, and the Past*, Boston: Beacon Press, 1996.

评借助社会学和人类学的理论研究食物在文学作品中的象征意义和功能①。随着后殖民批评的兴起，研究者开始注意到族裔文学中的食物所折射出的怀旧情绪以及种族和民族的文化特性。饮食之道作为重要的文化实践在文学文本中发挥了建立同类/异类、内/外、自我/他者等二元对立的功能。接受或拒绝美国主流社会的烹饪和饮食习惯成为接纳或排斥少数族裔群体的标准。一方面，食物的种族化不仅让个体通过遵循饮食习惯获得被主流社会接纳的资格，还让社会视其具有民族特征的食物为判断族裔他者性（alerity）的重要标识。另一方面，在少数族裔作家笔下，食物和饮食之道被用于建构反向二元对立，成为作家传承文化记忆和建构集体身份的途径。

食物叙事在亚裔文学中所占比重非常之大，其重要性不言而喻。食物叙事是亚裔美国文学的重要叙事策略。食物在亚洲文化中具有重要含义，对于早期亚裔移民更具有非同一般的意义。早期移民多承担在厨房打杂、采集水果和装罐头的工作。因而，食物不仅是他们的生活来源，也成为亚裔移民身份的象征。亚裔美国人和亚洲移民的饮食习惯因此成为大众文学和文化文本中的重要题材，比如罗杰斯和哈姆斯坦根据华裔作家黎锦扬作品改编的音乐剧《花鼓歌》中就出现了中式食物。剧中的梁夫人被比喻为美国人发明的中餐"炒杂碎"。盘中混在一起的大杂烩暗示生活在美国的少数族裔移民为融入美国社会已经失去了原有的特征。然而这一比喻忽略了一个事实：正如梁夫人等文学文本中典型化的中国人形象是美国的文化想象，炒杂碎也是完全美国化的想象。安妮·安林·陈在《种族的哀歌》中写道："'杂碎'是对美

---

① Roland Barthes: "Toward a Psychosociology of Contemporary Food Consumption", in Carole Counihan & Penny Van Esterik eds., *Food and Culture: A Reader*, London and New York: Routledge, 2012, pp. 37-44.

第三章 亚裔美国小说中的食物叙事和文化身份

国多元主义的浪漫化致敬和通往多元化的捷径,它的原料中不含任何亚洲元素。(歌词里写)'呼啦圈和核战争,盐医生和莎莎嘉宝',也没有任何来自中国的东西,它只是对美国多元论的想象性鼓吹。"[1] 以《花鼓歌》为代表的作品本质上主张美国社会对亚裔的同化。基于一代亚裔移民从事的行业和受民族文化符码制约的食物强化了他们的种族身份和在美国社会中的他者化,研究者倾向于关注早期亚裔文学中亚洲食物的消极面。然而,随着民族主义和民主运动的风潮兴起,亚裔文学中的食物叙事强调饮食之道的民族特征和族裔性的用意变得更为正面积极。如穆克吉的小说《茉莉花》中,食物成为连接茉莉花和白人社会的文化通道。在该小说中,独自生活在以白人为主的艾奥瓦州的印度女性用印度味道征服了白人,成为两种文化的中介。茱帕·拉希里的处女作《同名人》开篇书写厨房的情景,传达出移民家庭身在美国心系故国的信息。不一样的饮食习惯为打破种族化和民族化限制、赋予主体政治能动性提供了可能途径。

然而,亚裔文学中的食物叙事远非仅仅表现出同化倾向或体现出民族主义倾向如此简单。食物和饮食习惯作为有关民族和种族差异的符号,在族裔文化形塑和族裔群体关系建立中承担了重要功能。在一定程度上,亚裔美国文学中的食物和饮食成为族群身份焦虑的重要表征。伊莱恩·金在《亚裔美国文学:作品和社会背景导论》[2] 一书中提出,亚洲移民后代写作的意图在于用书写定义自身,食物作为民族身份认同的关键因素受到了亚裔作家的特别关注。黄玉雪的自传性作品《第五个中国女儿》通过展现中国女儿对中式饮食之道的继承和精通来确定她的民族身份。黄

---

[1] Anne Anlin Cheng: *The Melancholy of Race: Psychoanalysis, Assimilation, and Hidden Grief*, Oxford: Oxford University Press, 2000, p. 41.

[2] Elaine H. Kim: *Asian American Literature: An Introduction to the Writings and Their Social Context*, Philadelphia: Temple University Press, 1982.

玉雪从人类学的视角对美国华裔社区展开探索，她对中餐和中国传统节日的描写迥异于白人笔下的华人世界。然而黄玉雪对食物的过度渲染也招致了批评。亚裔剧作家赵健秀因其作品过度渲染中式食物的感官诱惑、过于强调异国情调的叙事手法，而导致她的食物叙事被贬斥为食物情色文学（food pornography）。食欲和性欲二者代表了人的动物性和本能欲望，在西方宗教思想中通常被认为是人在跨入文明社会前需要经过教化克制的天性。尽管西方文化的这类思想源自权威对身体的监视和规训，但在赵健秀看来，亚裔作家过于滥用食物主题和对食物隐晦的感官性描写，会导致西方读者进一步将亚洲人和野蛮动物性等消极特征联系起来，强化他们对亚裔的带有种族主义偏见的模式化印象。亚裔学者辛西娅·王进一步讨论了食物情色文学的概念，她认为黄玉雪过分挖掘和利用亚洲饮食中的异国情调是在讨好美国读者，实际上是一种自我异国化而非借食物体现民族主义或实践身份的书写[1]。辛西娅·王批评黄玉雪等作家夸大了文化差异，有故意将自己他者化以在出版界和图书市场谋求立足之地的嫌疑。不仅如此，《花鼓歌》中特别强调亚洲女性将操持饮食作为本职，表现出亚洲移民女性化和天性服从的特征。这一点放在美国推行《排华法案》和拒绝给予亚洲移民公民权的时代背景下尤其意味深长。辛西娅·王认为《花鼓歌》在更深层面突出刻画亚裔移民对美国不构成威胁的顺民形象，是为了安抚美国政府，使之不对亚裔移民产生过多的担忧。这类例子在亚裔美国文学史上并不鲜见。考虑到亚裔移民所面对的政治状况之复杂，社会环境之恶劣，我们不难想象为何亚裔作家会以食物和饮食之道隐晦地传达他们在性别、种族、民族和文化同化方面的多重焦虑。要找到食

---

[1] Sau-ling Cynthia Wong: *Reading Asian American Literature: From Necessity to Extravagance*, Princeton: Princeton University Press, 1993, p. 55.

第三章 亚裔美国小说中的食物叙事和文化身份

物表征背后焦虑的根本原因,解读相关文化要素,学者有必要借助社会学和文化研究中以日常实践为研究对象的理论来研究亚裔文学中的食物叙事。

就食物叙事研究的理论框架而言,单纯从民族学和人类学的角度分析文学中的食物主题,确实会导致作品的美学价值与政治意义脱节,让作品单纯沦为用食物揭示被掩盖的历史事实的政治斗争工具或丰富民族学知识的辅助性材料。但不可否认的是,亚裔美国文学的食物叙事确实更着重从日常生活实践上表现亚裔群体的物质条件和社会关系。在美国的大众文学或文化作品中我们经常看到,但凡涉及亚裔人物,作者总是根据大众接受标准挑选形象,批量生产摹本或仿像。这些仿像随着语境的变化被赋予不同的政治含义,完全偏离了真实的亚裔个体形象。亚裔美国人的模式化形象造成读者和观众对亚裔群体的认知产生重大偏差。亚裔作家以食物和饮食习惯作为切入点剖析这一群体在美国社会的真实生活和心理状态,就是为了还原已经被摈弃和损害的亚裔美国人真相。辛西娅·王在亚裔文学的食物叙事上进行了较为全面而有深度的研究,她在《阅读亚裔美国文学:从必需品到奢侈品》[①]中专门辟出一章研究亚裔美国文学中的食物和饮食行为。"必需品"和"奢侈品"实际上概括了亚裔移民及其后代(亚裔美国人)间的代际差异和两种截然相反的生存方式,对食物的选择是两者的矛盾的体现之一。用"必需品"和"奢侈品"概括食物主题在亚裔文学中的功能比单纯将饮食表述解读为族裔文化述行更有助于读出文字下的多重含义。除此以外,辛西娅·王开始关注已经美国化的当代亚裔主体在饮食习惯上的观念变迁,她发现这一代已经不再为里/外、自我/他者、美国性/族裔性等对立

---

① Sau-ling Cynthia Wong: *Reading Asian American Literature: From Necessity to Extravagance*, Princeton: Princeton University Press, 1993.

概念的此消彼长而困扰，不再为饮食习惯的正确与否所左右，在食物选择上显得更自由平等。辛西娅·王的研究表明，在具体的历史语境中，食物符号具有特定的历史意义。在辛西娅·王之后，又出现了颇有建树的亚裔文学食物叙事研究，其中较有影响的著作包括珍妮佛·霍的《亚裔成长小说中的消费和身份认同》①和阿妮塔·曼努的《食用小说：南亚流散文化中的食物》②。珍妮佛·霍通过考察小说中青少年对食物的喜好和选择，发掘亚裔青少年如何在接受文化同化的同时保持自身的族裔性。霍认为，食物既可以被看作对美国化服从的符号，也可以被看作抵制美国化的手段。食物的象征意义不断变动，它所承载的社会意义和身份表述无法成为一个确定而永恒不变的概念。霍因此反驳了之前的学者简单地将吃传统食物等同于获得民族认同的结论。曼努的研究主要集中在讲述南亚移民经验的文学文化作品上，她的研究仍然是反驳将饮食统一视为立场一致的同构性思想。可见，当代亚裔作家早已摒弃了非我即彼的思想，他们笔下的亚裔的生存更多呈现出不连续的随机状态，反而对建筑在连续性上的主流社会形成破坏性威胁。

　　基于以上对亚裔文学食物叙事研究的简述，本章将以华裔小说家任碧莲的小说和日裔小说作为研究对象，详细探讨食物和关于食物的经验如何间接作用于亚裔主体性的建构，解读在烹饪方法和饮食习惯等潜移默化的影响下，亚裔美国人面对同化或排外现象时产生的困惑和焦虑。在宣扬多元主义的美国社会，包容多元的理想主义总是和实际的饮食实践背道而驰，通过审视小说中文化同化理念下亚裔民族实际的社会可见性和主流社会对差异的

---

① Jennifer Ho: *Consumption and Identity in Asian American Coming-of-Age Novels*, London and New York: Routledge, 2013.
② Anita Mannur: *Culinary Fictions: Food in South Asian Diasporic Culture*, Philadelphia: Temple University Press, 2009.

包容度，我们可以看到现实为亚裔作家留下了巨大的批判和反思空间。

第一节 任碧莲小说中的食物、记忆和身份认同问题

不但食物在亚裔移民家庭中占有重要地位，对食物的描写也是亚裔美国文学的重要特征之一。本节将亚裔美国作家任碧莲的两部作品《典型美国人》和《莫娜在应许之地》作为研究对象，深入探讨作品中关于食物主题的几个重要方面，如民族食物、民族的特殊饮食方式以及食物在民族文化中的象征意义等。食物在移民文学中是文化身份建构的重要因素和表征之一。传承或改变民族饮食习惯以及接受或拒绝特定食物具有一定的文化功能，或表现了对本民族文化的归属，或被当作融入美国主流文化的标志。《典型美国人》和《莫娜在应许之地》中人物对食物和饮食习惯的执着以及产生的变化象征了移民的主体性受到美国文化多元主义影响，在模糊或跨越文化边界的过程中形成身份认同的艰难过程。

一、食物、记忆和身份认同

对家乡饭菜的记忆和食用民族特色食品的时刻犹如文化纽带维系着民族和家庭与过去的关系。家传食谱和历史悠久的烹饪民族特色食物的方法是对祖先智慧的继承，是本民族代际传递的集体经验。食物和饮食习俗作为文化记忆和文化遗产的载体是有效划分不同民族或宗教群体的方式。罗兰·巴特在《心理社会学视阈下当代食物的食用》一文中肯定食物是"一个交换体系，是印

象的集合体,是在用途、场合和行为方面达成的协议"①,因此食物的食用和人与记忆的依存关系密切相关。民族食物和烹饪场面被当作一个群体文化记忆的象征。对身在异地的流散群体而言,食物更是催生身份认同和集体记忆的要素:群体成员在烹饪和食用唤起故国回忆的食物时,彼此之间会产生更亲密的情感联系;个体、家庭和社群保留和传承特定的烹饪方法和食用习惯,其实也表明流散群体在外界的异文化离心力下对族群凝聚力的渴求。一个社会群体设定的饮食标准和规则可被视为一种以再现过去为特征的主动记忆行为(与翻阅相簿或回忆录、参观纪念场所相比较)。在机械化的重复过程中,文化符码与相关意义通过日常行为的规训被内化为一种条件反射式的关联,深深印刻在个体的思考模式中。当然,除饮食行为外,烹饪也是文化在日常实践中的重要表征,自然也和饮食行为一样具有文化符码的功能。

在《美食学》这篇文章中,帕斯卡·奥利写道,烹饪包含了集体共同的习俗,是对传统的有效甄别和继承。在烹饪流程中,餐食和菜单的顺序安排、烹调方法和食材的选用,以及烹调操作,经过群体成员的不断重复最终成为固定的习俗。②如此一来,饮食之道就成为一个民族群体的独有表征。区分社会、民族或宗教群体的一个标准就是口味、调料和饮食禁忌;另一个标准是烹调方法和饮食方式。不管是日常生活、节日庆典、世俗或宗教场合的饮食习俗,还是从历史上到今天的饮食习惯演变,食物都与不同文化语境和不同群体的特定价值体系挂钩,成为人与家庭、社会、宗教、民族、国家等不同社群的其他成员形成认同的

---

① Roland Barthes: "Toward a Psychosociology of Contemporary Food Consumption", in Carole Counihan & Penny Van Esterik eds., *Food and Culture: A Reader*, London and New York: Routledge, 2012, pp. 37–44.

② Pascal Ory: "La Gastronomie", in *Les Lieux de Mémoire*, no. 3, 1992, pp. 822–853.

第三章 亚裔美国小说中的食物叙事和文化身份

关键。人的饮食结构反映出的饮食观念其实也是信仰和人生观的外延,饮食观建立在人的文化记忆基础上,"不仅反映人与人之间的差异,也具有将个体包含进或排除出某个群体的含义"[1]。流散群体对故国的怀念就倾注于对饮食习惯的坚持中,为了让文化记忆在更新换代中长久保留,族裔成员会在每天的烹饪饮食中坚持自先代以来就形成的固定模式。

在食物话语中,食谱作为文化记忆的一种文本形式常被作为研究族群习俗的传承和文化认同关系的切入点。再现菜谱的过程可以激活头脑中保存的过去的图像,可以激活集体经验。因而食谱对于读者具有代际传递族群文化的功用,能使群体成员在实践中不断激活和积聚文化体验。少数族裔传记文学中的食谱更具有特殊含义,它为家庭营造出亲密氛围,又在族裔群体中成为沟通和交流的途径。亚裔美国作家任碧莲的小说《典型美国人》和《莫娜在应许之地》分别从移民视角和移民后代的视角审视个人在文化夹缝中成长的人生经历。作者在两部作品中都试图从烹饪和享用食物的角度入手澄清食物和文化身份之间的关系。她的第一部作品《典型美国人》以一个中国移民家庭为例展现了三种形态的移民身份认同。主人公拉尔夫·张、妻子海伦和拉尔夫的姐姐泰瑞莎在经历困惑和不适后成功融入新的社会。其间三人接受了在中国传统文化中被视为禁忌的行为,违背了从小被灌输的道德观念,在他们的价值观被改造的同时,三人也感受到伦理底线的不断突破。和其他移民家庭一样,拉尔夫一家克服了阻力接受了美国文化,却没有被美国文化所接纳。"典型"二字构成了强烈反讽,典型美国人只是移民想象中的图景,其实质仍然是他们无法获得的白人性,他们习得的只是美国为少数族裔预先设定的

---

[1] Sidney W. Mintz and Christine M. Du Bois: "The Anthropology of Food and Eating", in *Annual Review of Anthropology*, vol. 31, no. 1, 2002, pp. 99–119.

范式。最终拉尔夫一家还是从以食物为象征的母国文化中寻求到了安全感和归属感。任碧莲的另一部作品《莫娜在应许之地》则再现了另一种移民经验。主人公张莫娜是《典型美国人》中拉尔夫的女儿，她在美国文化的浸淫下长大，但是亚洲血统仍然成为她的困扰。为了摆脱东亚文化的影响，她选择皈依犹太教，接受犹太文化的熏陶，以为可以借此摆脱亚裔子女必须继承的东亚文化。在冲出母亲厨房的瞬间她以为已经斩断和出身相关的一切联系，然而当她发现无论选择什么样的文化身份，亚洲文化总是充盈其中，她才领悟到这种联系无法割舍。就像她总是能从母亲准备的三餐中尝出厨房搁架上各式调料混杂在一起的味道，莫娜最终接纳了不同文化要素，经历多种滋味的人生。在这两部小说中，食物、烹饪方式、餐桌礼仪远远不止字面上那样简单，其象征性意义已经超越日常生活经验，承载了重要的文化意义，承担了信息代际传递的任务。

二、《典型美国人》：食物选择和道德困境

任碧莲笔下的拉尔夫·张作为第一代移民希望切断和故国的一切联系，作者通过描写拉尔夫·张拼命吃美国食品来刻画他为忘记中国文化而所做的努力。拉尔夫固执地认为，他吃得越多就会越像典型美国人，然而这样的暴饮暴食换来的只是精神上的空虚，因为他发现自己只能靠行为上的模仿企图接近美国的社会常态，作为华人的他受到无形的排斥和拒绝。通过描述拉尔夫的精神饥饿，作者暗示只有完整的文化身份才能给予移民心理上的满足感，而完整的文化身份无法脱离血缘和民族传承的影响。拉尔夫的妻子海伦随丈夫远渡重洋来到这个陌生国度，和拉尔夫一样希望在异国文化中找到归属感，但海伦选择的方式是改变自己在传统中国家庭中扮演的贤妻良母角色。身在美国的海伦不再是围着厨房灶台转的糟糠之妻，成为职业女性的她在家中获得了一定

第三章　亚裔美国小说中的食物叙事和文化身份

的自主性和决定权。同时她也并未完全舍弃传统中国女性承担的义务，仍然不辞辛劳为家人准备一日三餐。任碧莲通过海伦的角色塑造了她心目中理想的华裔移民形象，以海伦为代表的理想华裔移民对主流文化的妥协和融入并没有以牺牲族裔文化为代价，这一点尤其表现在对食物的选择和饮食之道上。而第二代移民子女对族裔文化的态度除表现在食物选择上外，还表现在围坐在餐桌旁的家庭成员关系上。任碧莲通过拉尔夫夫妇和在美国出生的女儿凯莉和莫娜围绕"吃"发生的冲突和冲突的调和，展示完全美国化的第二代移民如何继续受到母国文化的强烈影响。凯莉和莫娜受多元文化主义影响，在饮食上表现出兼收并蓄的特点。然而当她们感到饥饿难耐时从母亲厨房烹制的传统食物中获得了抚慰，此时她们方才理解自己在多元文化身份下对民族认同的强烈渴求。

和一些初到美国的华人移民一样，拉尔夫最初认为美国和《圣经》上的迦南一样是流淌着奶与蜜之地，这里不仅可以纵容口腹之欲，还给来自各国的移民提供同等机遇。抱着这一信念的拉尔夫写下期冀实现的目标，希望在美国能"修身育德""光宗耀祖"。拉尔夫在中国曾受教于学问操行俱佳的学者，深受儒学影响。他的父亲为人保守又笃信儒家思想，不仅推崇仁为儒学之本，且凡事都以孝和义为准则行动。[①] 这样的人生态度自然影响了拉尔夫的饮食习惯，因此初到美国时他在饮食方面十分节制。拉尔夫本性好吃懒做，然而却处处都要遵守规矩并克制自己的天性。这些儒家行为准则让他苦不堪言。拉尔夫的父亲是近似迂腐的学究，他斥责儿子是饭桶，告诫他要时时自制。拉尔夫杜绝暴饮暴食的信条和本杰明·富兰克林在《自传》中提倡生活节俭克

[①] See Gish Jen: *Typical American*, Boston: Houghton Mifflin Harcourt, 2014, pp. 6–30.

制的理念不谋而合。拉尔夫费尽心思拥抱美国价值观,结果却是无意识地回归自己决意放弃的中国文化。

尽管拉尔夫开始打算恪守戒律,但在美国时间一长还是无法忍受胡吃海喝的诱惑。初到纽约他便被周围的陌生景象所震惊:"到处是餐厅——仿佛吃的工厂,对他来说是再先进高效不过,特别是那些自动售卖式餐馆,机器铮亮如同舞台一样。"① 这些餐厅让他想起自己在中国的生活经历,整个家族围坐在一起,拘束于各种繁文缛节,然而在这里他感受到了文化差距带来的冲击。餐厅里的食客快速更迭,省却了仪式感和冗长的程序;快节奏的生活让家庭聚餐变得简单随意。拉尔夫目睹的景象恰是第二次世界大战后美国文化的真实写照,家庭结构的精简使共同生活和交流的空间迅速减少,对个人隐私的保护将家族切割为分散状态。这一切在无形中改变了拉尔夫的观念,促使他凭借主观意志向典型美国男性转变。

在离开寓所前往附近杂货店购买作为中餐主食的大米期间,拉尔夫感到自己被白人世界隔离而无所适从,此时热狗的香味诱使他改变了原先的购买计划,走向城市街头寻找味道的来源,象征性地踏出了进入美国文化的一步:"热狗!一步。番茄酱,又一步。调味品。腌渍酸黄瓜。甚至泛着光芒的食品包装纸在他眼里也那么诱人,尽管那只是调料和油脂的残余。"② 终于,拉尔夫在街头小吃摊买了几个热狗后立即狼吞虎咽起来:"配料全都加上,他告诉摊主,对。第一个热狗被他贪婪吞下;第二个他开始细细品尝。甜、咸、多汁、软乎乎、热腾腾。实在的咀嚼感。德国泡菜的强烈味道。浸透肉汁的面包被烤得焦黄的外皮包裹。

---

① Gish Jen: *Typical American*, Boston: Houghton Mifflin Harcourt, 2014, p. 8.
② Gish Jen: *Typical American*, Boston: Houghton Mifflin Harcourt, 2014, p. 8.

第三章 亚裔美国小说中的食物叙事和文化身份

他的胃在喧腾。二十美分一个,他已经吃不下了。但是他又咽下一个。又一个。他的胃已经膨胀了。"① 尽管美式饮食方式让他感到不适,拉尔夫仍感到自己将美国男性气质深深地刻在骨髓中,如蕾切尔·C. 李所说:"向纯粹的食物消费者转变的过程内化了男性气质的文化符码。"②

怀着白手起家成为百万富翁的美国梦,拉尔夫和新认识的华裔餐馆老板格洛弗在他的餐厅一起吃饭,格洛弗和拉尔夫一样笃信典型美国饮食习惯就是放纵口腹之欲,于是两人在汉堡上来后,"格洛弗的手伸到桌子这头把面包的上半部分揭开……上面堆着番茄酱、蘑菇、泡菜和番茄片,除了豪华双层芝士汉堡外还有洋葱圈和炸鸡块"③。拉尔夫也跟着格洛弗在汉堡之外还加点了苏打冰激凌、洋葱圈、土豆沙拉、蛋黄酱卷心菜、巧克力奶昔、苹果馅饼、樱桃馅饼和黑森林蛋糕。尽管暴饮暴食让拉尔夫的胃痛苦不堪,他却在痛苦中品尝着成为典型美国人的喜悦。在拉尔夫和格洛弗的身上,我们看到了华裔美国人的一个典型误解,他们认为儒家思想建构了华人身份的核心,只要丢弃自我约束和节制等儒家思想就能从本质上去除华人身份。然而拉尔夫等人的行为一旦被放置在当前食物表意系统之下,其意味就发生了逆转。美国人只会把街头热狗和汉堡之类快餐作为充饥的选择,把快餐当作大餐反而"不符合美国的行为标准;只是扭曲了美国

---

① Gish Jen: *Typical American*, Boston: Houghton Mifflin Harcourt, 2014, p. 8.

② Rachel C. Lee: *The Americas of Asian American Literature: Gendered Fictions of Nation and Transnation*, Princeton: Princeton University Press, 1999, p. 11.

③ Gish Jen: *Typical American*, Boston: Houghton Mifflin Harcourt, 2014, pp. 44-45.

文化表征"①。拉尔夫拙劣的模仿本质上是新移民的话语述行，是在生存欲望驱动下的同化策略，因此他的暴饮暴食行为反而将他进一步推离白人世界。

拉尔夫的美国梦被现实证实只是虚妄，模仿典型美国人的行为也没有让他的美国身份合法化和自然化，这一切都促使他退回到华人身份中，在传统饮食等文化实践中找寻慰藉。海伦的烹饪手艺与老家的厨子惊人地相似，她做的红烧鲤鱼和珍珠鸡让拉尔夫的口舌之欲得到满足，海伦做的饭菜因此成为拉尔夫向她求婚的主要原因。婚后，拉尔夫亲自教给妻子张家祖传的烹饪秘诀，教授过程让他回想起初来美国时与其他华人移民寄宿在公共厨房充当临时厨子的岁月。拉尔夫的心态转变是移民在陌生环境下从传统文化习俗中寻找安慰的真实写照。在两个平行空间中他通过文化述行保持了和华人在精神和物质上的双重联系，用传统烹饪实践建构出华人对故国的集体信仰和共同的文化身份。中餐烹饪这一颇具象征意义的行为"不仅没有治愈思乡病，反而让他对故乡的思念愈加浓厚"②。拉尔夫的蜕变体现了任碧莲等华裔作家血浓于水和叶落归根的中国传统价值观，尤其在第一代移民用饮食对他们的后代——纯正的华裔美国人——言传身教华人文化时更是如此。拉尔夫夫妇带着两个女儿凯莉和莫娜回到唐人街，用食物在她们心目中为虚无缥缈的"中国"一词赋予了具体的形象：大包是用酱油调味的肉馅填满的中国面包，叉烧是蜜烤猪肉，粽子是荷叶包裹的金字塔型糯米团。食物成为传统代际传递的重要载体，第二代华裔通过食物与民族历史和族裔文化建立了

---

① Rachel C. Lee: *The Americas of Asian American Literature: Gendered Fictions of Nation and Transnation*, Princeton: Princeton University Press, 1999, p. 44.

② Gish Jen: *Typical American*, Boston: Houghton Mifflin Harcourt, 2014, p. 45.

密不可分的联系,为完全被主流文化同化的华裔建构杂糅身份奠定了基础。

三、《莫娜在应许之地》:文化杂糅后的反弹

拉尔夫曾将美国看作应许之地,然而这里让他梦想幻灭。出生在应许之地的莫娜本应有比第一代移民更为轻松的人生,然而莫娜的亚洲血统一直影响着她的多元文化认同,最终她意识到在美国这种典型的血缘高于服从的社会里,民族或者种族身份可能造成文化认同的扩展,也可能造成文化认同的局限或弱化。莫娜竭力反抗自己在父权制文化中被限定的性别角色,在家中占据食物消费者的位置,却并没有从中获得满足感和自我肯定。她最终在母亲的厨房中找到了心灵的慰藉,回归民族文化。与其父母力图被同化的状况迥异,莫娜试图坚持民族文化传统,这揭示出第二代移民在多元主义话语体系下并未完全顺从文化杂糅的普遍趋向,反而出现了更倾向于民族主体性的反弹迹象。

作为第二代移民,张莫娜接受了多元文化。莫娜对多元文化身份的接受首先表现在她对各种食物的态度上。她经常吃家里开的薄饼店售卖的冰激凌圣代,犹太邻居家的点心贝果和妈妈在家混杂多种口味的大杂烩:"橱柜像地中海一样塞满各种瓶瓶罐罐,里面挤压着陈年的不明物……各种玻璃、塑料和陶瓷的容器中被满满塞入令人作呕的泡菜和食物原料,发出刺鼻的气味,罐子上没有标识,也许是没法贴标识。"① 神秘的佐料和其含混不清的属性暗示母亲海伦·张希望族裔身份不受狭隘的标签所限制,拒绝被美国粗暴的种族范畴定义。莫娜希望有一天自己也拥有同样的厨房,体现了她对文化多元主义的肯定。

---

① Gish Jen: *Mona in the Promised Land: A Novel*, New York: Vintage, 2012, p. 293.

海伦不像莫娜那样表现出全盘接受美国文化的态度，在某些方面似乎仍然坚守底线。比如她虽然用可乐代替甜酱作为北京烤鸭的蘸酱，在火鸡肚子里填满炒米，但是她一直强调莫娜不能生混血儿，否则她会把孩子扔到垃圾桶里。但是当母亲的预感变成现实，莫娜真的和犹太人生了一个中犹混血儿后，海伦又不再坚持当初的想法，因为在中国文化中只有男性继承人才能延续宗族血脉，这个有洋人血统的儿子还是有些价值的。海伦所固守的文化本真主义或种族纯洁性其实早已从根本上被多元文化所瓦解，她的文化本质具有了变通性和灵活性。另外，在多元化的美国，食物的外延意义随民族习俗的不同而改变。随着文化同化程度的加深，不同民族的烹饪特色被美国厨师改造和利用，而移民的口味也逐渐趋同。为了坚持文化本质论，海伦故意忽略了同一物体在不同语境下的意义变化，对于番茄烧牛肉，海伦坚持认为番茄是中国人发现的。"在中国，我们把番茄当水果吃，就像吃苹果一样。"[①] 她武断地否认番茄在其他民族食谱上的存在，甚至故意忽略中国长久以来与世界各国有贸易往来的事实。事实上，番茄是由印第安人最早发现和食用，后经海上贸易传入中国，所谓的正宗中餐其实并不具有排他性，相反，中餐也是多民族文化交流和融合的结果。美国所流行的具有代表性的中餐，其烹饪方法和味道已经和正宗的中餐大相径庭。海伦按照美国人的习惯对中餐的烹饪技法做出调整，做出炒热狗配米饭的美式中餐，恰恰说明第一代华人移民对多元文化身份的渴求和对母国文化的疏离。"中国对海伦来说已经是陌生遥远的国度，她已经记不起中国是什么样了。"[②] 事实上，生长在上海的海伦早在来到美国之前就

[①] Gish Jen: *Mona in the Promised Land: A Novel*, New York: Vintage, 2012, p. 7.

[②] Gish Jen: *Mona in the Promised Land: A Novel*, New York: Vintage, 2012, p. 7.

已经具有文化杂糅的雏形。她不仅每天早上用贝果当早餐,还在午餐时间食用热狗肠。这无疑证明了移民的文化本质论是一个伪命题。

具有讽刺意味的是,随着故事的发展,具有多元文化身份的莫娜反而在潜意识中逐渐认同以血缘为前提的身份形成理论。原本在中国家庭长大的莫娜"已经厌倦成为中国人"①,她异想天开地认为自己可以完全摆脱家庭的影响,因为"在美国你想成为谁都可以,而她恰好想当犹太人"②。莫娜一直认为自己可以让主流文化的影响胜过血缘,于是开始在言行中践行"民族扮演"(ethic impersonation)③,通过暂时的改变达到同化的目的。十三岁时她告诉自己的男友日裔男孩谢尔曼:"你只需要学习一些美国人的口头禅和规矩,就可以轻易从日本人转变成美国人。美国人的规矩之一就是要吃典型的美国食物。"④ 于是她把谢尔曼带回家里的餐馆,"把掼奶油挤进嘴里,直接从桶里偷吃奶油沙司"⑤。尽管莫娜口头上强调转变成美国人只需抛弃血缘关系,实际上却难以做到。莫娜另一次企图融入美国文化的尝试也以失败告终。她和谢尔曼在家中用火鸡肉烹制波特派,他们照着美国人的方式烤制和食用,却发现火鸡的味道和普通鸡没什么区别,西餐让他们想起他们的亚裔母亲日常烹制的家常菜,烹制西餐的

---

① Gish Jen: *Mona in the Promised Land: A Novel*, New York: Vintage, 2012, p. 29.

② Gish Jen: *Mona in the Promised Land: A Novel*, New York: Vintage, 2012, p. 49.

③ 民族扮演,即个体通过习得和实践另一族裔群体的文化特征从而获得这一群体的认同和接受。参见 Laura Browder: *Slippery Characters: Ethnic Impersonators and American Identities*, Chapel Hill: University of North Carolina Press, 2000。

④ Gish Jen: *Mona in the Promised Land: A Novel*, New York: Vintage, 2012, p. 14.

⑤ Gish Jen: *Mona in the Promised Land: A Novel*, New York: Vintage, 2012, p. 12.

失败证明了舍弃出身的文化是徒劳的行为。另外,火鸡本身也变成了两人误解美国习惯的证明。彼时,大部分白人小孩在放学后都会把饼干和牛奶当作餐前小食,不会回家大费周章烹饪正餐才会用到的食材。罗兰·巴特强调食物表意过程中语境的重要性,莫娜和谢尔曼不合时宜的举动,反而更显得他们是主流文化之外的异类,这恰恰说明了在美国文化语境下,一些表面的文化实践不足以构成让少数族裔选择成为白人的充分条件。

任碧莲通过莫娜和白人同学关于身份认同问题的交流进一步质疑身份选择论的观点。在族裔文化的影响下,个体其实没有选择身份的自由权利。娜奥米曾对莫娜说"'忘记你的父母'……'只要你愿意选择'"① 就可以割裂和祖先以及血脉的联系。然而,莫娜偶然得知同班同学伊洛斯曾两次改变身份认同,由此引发的争论和思考彻底改变了莫娜被娜奥米灌输的将身份认同过度简单化的观点。伊洛斯·英格尔是白人收养的犹太弃婴,父亲和后母都是白人盎格鲁-撒克逊新教徒(即 WASP, White Anglo-Saxon Protestant),也把伊洛斯当作白人盎格鲁-撒克逊新教徒抚养。伊洛斯得知生母是犹太人后,决定变成完全的犹太人,不想数周之后她厌烦了当犹太人,又回到了之前的白人盎格鲁-撒克逊新教徒生活。班上同学在议论这件事时纷纷表示不管伊洛斯做什么选择,她的犹太血统让她注定只能是犹太人。一个人的文化身份已经被遗传基因或血统所决定,无法靠后天教育和生活方式的习得来改变。另一些人则认为文化身份是习得特征,伊洛斯不能转换身份的原因在于她无法改变自己的饮食习惯,那是她成长的文化环境的必然产物。"'想想她是吃什么东西长大的',他们争辩道,'那就代表她本人,你不能否认这点。''爱斯基摩人

---

① Gish Jen: *Mona in the Promised Land: A Novel*, New York: Vintage, 2012, p. 129.

第三章 亚裔美国小说中的食物叙事和文化身份

不会吃汉堡,就像美国人不会吃海象肉一样。'"① 虽然单纯将饮食习惯等同于文化身份显得太过主观,然而饮食习惯并不像莫娜想象的那样可以轻易被改变。莫娜受邀与伊洛斯家人在高级餐馆进餐时尤其暴露出自己的文化本源,作为正统白人盎格鲁-撒克逊新教徒的英格尔家人熟知美国上流社会的用餐礼仪,这让莫娜感到自己格格不入。中国文化提倡谦卑(self-effacement),甚至在用餐时也要极力谦让,拉尔夫等人认为美国遵循弱肉强食的自然主义法则,在餐桌上要极力效仿白人贪婪饕餮的做派,才能充分彰显个人主义的精髓。于是伊洛斯一家看到一个拙劣模仿白人的中国人形象:为了显得正式和老练,莫娜在前菜、正餐和餐后点心每个环节都点了很多,包括沙拉、果盘、鲜虾盅、牡蛎、蛤蜊浓汤、法式忌廉汤、嫩烤肋排、龙虾、剑鱼与数道开胃菜,最终其中大部分都只能被丢掉。作者对莫娜行为的书写露骨地嘲讽了亚裔认为在餐桌上抛却克制礼让才能融入美国文化的观念,因为莫娜惊奇地看到英格尔一家只简单点了几道合口味的菜品,根本没有凑齐正餐的想法,只有她一个人每个种类都点了两道以上。莫娜企图成为典型美国人的文化挪用(cultural appropriation)尝试以失败告终,因为她并未领会到白人盎格鲁-撒克逊新教徒遵循的提倡节俭克制、反对奢靡纵欲的价值观,只看到表面上的个人主义。最关键的是她对英格尔一家谈论的话题一无所知,英格尔一家以旁观者的姿态闲聊中国艺术、朝鲜战争和台湾问题等,让莫娜无所适从地在一旁沉默。白人在谈论这些话题时表现出文化和种族上的优越感,伊洛斯及其家人用充满种族主义和排外思想的话语建构出区别于自身的少数族裔他者,同时也将莫娜永远排除在真正的美国人之外。莫娜的民族扮演只是

---

① Gish Jen: *Mona in the Promised Land: A Novel*, New York: Vintage, 2012, p. 56.

暂时性的文化转型（cultural passing），而不是事实上的文化同化。文化转型在社会学中特指少数族裔利用表述行为（例如烹饪和饮食等）扮演目标群体的成员。通常这样做无须完全服从另一群体的文化符码。社会学家认为，文化转型的主体通常坚持民族或种族具有实质性，下意识否认文化身份的流动性或不确定性。莫娜的文化转型解构了她推崇的多元文化身份和身份切换的观点，反而更证明了她在无意识中对本民族文化的回归。

张莫娜的文化转型不仅体现在食物选择上，也体现在性别角色中，和她同为亚裔美国人的谢尔曼也是如此。莫娜为自己建构了和混杂文化身份相应的耦合性别身份，模仿美国女性的独立人格，拒绝成为被男性消费的性目标。在典型的父权制文化系统中，一个"合格的"女性必然要为男性牺牲自己的欲望和需求。莫娜的日裔男友谢尔曼问她是否愿意把自己的头发盘成类似艺妓的圆髻，暴露出东亚男性期待女性受到规训并为男性服务的传统观念。莫娜认识到日本女性的卑微，尤其在目睹谢尔曼母亲松本夫人在家庭中的低下地位后，更有意识地将自己和亚裔文化中的女性范本区隔开来。海伦·张邀请上门拜访的松本夫人喝下午茶，松本夫人婉拒并解释说只有在得到松本先生允许，并在丈夫回赠谢礼的情况下她才能接受邀请。松本先生作为家里挣口粮的人掌控妻子的饮食，充分体现出父权文化中丈夫一家之主的权威地位。松本先生确实与莫娜想象的一样，是"下颚线条刚毅的生意人模样，显得客气却冷淡……完全不是尊重女性的类型"[①]。谢尔曼不仅继承了父亲的宽下颌，也继承了日本文化中的男权主义。他总是在莫娜面前显示自己的男性权威，将她当作性对象和征服目标，而不是一个有独立人格的女性。当二人溜出家告别

---

① Gish Jen: *Mona in the Promised Land: A Novel*, New York: Vintage, 2012, p. 20.

时,他"咬紧牙关,睁开双眼,定睛在莫娜衬衣的扣子上,想把衣服解开"①。在吻了莫娜的脸颊后,谢尔曼的嘴唇突然游移到她的脖子上,像品尝美食一样开始舔她的肌肤,强迫莫娜顺从他的意志任他享用。谢尔曼颇为自得地说起日语,此时他和他父亲的影像在莫娜眼中重叠起来,谢尔曼变成典型的日本男性形象。然而谢尔曼也和普通的美国青少年一样在男女关系中力求主动权和占有权,他的身上充分体现出文化身份的复杂性:谢尔曼的日本特质体现在冷静克制的外表下对男性主导权的绝对欲求,然而在对性的态度上又表现得和美国人一样露骨大胆。他和莫娜都错误地以为文化身份可以靠丢弃文化遗产轻易切换。谢尔曼认为对莫娜的征服是他在这段关系中占主导地位的标志,然而莫娜顺从他的目的"只是想在朋友面前炫耀"②。在两人的交往中,莫娜和谢尔曼都蜕化为东亚文化中性别阶序的原初状态,男性和女性分别成为食用主体和被食用的对象。文化身份并不会随着饮食习惯的改变而轻易转变,反而会使人因为误解而贻笑大方。只有将食物和出现的特殊语境联系起来才能正确阐释食物在其中所发挥的作用,在莫娜的经验中,中国和美国食物的对立反而将她和企图摆脱的家族更紧密地联系起来。莫娜和谢尔曼通过选定食物作为媒介来进入美国文化体系,反而吊诡地加深了民族和种族文化在他们人格中打下的烙印。

整部小说中,任碧莲都在讨论社会在身份形成中的作用,特别是对少数族裔而言,他们更倾向于认为身份形成过程中服从的重要性高于血统。《莫娜在应许之地》的结局其实非常清晰地表明了作者的主张:亚裔美国人主体性的建立离不开其企图排斥的

---

① Gish Jen, *Mona in the Promised Land: A Novel*, New York: Vintage, 2012, p. 21.

② Gish Jen, *Mona in the Promised Land: A Novel*, New York: Vintage, 2012, p. 21.

族裔性,即使服从主流文化也难以避免族裔性对主导位置的竞争,亚裔身份认同势必会不断受到潜在族裔性的冲击。莫娜因为和犹太人的关系与海伦发生激烈争执,决定离家出走去寻找应许之地。站在纽约中央车站的她感到自己像出走伊甸园的夏娃,后面是被她抛下的中国家庭和中国的历史文化,前方等待她的是充满机会的应许之地。然而就在此时,她在"流光溢彩的前景中,突然感到一丝隐约的不安"[1],因为她仿佛听见海伦的声音——就像唤醒沉积在血液中的记忆一样——在她的耳边低语。海伦的声音象征了亚裔美国人无法割裂的历史和传统,尽管血统被不断边缘化,亚裔不断用舍弃东亚文化来界定自我为正统的美国人,但属于亚洲的他者性原本就是主体得以存在的基本要素。莫娜对血统及文化的恐惧中同时存在着欲望,因此在彻底离家后她仍然不可避免地受到母国文化的影响,在做犹太食物时她沿袭了母亲在家中的中式烹饪方法,使用中式调料。莫娜的中国血统帮助她建立了兼收并蓄的世界观,界定了她在美国沙拉碗文化体系中的位置。如同莫娜生下的犹太混血儿长着"纯粹的中国鼻子"[2],莫娜无法彻底抛弃其中国身份。在小说结尾,声称和她断绝关系的母亲意外出现在莫娜的婚礼前夕,两人的和解象征着莫娜和文化血统的协商和最终妥协。

---

[1] Gish Jen: *Mona in the Promised Land: A Novel*, New York: Vintage, 2012, p. 255.

[2] Gish Jen: *Mona in the Promised Land: A Novel*, New York: Vintage, 2012, p. 299.

四、小结

"memoir"(回忆录)源自法语"mémoire"(回忆)一词,常用于讲述政治家或名人人生经历的传记类文学标题。在考证"回忆录"一词的用法时,有研究者认为它和传记最大的区别就是传记更倾向于将写作对象的生平经历事无巨细地忠实记录下来,而回忆录则是选取作者希望得到重视的记忆片段,具有更多的主观性和能动性。传记被普遍认为是白人男性主导的文学体裁,于是回忆录就成为女性作家和少数族裔作家用于彻底改写宏大叙事的有力工具。任碧莲的两部作品恰好体现了回忆录的力量所在:少数族裔女作家不再将主流文化体系作为回忆录的写作前提和写作语境,而是将个人生活与民族和种族文化紧密关联,使他们的经验不会被边缘化,使这些主体重新找回失去的过去和属于群体的文化记忆。回忆者不仅是观察者同时也是参与者,他们被置于特殊的社会和政治场域中,被作者赋予叙述的声音,见证并讲述少数族裔经验。写作回忆录的过程不能被视为剥离现实的中性行为,它更倾向于是赋予个体主体性的过程,用保罗·利科的叙事身份理论来讲,人通过讲述经历的事件和认识的人物获得对人生的理解。记忆可能出现偏差或主观性因素,因此回忆录写作的目的更类似于通过重构过去来阐释人生的意义。丹尼尔·斯坎特在《记忆的七宗罪》中将记忆出差错的原因归结为回忆者在现有文化语境下重新审视和反思过去的需求[1]。《典型美国人》和《莫娜在应许之地》中的回忆片段既是出于亚裔美国人接受文化脱位矛盾的需要而写,更是出于回归族裔文化的需要而写,亚裔作家的作品本质是对族裔性的响应和再肯定。

---

[1] See Daniel L. Schacter: *The Seven Sins of Memory: How the Mind Forgets and Remembers*, Boston: Houghton Mifflin Harcourt, 2002, pp. 125-130.

弗兰西斯·哈特强调亚裔美国人的回忆以创伤体验为主，因此亚裔作家以回忆录形式进行的记忆叙事实际上是出于疗愈创伤的诉求①，比如拉尔夫遭遇了无法从根本上被美国社会接受的痛苦，莫娜烦恼怎样和东亚文化决裂，二者都有袒露心迹以求治愈创伤的需求。小说中主人公通过食物找回了过去并从所在群体得到归属感，将食物和创伤体验联系起来。拉尔夫和莫娜对食物的选择体现了亚裔群体的共同需求，从中可以看出亚裔群体如何通过食物将集体记忆根植于内心，通过食物叙事重述创伤体验。从这一层面来说，回忆录中的食物叙事是亚裔美国人放置文化记忆的场所，也影响了亚裔身份认同的形塑。食物在塑造想象的共同体（民族、国家等）中起到重要的作用。"民族食物为抽象的民族或国家身份认同赋予了具体形象，谈论或写作国家或民族特色食物更为国家民族的文化定义增加了概念上的连贯性和完整性。"②《典型美国人》中的拉尔夫通过想象中的亚洲食物找到安慰，《莫娜在应许之地》中的莫娜则通过实际的亚洲烹调和饮食确认了自我的文化继承，对亚裔美国人的身份认同做出了较为积极的选择。落入刻板印象窠臼的两代移民最终获得了求同存异的并置身份。食物和饮食习惯折射出这一转变过程，验证了迦巴希亚的话："美国人十分重视食物的选择。因而我们能从食物中找到认同感和自豪感——不是作为一个融合多民族性的国家，而是一个多民族共存的国家。"③

---

① See Youngsuk Chae: *Politicizing Asian American Literature: Towards a Critical Multiculturalism*, London and New York: Routledge, 2007.

② Sidney W. Mintz and Christine M. Du Bois: "The Anthropology of Food and Eating", in *Annual Review of Anthropology*, vol. 31, no. 1, 2002, pp. 99−119.

③ Donna R. Gabaccia: *We Are What We Eat: Ethnic Food and the Making of Americans*, Cambridge, MA.: Harvard University Press, 2009, p. 232.

第三章 亚裔美国小说中的食物叙事和文化身份

第二节 食物中的第二次世界大战文化记忆

以第二次世界大战期间日裔拘留营（internment of Japanese-American）为主题的传记性作品是日裔美国文学中值得研究的重要部分。强制迁徙和集中监禁的经历导致日裔美国人的种族和民族身份产生混乱，由此引出日裔移民在两种文化中采取的身份政治策略。回忆在拘留营成长经历的纪实性作品《不－不男孩》《永别曼扎拿》等小说都是叙述日裔美国人文化创伤的代表作品。日裔美国作家约翰·冈田在1957年出版了《不－不男孩》，通过讲述日裔美国人被集中关押后的经历探讨拘留营的历史记忆在个人层面和集体层面给第二代日裔美国人造成的文化创伤，以及导致的融入美国主流社会的心理障碍。冈田基于日裔美国人阿久津的真实经历写出了《不－不男孩》。阿久津等第二代日裔移民在第二次世界大战期间的经历是美国历史上耻辱的一笔。由罗斯福总统签发的第9066号行政命令（又称"日裔重安置令"）将超过12万日裔移民强行转移至称为"重安置中心"的集中营居住。被关押的人事前没有收到正式的逮捕令，甚至没有经过庭审，就无缘无故被关入由带刺的铁丝网圈起来的、重兵把守的集中营。1943年，作为释放条件，符合参军年龄的被关押者被要求填写一份名为"假释证明申请表"的问卷，所谓的假释其实就是预备应召入伍。被关押者需要在忠诚考察问卷中回答两个问题：你是否愿意随时响应号召加入美国军队？你是否愿意宣誓对美国无条件忠诚并在国内外战争中保卫美国，拒绝为天皇、外国政府或其他政权及组织效忠？①

阿久津和其他四千多日裔一样连写了两个"不"，由此被冠上耻辱的"不－不男孩"的称呼。针对日裔美国人颁布的有关集中监禁和问卷调查的国会法案在 1988 年得到清算，曾被关押过的幸存者获得赔偿，里根总统对他们进行了公开道歉。冈田在《不－不男孩》中并没有从种族迫害的视角切入日裔在集中营的人生经历，而是从心理状态出发探讨日裔被从集中营释放后出现的创伤后应激障碍，他们在此后的一生中都被迫面对这两个忠诚问题。主人公山田一郎曾在华盛顿大学就读，在成长教育过程中受到美国文化的浸淫，和其他通过教育和就业进入主流社会的第二代日裔一样，一郎憧憬成为真正意义上的美国公民。然而第二次世界大战让他梦想破灭。作为日本移民后裔，他被强行关押到西雅图的集中营，两年后因为服从母亲的命令拒绝为美国服役而被关入联邦监狱。第二次世界大战结束后他回到家中，一直因为双重身份问题与父母矛盾重重。虽然弟弟太郎将一郎视为背叛美国逃避服役的日本间谍，对他充满敌意，一郎仍艰难维持和太郎的关系。他还不顾家里和某些日本同胞的反对，与第二次世界大战中为美国负伤的健治成为好友。母亲陷入狂热的爱国情绪，一心期盼日本在第二次世界大战中胜利，一郎愤恨自己的日本血统让他无法成为真正的美国人，两人截然不同的价值观和人生态度构成书中最大的矛盾和对立，母亲要求他忠于故国的执念让他倍感痛苦。其他同样因为家庭压力在问卷中做出违心回答的"不－不男孩"弗雷迪和盖瑞等都处于日本和美国的夹缝中，他们被视为叛徒，被白人歧视。他们和一郎都在迷惘中寻找栖身之处，却终究在血缘和文化的差异中迷失，以自我毁灭或回归族群的方式

---

① "Loyalty Questions", https://www.du.edu/behindbarbedwire/loyalty_questions.html, 2019-01-22.

各自解脱。通过描写一郎认同自己为美国人,最终却被日本民族文化救赎的心路历程,冈田试图踏入"日本"和"美国"两极分化对立中的灰色地带,厘清个人和社群、文化融入和文化抵抗等围绕身份两极化不断膨胀的问题。日裔美国人怎样在充满歧视和种族仇恨的战后美国找到容身之处,如何面对现实中的集中营和抽象意义上令人窒息的美国社会所带来的双重创伤,这些问题通过食物和饮食习惯等具有特殊文化含义的隐喻抽丝剥茧逐一暴露出来。

一、食物、母体和民族文化

食物带来的愉悦难以用语言来归纳和编码,因此食物存在于非语言层面(nondiscusive level),齐泽克将这种情况称为"语义空洞"(semantic void)[1],意指存在于真实界的心理空间。克里斯蒂娃在阅读普鲁斯特的作品时,从玛德琳蛋糕中同样发现了儿童经历的这种肉体和感官上的愉悦,这种逃脱语言和意义的愉悦尚存在于母体之中,还未经历象征界的压抑。食物带来的愉悦让人回到母体中时经历的浑然一体的完整状态。"母子一致的身体节奏让两者融为一体"[2],此时不存在象征界规定的内和外以及自我和他者的分别,让人得以实现对语言和意义的逃逸。克里斯蒂娃进一步提出,在儿童和母亲的原初关系中潜藏着欲望,这些欲望呈现出不同的表现形式,其中混杂带来感官愉悦的食欲和性欲。一郎和母亲之间既依恋又嫌恶的复杂关系也同样在接受和拒绝母亲准备的日本餐食中体现出来。

---

[1] Slavoj Žižek: *Tarrying with the Negative: Kant, Heget, and the Critique of Ideology*, Durham: Duke University Press, 1993, p. 202.

[2] Kelly Oliver: *Reading Kristeva: Unraveling the Double-Bind*, Washington, D. C.: Georgetown University Press, 1993, p. 34.

齐泽克在考察东欧民族分裂和冲突的过程中，发现多民族国家中的少数族裔身份认同的形成也经历了胎儿在母体内经历的类似过程。① 在族裔认同的早期，从本民族食物中体验到的相同的感官愉悦体现了个体和民族社群之间的共生关系。这种愉悦表现在民族特有的烹饪方法、用餐习惯以及母亲在养育后代过程中给予食物的方式等方面上。解构主义否认民族或国家的历史本体论，认为民族或国家只是一个连续性的话语建构产物，而齐泽克反对过于强调民族或国家的抽象文本性，认为存在于真实界的残余，譬如食物带来的感官享受，是民族概念中的非话语核心，它和其他文化实践一样将民族转变为一个可以感知和继承的恒久实体，而非单纯的抽象概念。同样，少数族裔个体获得主体的过程并不完全符合拉康的三界论，想象界中的感官愉悦一直在干预主体性的建构过程。国旗、意识形态、文化记忆等符号并没有完全代替感官愉悦成为国家共同体的凝聚力，个体在保持国家身份认同的同时也通过感官愉悦形成本民族的身份认同。齐泽克在未受话语和文化规制的空间（想象界）中找到族裔认同的形成途径，认为主体同时存在族裔认同和国家认同，其观点是对拉康和克里斯蒂娃理论的发展和补充。尽管齐泽克的研究因样本限于东欧多民族统一国家而有一定局限性，但他的理论仍然适用于同样具有种族、民族、文化多元化特征的美国。美国少数族裔文学中的民族身份认同更多存在于个体和母体还未分离的母性空间，它让个人和族裔群体处在一种浑然一体的共生关系中。对民族食物的迷恋充分表现出个体对族裔群体的渴望，齐泽克的理论让食物带来的感官愉悦、个体和母体的关系以及民族身份认同三者形成了互相关联和互相促成的环状逻辑关系。

---

① Slavoj Žižek: *Tarrying with the Negative: Kant, Hegel, and the Critique of Ideology*, Durham: Duke University Press, 1993.

第三章 亚裔美国小说中的食物叙事和文化身份

母亲准备的食物在移民家庭中扮演保留文化记忆和塑造民族身份认同的角色,希腊移民后裔罗伯特·乔治回忆母亲和家族女性亲戚准备和烹饪食物的过程,认为食物和饮食习惯是民族文化和身份认同形成的关键因素之一:"在烹饪希腊传统菜肴时,母亲和其他家族成员才完全展现对希腊民族的认同感,她们为希腊食物自豪,和与她们共同继承了民族遗产的人亲密无间,而和她们出身背景不同的人则表现出泾渭分明的不同。"[1] 多娜·迦巴希亚也强调食物和饮食习惯在维系移民的民族文化根源上的重要性,指出移民意图(在异国他乡)保持习惯的饮食方式,"因为人们通过食物进入和维持传统关系,用食物划定社交距离、标识身份和地位,借助食物规范儿童行为,甚至医治疾病"[2]。简言之,人们通过食物满足对母亲和民族的渴望。

然而在传统家庭中,必然由父亲担任介入个体和母体间相互欲望的角色,父亲负有借助语言和文化统治象征界的职责。如果从家庭上升到国家层面,主流文明就成为象征界的菲勒斯,代为履行父亲的职能。母亲占据的"他者空间"(the place of alterity)正是少数族裔在社会空间中占据的位置,母子或个体和族裔群体未曾分离的空间在外界看来是无序和异化的,这种混沌的原初状态驱使少数族裔个体进入被语言、文化和法律支配的有秩序的象征界,完成从客体转变为主体的过程。在美国社会语境下,基于西方哲学思想和意识形态的法律和规则以父亲之名存在,如此一来,少数族裔个体不得不在语言和文化的约束下建构主体性和身份认同。这也可以解释为何《不-不男孩》的主人公

---

[1] Robert A. Georges: "You Often Eat What Others Think You Are: Food as an Index of Other's Conception of Who One Is", in *Western Folklore*, vol. 43, no. 4, 1984, pp. 249–256.

[2] Donna R. Gabaccia: *We Are What We Eat: Ethnic Food and the Making of Americans*, Cambridge, MA.: Harvard University Press, 2009, p. 51.

山田一郎急于摆脱族群代表的母体。最初，他从母亲和代替母亲角色的女友惠美身上感受到恐惧和迷恋，后来，日裔社区和日裔群体又让他亲身体验到不受理性控制的狂热情绪，如此种种让他产生了无法成为理想自我的社会性焦虑。这种社会性焦虑在现实中的反映之一就是对具有民族文化特征的食物和饮食习惯的厌恶和排斥。

在《恐惧的力量》中克里斯蒂娃发展了拉康的理论，认为人在从想象界进入象征界的过程中必然会试图脱离处于主体和象征界之外的令人不适的"贱斥体"（the abject），这种抗拒本质上是个体与母体的一种决裂形式，因为贱斥和原乐（jouissance）一样都属于主体和客体混为一体的阶段，即母子未分离的母体内阶段。① 克里斯蒂娃接着详细探讨了主体性和社会性的形成，她认为只有通过暴力性排斥和拒绝不适物才能获得主体性，这种暴力性排斥过程被克里斯蒂娃定义为贱斥（abjection）。② 在《不－不男孩》中民族食物于山田一郎而言既是原乐也是贱斥，对特定食物的排斥是贱斥（abjection）最基本、最原始的表现形式，也是一郎获得主体性的主要途径。贱斥不仅体现了个体脱离母体的欲望，也体现了少数族裔个体脱离族群、被主流社会接纳的欲望。从社会层面上讲，有色人种这类边缘化群体也属于"贱斥"的范畴。一郎渴望丢掉有色人种身份变成文化上的白人的贱斥过程也最早通过和家人饮食习惯的差异表现出来。一郎在个人和族群两个层面上的贱斥符合克里斯蒂娃在《恐惧的力量》中讨论的主体形成过程中恐惧和贱斥之间的关系。其他类似通过贱斥表现主体和客体、美国性和族裔性之间界限的文本也常见于少数族裔

---

① Imogen Tyler：" Against Abjection", in *Feminist Theory*, vol. 10, no. 1, 2009, pp. 77—98.

② Quoted from Imogen Tyler：" Against Abjection", in *Feminist Theory*, vol. 10, no. 1, 2009, pp. 77—98.

第三章 亚裔美国小说中的食物叙事和文化身份

文学作品的食物叙事，如华裔作家任碧莲的《典型美国人》和赵健秀的《唐老亚》，其中华裔个体对传统民族食物的拒绝象征着他们对白人规则的接受和与母国文化的分离。

《不－不男孩》中强烈的文化同化倾向主要通过对日本性的贱斥表现出来。作者不仅弱化了亚裔美国人受到的种族歧视，还表现出对民族性的否定。山田一郎将集中监禁和牢狱之灾归咎于母亲强迫他说的"不－不"二字，进而将仇恨扩大到整个日本社群，却对始作俑者美国政府故意视而不见，其同化思想可见一斑。一郎和书中其他人物的自我否定实质上源于内化的种族主义思想，它肯定了日裔美国人的边缘性，因而合理化了一郎在小说中的贱斥行为。我们可以看到一郎除了厌恶典型的日式早餐，还对日裔社群的成员和他们的行为产生了愤怒、恐惧和厌恶情绪。小说中具有日本文化特征的人和事物也总是让人涌起不适感，例如一郎母亲佛教葬礼上的僧人"铮亮的光头上肿胀的太阳穴让绷紧的皮肤呈现即将爆裂的粉色，硕大的圆脸盘上突出两颗小小的黑眼珠，狰狞的外表会冷不防让人吓一跳"[①]。多年前的朋友小港朝他脸上吐唾沫，骂他"烂杂种"。一郎亲近的人，包括女友惠美，都散发着病态的抑郁气息，具有自我毁灭倾向，让一郎产生被永远关进疯人院的错觉。而他的家"就像墙上的一个洞，里面像混乱的杂货铺一样，因为空间狭窄只能见缝插针地塞满杂物"[②]，让他由衷感到"整个世界烂透了，这个地方又烂又脏，散发出廉价的臭味"[③]。西雅图也是让人反感的肮脏城市，不仅

[①] John Okada: *No-No boy*, Seattle: University of Washington Press, 2014, p.193.

[②] John Okada: *No-No boy*, Seattle: University of Washington Press, 2014, p.6.

[③] John Okada: *No-No Boy*, Seattle: University of Washington Press, 2014, p.59.

污秽遍地，还笼罩在令人麻木的灰色薄雾中。波特兰也大致如此，街上布满东倒西歪的公寓，外墙裸露出木头和脏兮兮的砖块。凡是和日本相关的细节都会附加引起强烈负面情绪的描写，作者的叙事手法立即让人联想到克里斯蒂娃所提出的贱斥文学喜欢突出痉挛、恶心、憎恨和厌弃等令人反感的反应。《不-不男孩》将逐渐腐烂的创伤和丰盛的晚餐并置，呈现出痛感和快感并存的奇妙场面，从这些场景中我们窥探到个体正暴力性地舍弃感官愉悦、努力挣脱母体的分裂状态。母亲所代表的民族和血缘是民族身份认同中最核心的部分，然而这一部分一直受到美国政治和文化的压迫和排斥；母亲反感白人侮辱性的称呼，却不得不成为白人口中的"小日本"（Jap）[①]。病态心理驱使她做出一系列疯狂的事：在雨中晾衣服，走上数小时买陈面包，神经质地不停摆弄架子上的炼乳罐。母亲把在外界受到的压迫转嫁给自己的家人，在家中释放病态的影响力，她的专断和偏执影响了丈夫和小儿子太郎，最终造成与后者不可调和的矛盾以及母子关系不可逆转的恶化。她的存在引起一郎不可遏制的敌意和排斥，因为他害怕自己会落入同样的窠臼，成为白人口中典型的、可鄙的"小日本"。

小说从一郎的叙述视角观察日本民族和日本文化，将日本和引起不适感的腐烂物相关联，有刻意将所在族群变为贱斥体之嫌。母亲和日本站在一郎的对立面，妨碍他全盘拥护美国文化和价值观，获得美国性，令他时时感到受压制；然而母亲又时时提醒一郎只有依存她和日本一郎才能确认自己的存在："你是我的儿子"[②]，她反复宣誓自己的主权，还在另一对送儿子加入美国

[①] John Okada：*No-No Boy*，Seattle：University of Washington Press，2014，p. 224.

[②] John Okada：*No-No Boy*，Seattle：University of Washington Press，2014，p. 15.

军队而承受丧子之痛的日本夫妇面前炫耀一郎因为忠诚于大日本帝国免于一死,其恶意几乎达到了让人难以忍受的程度。暴露出极强控制欲的母亲和以母亲为代表的日本民族促使一郎试图摆脱母体的控制,通过贱斥进入象征界获得语言的自主性。具有权威性的白人文化无疑充当了父亲的角色,推动贱斥的及早发生。小说中,一郎脱离母亲的控制显得十分艰难而痛苦,它印证了克里斯蒂娃描述的激烈而笨拙的贱斥过程。母亲和日裔群体在主观视角中"成为"贱斥体的过程,暴露出一郎意欲取得在形式和实质上都被主流文化所承认的美国公民身份的意图。在这场确定主体性的斗争中,一郎的反抗方式从拒绝接受民族食物开始,逐渐发展到厌弃日本传统的生活习俗和家庭关系,在更深层面上宣告自我与母体和母体所包含的民族文化的决裂。

二、民族食物:两种文化的对立

小说以一郎从监狱回到西雅图的家开篇,讲述一郎丧失了对民族社群的归属感,只有在想象的国家共同体中寻找归宿。它反映了少数族裔在冷战期间出现的恋母倾向。在《不一不男孩》开篇,满腔愤怒的一郎不埋怨美国武断监禁日裔美国人,却怨恨家人过于狂热的爱国情绪牵连自己,给自己带来两年的牢狱之灾。一郎的怨恨反映出冷战期间集中营囚犯的病态心理。根据心理学家艾兰尼·泰勒·梅在《归心似箭:冷战时代的美国家庭》中的分析,效忠美国的民族主义情感和驱逐日本移民的排外政策看似不相干,实则都是白人主流社会价值观的深刻体现。[①] 为了抵消敌对国向美国施加的压力,政府倾向于从内部寻找被认为对国家安全有威胁和破坏性的替罪羊群体并将其监禁,这类替罪羊一般

[①] Elaine Tyler May: *Homeward Bound: American Families in the Cold War Era*, New York: Basic Books, 1988.

为偏离了主流价值标准的少数群体（非白人、同性恋、女性等），针对少数群体的措施应运而生。受害者将受罚归咎于没有服从社会公认法则，间接反映出他们已经深受主流文化的影响，内化了自己被动扮演的角色。一郎在对母亲无言控诉的一段长独白中深刻忏悔了自己对两个问题给出否定回答和拒绝服兵役的错误：

> 我还不够爱美国，因为你还是我的母亲，我有一半是日本人。所以他们让我为美国而战时，我没有强硬地反抗你的要求，我没有坚强到克服另一半美国血液带给我的痛苦，你超过了另一半美国血统在我心中的分量，以至于我无视了其实我整个人都属于美国的事实……我不懂我的一半（日本血统）摧毁属于美国的另一半意味着什么，我本来可以成为完整的美国人，只要我说我愿意参加你们的军队，因为这本来就是我的信仰，我想要珍惜和热爱这个国家。①

在一郎的内心斗争中，终究还是对母亲的服从战胜了对父权的服从，这也符合个体在孩童时期一边否定母亲，一边又渴望得到母亲肯定的矛盾，从而导致了一郎心理上永久性的分裂和创伤。他对失去成为完整美国人的机会痛心疾首，这强化了他在潜意识中对母亲和日本的抗拒。一郎的遗憾也反映出同时代大多数移民后代的心态，他们渴望通过仪式性的行为完全被白人社会接纳，宣誓和为美国而战成为消除种族和文化差异的途径之一。这类以行为来亲身实践的话语属于述行语。约翰·奥斯丁认为述行语没有真实与否的区别，是指语言切实完成它所指的行为。女性主义学者巴特勒以性别为例说明这类述行语具有建构主体的作用：女性承认自己是女性和否认自己是男性的行为经过不断重复

---

① John Okada: *No-No Boy*, Seattle: University of Washington Press, 2014, p. 16.

第三章 亚裔美国小说中的食物叙事和文化身份

后,就会固化个体对社会性别的认知,从而实现生理性别和社会性别的统一。推而广之,种族身份也经历了同样的话语建构过程。一郎在集中营中被要求必须回答两个问题,即:"你是否愿意随时响应号召加入美匡军队?""你是否愿意宣誓对美国无条件忠诚并在国内外战争中俘卫美国,拒绝为天皇、外国政府或其他政权及组织效忠?"① 这说明美国公民身份建构由阿尔都塞所谓的"询唤"开始,在主体回答"是"或"否"之后就直接决定了个体是美国人还是他者,也对主体之后的行为是否与社会定义的准则一致做出了判断。一郎在两次否定之后,已经和母亲一样主动将自己视为他者。无论一郎是否愿意,他都已经在主体述行的过程中为自己建构了日裔公民的身份。奥斯丁在《如何用言行事》中以婚礼仪式为例演绎话语如何通过不断重复固化为标准模式,同样,一郎被质询的这两个问题和回答也成为一个固定的话语述行范式。② 通过不断的重复,这套述行生产出白人和非白人两类种族属性和身份。在回答"不"的实践过程中,日裔被划分到少数族裔的社会范畴,成为威胁美国的潜在不安定因素。一郎与惠美和健治的不同在于:尽管他认同美国的价值观,无法从心理上和自己的种族和民族身份达成一致,却还是充满讽刺性地以言行宣告了对日本的忠诚。健治尽管饱受种族主义者的欺凌,也对爱国主义和美国价值观几度产生怀疑,然而,他却仍然践行了自己对美国的承诺。惠美更是直言:"试试让自己变得跟他们(白人)一样强大然后原谅他们,向他们证明你是货真价实的美

---

① "Loyalty Questions", https://www.du.edu/behindbarbedwire/loyalty_questions.html, 2019-01-22.

② John Langshaw Austin: *How to Do Things with Words*, Oxford: Oxford University Press, 1975.

国人，既有他们的弱点，也有他们的优点。"① 惠美和健治抱着宽恕的想法毫无保留地接受白人文化，说明日裔在被白人社会接纳的渴望驱使下接受了人为区分的种族差异。弟弟山田太郎受误导的程度更深，他在成年之后疯狂地想参加对日作战，和其他人一样把哥哥叫作"不－不"男孩，却从未思考过为何一郎会这样回答，一味指责哥哥同情敌对国，并邀约同伙惩罚一郎的不忠行为。兄弟感情的破裂更加坚定了一郎与日本分离的决心。

一郎从监狱回家后被母亲带到两个日本家庭做客的场景将"日本"和"美国"两种价值观的深刻对立，以及对立导致的日裔精神上的分裂展现得更加具体。日本人习惯在节日等重大场合礼节性拜访亲友，家族成员长时间离别归来后也会例行拜访亲友。山田夫人和其他日本亲友为他感到骄傲，因为他"选择"做日本人。一郎"的确是离开了很长一段时间，但原因却完全不同。他并不是从战场上平安归来，也不是大学毕业后从另一个城市带着荣誉毕业生的羊皮卷回家"②，他看不出有任何理由向出狱的囚犯道贺，反而只从这些人虚妄的喜悦中看到自欺欺人的虚伪。在拜访其中一户人家时，"他对外表温柔善良的芦田夫人心生厌恶，她身下是从慈善集市花五十美分买来的廉价椅子。她的丈夫在酒店上夜班，对着他们憎恨的美国富人点头哈腰，用谄媚的笑容换来镍币，挣的钱还不够让他们一家到塔科马港迎接从日本来接他们回国的轮船"③。芦田和其他日本人捉襟见肘的窘境让他们执着的民族自豪感显得越发可怜，但同时也让一郎感到自

---

① John Okada: *No-No Boy*, Seattle: University of Washington Press, 2014, p. 96.

② John Okada: *No-No Boy*, Seattle: University of Washington Press, 2014, pp. 20—21.

③ John Okada: *No-No Boy*, Seattle: University of Washington Press, 2014, p. 23.

第三章 亚裔美国小说中的食物叙事和文化身份

我嫌恶，因为他无法从根本上脱离日本血统和被母亲灌输的武士道精神和价值观。他目睹好友健治为美国参战却惨遭遗弃，这对他而言意味着通过参战进入白人社会的梦想幻灭，问卷宣誓的话语述行并不能真正让他成为美国公民。

　　一郎等人面对现实和理想的矛盾状态暴露出白人学者将第二代日裔简单视作反对种族主义的斗士的浅薄无知，他们忽视了第二代日裔对美国主流价值观的拥护和对在阶层社会中向上流动的渴望，甚至忽略了他们主动放低身段迎合他人眼中的刻板形象的行为。接受次等公民身份为第二代日裔赢得了"模范少数族裔"（model minority）的称呼，这一称呼专指那些经济富裕，为进入美国社会扫清障碍的亚裔美国人——他们用符合美国价值观的白手起家实现了字面意义上的美国梦。这个词含有讽刺黑人平权运动的负面意义；对比倚靠联邦政府社会保障体系不劳而获的黑人，同是少数族裔的亚裔美国人过着自食其力的生活。[①] 日裔美国人可以说具有一切清教徒推崇的特征——教养、礼貌、顺从、忍耐、畏惧权威，因此他们在白人的话语体系中被当作教化少数族裔的范本，然而他们缺乏主体性。无论是芦田夫人的丈夫还是一郎本人，他们或在顺从的表面下隐藏对主流文化的敌意，或在不服从的表面下隐藏对主流文化的向往。《不-不男孩》从根本上打破了模范少数族裔的假象，日裔美国人的刻板印象下隐藏了因种族身份分化而产生的怀疑和自我厌恶。一郎这种模棱两可的状态恰如拉康描述的矛盾冲突蜂拥而至的镜像阶段，日裔一方面渴望被认可，成为理想的自我；另一方面自我理想却永远无法企及。如此，内化的他者（即日本人实际看到的模范少数族裔形

[①] See Marguerite J. Ro and Albert K. Yee: "Out of the Shadows: Asian Americans, Native Hawaiians, and Pacific Islanders", in *American Journal of Public Health*, vol. 100, no. 5, 2010, pp. 776–778.

象)和理想自我(作为日本人理想的白人镜像)在这一阶段进入对立的僵持状态。

在自己和理想自我并存的镜像阶段,一郎的母亲作为竞争者参与其中,执着地向一郎灌输本民族的文化和价值观,引起了一郎的极度反感和叛逆。山田家每天严格执行日本的用餐礼仪,使用传统的碗筷,在进食前双手合十并默念表示开始吃饭的惯用语。他家的早餐一般是传统的"淋上酱油的煎蛋,清水煮白菜,茶水和米饭"①。一郎十分反感母亲虔诚奉行的充满民族自豪感的进餐方式,餐桌上压抑的氛围和单调乏味的食物总是让他想念在华盛顿大学时"平底锅上被黄油煎得吱吱作响的培根和炒蛋",它们"散发出给予人生机和活力的香味"②。两人截然不同的饮食习惯表明了第一代移民和第二代后裔的对立,小说对这一点直言不讳:"这一代日本年轻人渴望的是可口可乐和啤酒、弹球游戏、跑车,要不就是双层汉堡、扑克牌、骰子和紧身裤。"③ 少数族裔对进入主流社会的渴求最直接地表露在对可乐、啤酒和双层汉堡等美国代表性文化产物的欲望上。饮食习惯的对立只是一郎和母亲矛盾的表面,更令他反感的是母亲一直抱着不切实际的幻想,以为日本政府会将侨民全部接走。每逢日本亲戚来信,她总是会虔诚地让家人聚在一起听她诵念信的内容。家里严禁说英语,成员之间只能用日语小声交流,整个家庭充满令人窒息的压抑气氛。迦巴希亚认为食物和语言密切相关,二者是人类自婴儿时期起最先习得的文化,也是适应异国文化过程中最大阻碍的来

---

① John Okada: *No-No Boy*, Seattle: University of Washington Press, 2014, p. 12.

② John Okada: *No-No Boy*, Seattle: University of Washington Press, 2014, p. 39.

③ John Okada: *No-No Boy*, Seattle: University of Washington Press, 2014, pp. 34—35.

第三章 亚裔美国小说中的食物叙事和文化身份

源。她在《民族食物和美国人的产生》中明确指出:"超过十二岁,人在学习新语言时就会受到母语的影响;同样,孩提时代养成的对食物的偏好习惯也会伴随一生。"① 因此,母亲对日式食物和日语的坚持,以及一郎对美式早餐和英语的渴望背后,无疑是两种文化力量的博弈。它佐证了罗兰·巴特在《当代食物消费心理学》中将饮食视为民族认同和国家历史的源头之一的说法,充分说明了食物和饮食传统在塑造民族性、生产社会法则中所起的作用。②

少数族裔因内化种族主义而产生自我憎恶(self-loathing)。一郎和健治来到唐人街,一郎只看到丑陋的街道和丑陋的建筑被丑陋的人群包围,一切都显得与外界格格不入,仿佛这里是独立于美国的异化世界。由白人建构的他者镜像成为亚裔自我厌恶的来源;黄种人特征就像克里斯蒂娃的贱斥,是令人恐惧的丑陋的他者,是妨碍人获得完整性的阻碍。正如唐人街从地理位置到标志性建筑物在空间上再现了渗透种族政治的社会阶序,亚裔社群在社会空间中的地位也深刻反映了白人和非白人种族有阶序的二元对立,白人依靠非白人沉默的存在而存在。而一郎和其他日裔美国人则为了融入主流文化与母体割裂。和一郎相同的"不-不男孩"弗雷迪由于无名的仇恨陷入疯狂,盲目寻求解脱,为了一个空洞的否认付出生命的代价,最终放弃了自我、家庭和社会。日裔老兵布尔选择了另一种方式和自己的日裔身份划清界限,他在东方俱乐部肆意侮辱日本人,向年轻人炫耀他新交的红发白人女友,把自我憎恨投射到同胞身上以发泄对两种文化的怨恨。弗

---

① Donna R. Gabaccia: *We Are What We Eat: Ethnic Food and the Making of Americans*, Cambridge, MA.: Harvard University Press, 2009, p. 6.

② Roland Barthes: "Toward a Psychosociology of Contemporary Food Consumption", in Carole Counihan & Penny Van Esterik eds., *Food and Culture: A Reader*, London and New York: Routledge, 2012, pp. 37–44.

雷迪和布尔在酒吧内发生争执，慌乱中弗雷迪开车撞向一堵墙结束了年轻的生命，布尔为此陷入了永远无法释怀的悔恨和悲伤。弗雷迪和布尔以极端方式表现了日裔美国人心理的困境和无解的结局。和上述二人相对，健治是一郎在心理上最为认同也暗自向往的范本，已经全盘接受美国价值观的健治不仅为美国参战，而且英勇负伤。他和江户的观点一样，明确否定回到西雅图的日裔社区是明智选择，他建议一郎去远离日本人的地方，找一个其他种族的女性结婚定居，数代后家族就可以从身体中清除日本人的基因。健治态度同样十分复杂，他梦想的文化同化建立在从形式上屠杀本民族的基础上。

三、妥协和对抗：两种文化之争

小说中，为群体成员带来慰藉的民族食物的对立面是带来欲望和死亡的美国食物。小说中最具讽刺性的场景是完全美国化的健治一家的晚餐，在健治离家被送往波特兰的退役军人医院的前一晚，家人团聚在一起共进晚餐为他践行。健治没有母亲，家里只有父亲和他的姐妹。父亲回家时兴致勃勃，因为从市场上买到一只"烤得特别好的鸡"，由衷感到"不管是节日、生日还是迎接亲人归来，甚至是与亲人告别，没有什么比坐在布置好的餐桌前和家人一起更让人高兴的了"[①]。家庭晚宴不仅有烤鸡，还有妹妹花子做的美式沙拉，饭后甜点是弟弟从面包店买来的柠檬蛋白酥，书中还特别强调他们用刀叉代替筷子作为餐具。饭后一家人坐到起居室观看职业棒球联赛，一边吃爆米花、曲奇饼和冰激

---

① John Okada: *No-No Boy*, Seattle: University of Washington Press, 2014, p. 128.

凌，一边喝牛奶和咖啡。①　维纳·索勒在《族裔之外：服从和血统》中说明了心理因素在文化身份建构中的必要性，少数族裔若想被同化，首先就必须拥护目标群体的价值观②，作为成熟独立的主体自发选择服从，借此获得群体身份。个人在日常行为实践中自动遵循主流文化标准是服从的最佳体现，在消费食物和遵守与食物相关的典仪这方面也不例外。小说《加西亚女孩怎样丢了她们的口音》中主人公纮兰达为融入美国文化努力学习饮食习惯和烹饪方法等，充分说明述行在身份形成中的重要性。从这一点来看，健治一家已经将少数族裔他者性转换为美国性。19世纪以来，出于政治目的，将具有民族特色的食物和饮食行为与族裔性挂钩的作家和文本大量出现。作家习惯将食物、进餐和餐桌礼仪作为权力分配的符号，表现对某一文化的忠诚和对其他文化的排斥；大多数美国人也用饮食习惯来区分族裔或地区人群。在这种风潮的影响下，以健治家为代表的日裔家庭总会刻意避免用特殊方式食用特殊食物，尽量在饮食习惯和食物选择上贴近美国大众的标准，以标榜自己是合格的美国国民。苏珊·卡尔斯克认为，饮食习惯的改变在大多数文化中示意少数民族向主要民族的靠拢③，改变饮食习惯与其他习得文化身份的途径相比更为便利灵活，能在一定程度上缓解少数族裔受到的偏见和歧视。健治被送到退役军人医院前夕正值第二次世界大战结束不久，此时正是爱国主义情绪高涨、文化保守主义全面主导政局的敏感时期，考

---

① John Okada: *No-No Boy*, Seattle: University of Washington Press, 2014, p. 128.

② Werner Sollors: *Beyond Ethnicity: Consent and Descent in American Culture*, Oxford: Oxford University Press, 1986.

③ Susan Kalcik: "Ethnic Foodways in America: Symbol and the Performance of Identity", in Linda Keller and Kay Mussell eds., *Ethnic and Regional Foodways in the United States: The Performance of Group Identity*, Knoxville: University of Tennessee Press, 1984, pp. 37—65.

虑到美国性和民族性的针锋相对达到顶点的时代背景，健治家全面西化的晚餐和进餐方式更突出强调了日裔公民的服从和自我阉割。他们以全面舍弃本民族文化习俗的代价向国家表明忠诚，最终臣服于美国性的独占和排他地位。

　　除了美式晚餐，健治家中这一幕的最引人注目之处在于母亲的不在场。健治一家看似完整、和谐的场景却由于母亲的缺席变得怪异。拉康在1958年发表的论文《菲勒斯的意义》中解释了菲勒斯雕像被遮盖的真义，菲勒斯只有不在场的情况下才能完全发挥能指的符号作用。① 家庭晚宴中健治母亲的不在场和父亲的在场，恰恰表明了健治一家在象征界的阉割，以及对父性的理想自我的完全认同。尽管健治及其兄妹对民族身份被阉割同样感到焦虑，但真实父亲和美国文化的象征父亲介入整个场景，阻断了他们对民族文化的渴望和焦虑，使他们臣服于法律和秩序。作者对晚餐情景的详细描述为读者呈现了被完全同化的日裔美国人的绝佳范本，以母亲的隐藏和父亲的显露确认了少数族裔和民族文化的彻底割裂，食物在其中也作为修辞手段体现了驯化少数族裔的政治意图。然而，餐桌上母亲怪异的缺席反而更凸显她的存在。就像德里达在《绘画中的真理》中提到的制鞋业所用的鞋模②，小说仿佛为不在场的"健治的母亲"建构了一个身份、一个形象，读者只能从母亲的不被需要去推断她只能作为被阉割的形象而存在。作为被阉割的形象，"健治的母亲"代表着欧洲中心主义支配的象征界不被需要的日本民族性，然而母亲所代表的族裔性的隐藏和沉默透过父亲形象和美式晚餐的刻意渲染反而更

---

① Derek Hook: "Lacan, the Meaning of the Phallus and the 'Sexed' Subject", in Tamara Shefer, Floretta Boonzaier & Peace Kiguawa, eds., *The Gender of Psychology*, Lansdowne, South Africa: Juta Academic Publishing, 2006, pp. 60–84.

② Jacques Derrida: *The Truth in Painting*, trans. Geoff Bennington and Ian McLeod, Chicago: the University of Chicago Press, 1987, p. 61.

第三章 亚裔美国小说中的食物叙事和文化身份

加明显。空缺和留白提醒读者,正是通过少数族裔作为他者的身份,白人性才得到确认。健治家庭表面的完整性被打破,为瓦解白人身份认同和美国性提供了可乘之机。最具讽刺意味的是,充满欢乐祥和氛围的美式晚餐戏剧性地迎来健治的死亡结局。母亲或者说母体的缺席彼时无法威胁主体,反而是父性权威发挥了贱斥体的作用,将健治导向了主体和客体界限消失的死亡,导向了意义崩溃之地。

在听闻日本战败和日本亲戚全部身亡后,一郎母亲因精神崩溃而自杀。一郎本应完全脱离母体,进入白人文化支配的象征界,然而他却出人意料地与日本民族性达成了和解。山田家为山田夫人举行了传统的佛教葬礼,体现出少数族裔通过传统文化习俗和实践强化共同价值观和族群认同。当山田家所在的日本社区成员聚集到一起为死者焚香敲磬、念佛祝祷以哀悼她的离去时,一种无形的凝聚力开始在社区成员中生发,身为家主的山田先生的转变尤为显著。一郎起初对过于日本化的葬仪感到尴尬,然而他猛然发现"身旁的父亲就像一大块高耸的花岗岩"①,他不敢相信那是曾被他轻视的"该死的老东西,又肥又蠢,没骨气,一文不值"②。在一郎眼中,父亲已经脱胎换骨,不再恐惧软弱。体现民族特性的食物和宗教仪式体现了一郎具有巨大包容力的民族身份。正如婴儿追求满足食欲的食物和提供安全感的怀抱,移民尤其容易在怀旧情绪的驱动下回复到追求母国文化本真的状态。意识到自己与母亲完全分裂的一郎产生巨大的失落感,产生了对日本女性(指惠美)和对本民族群体的怀旧欲望(nostalgic desire),产生了在和母亲划分界限后复原的冲动。根据克里斯蒂

---

① John Okada: *No-No Boy*, Seattle: University of Washington Press, 2014, p. 193.

② John Okada: *No-No Boy*, Seattle: University of Washington Press, 2014, p. 16.

娃的理论,人类在性心理发展阶段和母亲划分界限后会对复原（regression）产生恐惧。第二代日裔产生复原冲动的根本原因在于他们误认为白人占据支配地位的社会和文化体现了秩序和父性权威的象征界。一旦认识到象征界是基于差异性的社会建构,少数族裔自然会重新定义象征界和贱斥体,从而重新回到被定义为差异的事物内部。

日裔退伍军人健治和布尔等人其实也经历了同"不－不男孩"相似的心理转变过程。健治和布尔等人将美国等同于白人,例如布尔在酒吧内充当白人女性的保镖,炫耀和白人女性的亲密关系。美国政府不准许日本移民及第二代日裔加入美国籍本是种族差异扩大化的结果。布尔一度将白人排位和种族歧视的原因归咎于"不－不男孩"拒绝为美国效忠,并与弗雷迪和一郎发生争执。出人意料的是,他在得知弗雷迪的死讯后号啕大哭,陷入深深的悔恨之中。一郎目睹日裔美国人因为痛苦和羞惭而相互伤害,以此转移从外界受到的种族主义压力,而布尔则陷入癫狂,呜咽得"不像受伤的男人和痛苦的战士,更像为了祈求母亲安抚而号啕大哭的婴儿"[①]。在那一刻一郎触景生情,想起自己在母亲离去后的莫名失落和在前来吊唁的日本人中找到母亲的替身的经历。他无法从象征界的仲裁者和惩罚者身上得到慰藉,只能从同胞和族群的生活方式中获得安全感。类似的凝聚力并不是通过种族差异而产生的,而是基于本民族成员的亲缘性产生,共同的文化使他们产生了一种社会联系。

最终促成一郎转向本民族认同的契机是他与同样是"不－不男孩"的盖瑞的相遇。盖瑞在大学专修艺术学并拿到了学位,但因为种族问题一直无法找到工作,靠为康复中心画广告牌度日。

---

① John Okada: *No-No Boy*, Seattle: University of Washington Press, 2014, p. 250.

第三章 亚裔美国小说中的食物叙事和文化身份

一郎初次遇到他时,盖瑞正在往广告牌上写"康复"(rehabilitation)的美术字,"rehabilitation"一词在英语中也有"复原"和"重建"之意,作者描写这一场面不得不说颇有深意。盖瑞在回顾自己回答"不,不"时的矛盾心理时,对陷入两难的一郎说"不巧的是,现在没有治疗你这种病的方法"①。盖瑞的回答暗示即使一郎背弃自己的民族也无法完全被白人社会接纳。盖瑞到康复中心后看到和一郎同样境况的人,认识到"这里的环境私人情感投入太多,感性太多就变得不理性了"②,一语道破了部分日裔美国人一厢情愿盲目热情却成为次等公民的现实。他告诉一郎世界有多种解读的可能,而不只有唯一的解读方式。盖瑞通过理性思考文化的差异和社会的结构,揭示出身份认同由对立和差异构成的真相,解构了西方哲学思想中本质的身份论。他显然希望一郎能和他一样直面少数族裔基于差异性被自然贬低的事实。一郎到最后才认识到自己一直在模仿母亲将自己异化为"小日本",母亲的影响从未消散,反而在葬礼的那一刻扩大为族裔群体的言说权力,通过聚合和凝固的方式生成包含他在内的整个群体的主体性和主体身份。此时一郎才真正实践了"康复"的指示,回到他曾拒斥的族裔群体和族裔文化。

一郎在远离日裔社区的白人舞厅的喧嚣中想起发生在唐人街俱乐部的悲剧,"在舞厅中我和惠美和弗雷迪有个容身之地,如果我们随波逐流,在世上总会有容下我们的地方。我一直在和它战斗,憎恨它,用自己的痛苦折磨爸妈和我自己甚至太郎,把整

---

① John Okada: *No-No Boy*, Seattle: University of Washington Press, 2014, p. 220.
② John Okada: *No-No Boy*, Seattle: University of Washington Press, 2014, p. 227.

个世界都抛到脑后。我还想继续生活,过得愉快点。我只能这样做"①。舞厅就如同容纳多元文化的大熔炉,在舞池的喧哗声中每个人都竭力为生存而妥协和忍耐。事实证明,即使一郎等人付出生命代价,他们仍被排除在白人群体之外,甚至成为自己人眼中的"小日本"。他们甚至未能意识到族群内的暴力斗争其实也是内化种族主义的现象。一郎将手放在痛哭的布尔的肩头,"感受那粗笨的身体同样令人空虚的悲伤,感到那绝望哭泣中无可救药的孤独,他一言不发。一郎轻轻握了下布尔的肩膀,温柔地拍了下他的头,转身顺着街道慢慢远去,远离了俱乐部炫目的亮光和疯狂的人群"②。最后的场景颇具深意,同样追求美国性的"不-不男孩"和日裔美国老兵达成了谅解,开始弥补双重意识造成的精神分裂。以一郎为代表的日裔美国人意识到自己穷尽一生追求象征界中的白人文化身份,实际追逐的只是虚无和无法兑现的承诺。在和母亲经历形式上的决裂后,一郎才发现他无法进入主流社会话语体系之中,而以他为代表的第二代日裔主体的分裂最终导致整个族裔群体的分崩离析。

四、小结

尽管暴力和苦难是人类超越历史、国界和文化的共有经验,但创伤具有文化特异性:创伤的定义、表现方式、受害者和加害者、心理创伤的治疗方式等都视具体文化语境而定。不同国家和文化都有自己的信仰和历史,因而其生死观和对待创伤的态度也大相径庭。罗杰·卢克赫斯特在《创伤问题》一书中提出创伤应

---

① John Okada: *No-No Boy*, Seattle: University of Washington Press, 2014, p. 209.
② John Okada: *No-No Boy*, Seattle: University of Washington Press, 2014, p. 250.

被视为概念上的死结，围绕这个死结形成了一个创伤系谱，其中包含了与创伤纠缠在一起的其他纷繁复杂的问题。① 若想治愈创伤，势必会涉入乱麻一样千头万绪的状况，如主体和客体、故国和异国之间的关系中；而预设观念中内化的矛盾则会导致少数族裔心理上的彻底分裂，使得他们无法基于伦理判断做出选择，导致如何治愈创伤这一问题永远无解。

在《不－不男孩》中，创伤更多表现在日裔美国人与母亲代表的民族文化身份的分离过程中。基于美国价值观的文化产物对个体认知模式的塑形和改造产生倾向性的影响，推动了主体和母体的分裂。民族身份是一郎竭力摆脱的污秽，然而民族食物带来的感官愉悦又让他留恋。他对母亲也同样具有矛盾感情，母亲山田夫人民族主义式的妄想和狂热驱使她为国自杀。父亲处于酗酒的精神性阉割状态，与一郎理想中象征界的理性和常识形成鲜明对比，更让一郎将日本民族文化归为非理性和贱斥的源头。然而从小说开始到结尾，山田一郎在白人话语体系中受到潜在的父性身份的支配和规制，却没有得到相应的身份认同。直到他认同了想象界的母亲（从同胞和族裔群体中获得的感官愉悦），而不是象征界的理想他者（无法获得的以白人中产阶级价值观为基准的美国性），他的创伤才得以治愈。本书从心理学角度研究《不－不男孩》中的民族食物和围绕食物的行为，解读为何日裔美国人在族裔身份认同上存在矛盾心理，同时表明民族文化仍然发挥着母体的巨大影响力，迫使个体在二者之间寻找妥协和平衡。

---

① Roger Luckhurst: *The Trauma Question*, London and New York: Routledge, 2013.

第四章 奇卡诺文学的边界书写

奇卡诺文学又称墨西哥裔美国文学,是美国文学中非常重要的一部分。"奇卡诺"一词在20世纪60年代的民权运动"奇卡诺运动"中开始被广为接受与使用,但是早在20世纪40年代,马里奥·苏亚雷斯就已经将"奇卡诺"一词正式应用于文学作品。奇卡诺文学拥有不亚于美国主流英裔文学的悠久历史,但历史上长期被边缘化、他者化,在美国主流文学史中得不到体现,因此研究者甚少。虽然在墨西哥裔人民中奇卡诺文学艺术流传甚广,但在第二次世界大战之前,美国主流社会关于奇卡诺文学的研究仅有只言片语,而且非奇卡诺族裔的批评家很少参与。第二次世界大战期间,大量美国少数族裔人民参加了反法西斯战争,战后世界旧殖民体系解体,美国国内以黑人为代表的平权运动带来了意识形态上的冲击,触发了以黑人文学为代表的少数族裔文化的大发展。在这种背景下,大量被忽视的文化现象得到发掘,少数族裔普遍经历了一场现代的文艺复兴。墨西哥裔美国人因人口数量巨大,是美国的第二大民族,其文化复兴运动也开展得如火如荼。在20世纪60年代,随着民权运动的兴起,墨西哥裔美国人也兴起了一场旨在争取平等权利的社会运动,"奇卡诺"则是这个运动的文化标志,这场运动就是所谓的"奇卡诺运动"。在这一运动中,奇卡诺文学走出封闭的世界,开始对困扰人类的普遍问题进行探索,引起了欧洲和美国主流学术界的关注,奇卡诺文学也逐渐成为美国文学的重要组成部分。

第四章　奇卡诺文学的边界书写

奇卡诺文学因墨西哥裔美国人的独特历史经历而具有显著的边界特征。从 16 世纪早期开始，西班牙的探险家和征服者占据了现在的墨西哥和美国西南部地区。他们征服了当地的印第安人，推翻了阿兹特克帝国，把西班牙的势力扩张到整个美洲大陆。西班牙人在当地土著居民中强行传播罗马天主教，把西班牙语定为当地的首要语言，印第安文化与西班牙文化开始融合，又由于印第安人与西班牙定居者相互通婚，形成了一个新的混血民族和一种新的混血文化。这个民族从现在的墨西哥中部地区来到今天的美国西南部，并首先在现在的新墨西哥城的位置建立了圣·菲城，圣·菲城成为他们的第一个殖民地。19 世纪，西班牙对殖民地的控制和统治土崩瓦解。1821 年墨西哥获得独立，其领土主要包括现在的墨西哥和美国西南部诸州。当地英裔移民与墨西哥政府经常发生冲突。1836 年，一场由英裔移民发动的起义宣布了得克萨斯的独立。8 年后美国将得克萨斯收入囊中。美国与墨西哥之间的边境冲突愈演愈烈，最终导致美墨战争（1846—1848）。1848 年签订的《瓜达卢佩－伊达尔戈条约》结束了历时近两年的美墨战争。依据条约规定，墨西哥将其北部领土以 1500 万美元的价格出售给美国，同时允许这个地区的 8 万左右墨西哥人自行选择，或居留原地，保证他们可以取得美国国籍，或向南迁移，进入墨西哥的国界线内。结果差不多所有住在这一地区的墨西哥人都决定留在原来的居住地。就这样，通过一种十分简单的政治手段，他们都成了墨西哥裔美国人。墨西哥裔美国人是不同人种的混血，即西班牙人、印第安人和盎格鲁人的混血，而墨西哥裔美国人的文学则是这一混血族裔在面临种种文化冲突的环境中逐步形成的。因此，有学者指出，"奇卡诺文学最明显的一个特征就是其'二次杂糅'的经历"①。第一次杂糅是西班牙殖民文化和美国土著文化的杂糅,形成了墨西哥文化;第二次杂糅则是墨西哥文化和美国的盎格鲁-撒克逊新教文化的再次相互碰撞和整合,形成的墨西哥裔美国文化成为美国多元文化的组成部分。这种杂糅特征使得墨西哥裔美国文学,即奇卡诺文学,具有高度的异质性。这种异质性在历史和文化的作用下历经冲突、整合与和解。

在当代奇卡诺文学中,"边界"是喻指墨西哥裔美国人的文学文化异质性要素相互作用的核心概念。"边界"最初指地理上的边界,即19世纪40年代美墨战争结束后确立的美墨国界线。比如,墨西哥裔学者阿梅里科·帕雷德斯(Americo Paredes, 1915—1999)在其《枪在手上》(*With His Pistol in His Hand*, 1958)中就如此界定"边界":"《柯尔特兹之歌》流行的地区在本书中又被称为'格兰德河下游边界地区'、'下游边界地区',或者简而言之为'边界地区',该地区横跨墨西哥和美国。"② 可见,"边界"这一概念起初仅指物理意义上划分两个不同地理区域的界线,然而自20世纪70年代以来,这一概念逐渐扩展至各种比喻意义上的"边界",例如种族、阶级和性别等边界。比如,挪威人类学家弗雷德里克·巴斯(Fredrik Barth)于1969年提出族群边界理论。长期以来,"族裔"一词用来指有同一身份、共享相同历史和传统文化的群体。但巴斯认为这些特征本身并不能成为分析和理解族裔现象的基础,族群边界才是产生和维持族群的决定性力量。巴斯在其主编的《族群与边界——文化差异的社会组织》一书中指出:族裔身份是在与其他群体互动过程中的

---

① 李保杰、苏永刚:《边界研究视角下的当代奇卡诺文学》,载《英美文学研究论丛》,2011年第2期,第298-314页。

② 转引自李保杰、苏永刚:《边界研究视角下的当代奇卡诺文学》,载《英美文学研究论丛》,2011年第2期,第298-314页。

第四章 奇卡诺文学的边界书写

"自我归属和他者归类"的问题①,而不是基于一个群体文化的建构问题,因而研究的核心"成为界定族群边界而不是族群所蕴含的文化内容"②。传统的强调静态文化要素的族裔身份研究强调差异意识,而巴特的边界理论将静态的研究转化为族裔性互动的"关联性研究途径"③。米歇尔·拉蒙特和维拉格·莫拉在追溯"边界"在各个社会科学领域的使用情况后提出了象征边界和社会边界的概念。他们指出,象征边界是"社会成员将物体、人、实践,甚至时间和空间等进行分类的概念",而社会边界则是"社会差异的具体化形式,主要体现在不均等的社会资源(物质的和非物质的)分配以及不能均等地获得社会机会"④。2015年美国东部社会学年会组织了以"跨越边界"为主题的会议⑤,会议普遍认为种族、阶级、性别等边界仍然是美国不平等的重要根源。可见,边界研究历经30年发展,内容逐渐丰富,已经成为涵盖多学科的综合研究方法,涉及社会学、人类学、文学、历史等诸多社会领域。在文学领域,边界成为美国多元文化文学研究的重要视角。因其复杂的历史经历,边界书写成为墨西哥裔文学创作的突出主题。

墨西哥裔女性作家和种族理论家格洛莉娅·E. 安扎尔朵(Gloria E. Anzaldúa)就指出"边界"(border)或疆界地带

---

① Fredrick Bath ed. : *Ethnic Groups and Boundaries: The Social Organization of Culture Difference*, Boston: Little, Brown and Company, 1969, p. 13.

② Fredrick Bath ed. : *Ethnic Groups and Boundaries: The Social Organization of Culture Difference*, Boston: Little, Brown and Company, 1969, p. 15.

③ Michele Lamont and Virag Molna: "The Study of Boundaries in the Social Sciences", in *Annual Review of Sociology*, vol. 28, no. 1, 2002, p. 174.

④ Michele Lamont and Virag Molna: "The Study of Boundaries in the Social Sciences", in *Annual Review of Sociology*, vol. 28, no. 1, 2002, p. 174.

⑤ 骆小平:《跨越边界:美国社会学发展动向(上)》,载《中国社会科学报》2015年5月29日,第B01版。

(borderland) 是墨西哥裔美国人的主要文化特征:

> 我在这本书中所讨论的实际的物理边界是得州—美国西南部和墨西哥边境。心理边界,性边界和精神边界并不是西南地区特有的。事实上,当两种或更多的文化相撞时,当不同的种族占据同一地理空间时,当底层、下层、中层和上层阶级相触时,当个体从两个人相处的亲密空间内后退时,就存在边界。我是一名边界女人。我是在两种文化之间长大的,既是墨西哥人(有着浓重的印第安传统)又是盎格鲁人(作为我们自己领土上的被殖民者的一员)。我跨坐在得克萨斯和墨西哥的边界上。这是一个充满矛盾的地方,这是一个并不舒适的地方。仇恨、愤怒和剥削是这一景观的显著特征。①

安扎尔朵强调边界是不同文化、不同种族、不同阶级相互作用的隐喻,而墨西哥裔美国人不仅仅"跨坐在得克萨斯和墨西哥的边界上",而且不得不在墨西哥文化和盎格鲁文化的冲突中生活。因而边界喻指了差异和障碍,以及跨越差异和障碍的各个因素。具体说来,边界可能表现为移民要跨越的国界、要适应的移入国的语言文化,以及归化后的群体对传统精神文化的捍卫,也可能表现为族裔群体在文化使用过程中对各个文化的整合。墨西哥裔美国人具有多重文化渊源,如西班牙文化、印第安文化和盎格鲁文化等。在这些文化渊源中存在显著的边界问题。墨西哥裔作家们总是在文化的边界地带做出各种抉择,他们中的一部分作家为墨西哥裔人享有西班牙文化遗产而感到自豪。自 1598 年新墨西哥成为墨西哥的殖民地之后,这块土地就开始尽力维护和发

---

① Gloria E. Anzaldúa: *Boderlands/La Frontera*, San Francisco: Aunt Lute Book Company, 1987, p. 19.

第四章 奇卡诺文学的边界书写

扬西班牙的种种古老传统了。西班牙文化主义明确地表现出一种民族的自豪感。比如，民间文学作家阿瑞里奥·M.埃斯皮诺萨坚持认为新墨西哥口头文学传统纯粹是西班牙的传统，没有受到印第安人、墨西哥人和盎格鲁人的影响。又如，弗莱·安杰利科·恰维茨在宗教遗闻故事集《新墨西哥三部曲》（1940）和《十一个女抒情诗人及其他诗作》（1945）中都表达了西班牙人在新墨西哥州确立罗马天主教信仰是他们的一项伟大功绩的观点。而有的作家则强调阿兹特克思想文化，尤其是其印第安文化遗产。许多作家将民族自豪感建立在阿兹兰故国这一观念上。正是由于"阿兹兰"，墨西哥裔美国人才感到自己不是最近才来到此地的寄人篱下的移民，"阿兹兰"使得他们享有一种本土感和历史延续感。然而，墨西哥裔美国人却不得不受到美国本土盎格鲁－撒克逊文化的影响。他们的作品往往体现出在保持墨西哥传统和适应美国主流盎格鲁－撒克逊文化之间的冲突。比如，娇石菲娜·尼吉利的《墨西哥人村庄》（1945）就生动地刻画了这种冲突。故事的主人公是墨西哥女子与盎格鲁男人的私生子，他的父亲拒绝承认他是自己的儿子；直到回归墨西哥后，主人公才找到了自我。该主人公是体现墨美两种文化冲突的典型人物。马利诺·苏瓦雷兹在《格雷扎先生》中描绘了一个在生意正红火的时候关门停业的理发师形象。这个理发师虽然置身于美国文化之中，却并不属于这种文化。在何塞·安东尼奥·维拉里尔的《泼河》（1959）中，主人公的儿子理查德使出浑身解数，力争将他所崇拜的墨美文化的种种要素结合于一身，但却深陷痛苦之中，部分原因就在于理查德的父亲一直坚持让他做一个纯粹的墨西哥人。在鲁道夫·安纳亚的《保佑我，乌蒂玛》中，作者并没有追随作家们已经创立的墨西哥裔美国人的文化模式，相反，安纳亚通过讲述年轻主人公在民间巫医的帮助下整合多种文化元素的过程，表明当代墨西哥裔文化是一个由多元文化组成的、各文化元素并不总是十分和谐融洽的文化复合体。

我们可以看出,"边界"是墨西哥裔美国文学的重要主题特征。边界既是墨西哥裔美国人固守的家园,又是他们试图跨越的界线,同时也是他们在建构自己的文化身份时调和的所有不同文化元素。在创作过程中,不同作家因不同的观点和意识形态而采取不同的边界书写方式。他们或维持边界,采取"抗争模式"来应对主流文化带来的压力,或跨越边界,采取"同化模式"来顺应主流文化,或融合边界,在疆界地带采取"综合模式"来整合不同的甚至矛盾冲突的文化元素。维持边界的作家拒绝接受其他文化的影响,努力保持原有文化要素。跨越边界、采取"同化"模式的作家认为,墨西哥裔文化应在与主流文化接触过程中,逐渐适应主流文化,并逐渐合并进占支配地位的主流文化中。而在疆界地带采取"综合模式"的作家则既强调保持原有文化特征,又坚持吸收异文化元素,致力于把两种文化融合在一起。在各文化要素相互作用的疆界地带一味地维持边界极其困难,在更多情况下,作家们诉诸同化模式和综合模式探讨不同文化体系在持续接触和相互影响下的变迁以及作家对这种变迁所持的政治态度。值得注意的是,当代墨西哥裔文学中的边界书写虽然有不同模式,但边界书写本质上是对墨西哥裔美国人群体文化体验的集中体现,是他们在异质文化中产生的心理震荡和心灵冲突的隐喻。

第一节 奇卡诺文学中的巫医形象和跨越边界的书写

在传统的拉美裔美国人社会中,特别是在美国西南部的墨西哥裔社区中,民间医术(curanderismo)和巫医(男性巫医写作"curandero",女性巫医写作"curandera")在社区的医疗保健和传统价值观的传承等方面具有非常重要的作用。民间医术作为墨西哥裔美国人传统文化的代表逐渐成为一种文化表征，体现了多元文化背景下墨西哥裔美国人在文化边界地带的文化抉择。民间医术和民间巫医长期以来都是奇卡诺文学中的重要主题。墨西哥裔作家鲁道夫·安纳亚、格洛莉娅·安扎尔朵和安娜·卡斯蒂略等都在文学创作中运用了这些文化元素，塑造了形象各异的民间药师，如安纳亚的《保佑我，乌蒂玛》、卡斯蒂略的《如此远离上帝》等。随着墨西哥裔文学作品成为美国文学的经典，民间医术的描写作为这些作品的典型特征值得我们探索。民间医术以及巫医作为文化边界地带的重要文化符号表达了不同主体对墨西哥裔传统文化的观点。美国白人主流文化对待墨西哥裔民间医术的态度将会如何影响墨西哥裔作家表征自我的传统文化？墨西哥裔民间医术本身具有明显的异质性特征，作家们在表征民间医术时将如何再现这些异质性特征？这些再现方式将体现作者在文化边界地带采取怎样的模式？本节主要针对这些问题，以安纳亚和卡斯蒂略的文本为主要分析对象，探讨他们跨越文化边界的书写模式。

一、位于边界地带的民间医术

"民间医术"（curanderismo）和"巫医"（curandero/curandera）这两个词都衍生自西班牙语"curar"，基本意思是"治疗"和"康复"。罗伯特·托洛特对"民间医术"的界定是："（它是）多种治疗手段的统称，简单的有家用小偏方，复杂的有治疗血栓的精神疗法，无所不包。"[1] 民间医术是一套复杂的民

---

[1] Robert T. Trotter II and Juan Antonia Chavira, *Curanderismo: Mexican American Folk Healing*, Athens and London: The University of Georgia Press, 1997, p. xv.

间治疗体系，不仅包括一系列治疗技巧，还包括将人们的身体、思想和灵魂以及上帝连接的信念，而巫医则是民间医术的实践者。从起源上来说，民间医术源于16世纪早期欧洲和阿兹特克帝国之间的接触。从16世纪早期开始，西班牙的探险家便推翻了阿兹特克帝国，征服了当地的印第安人，把西班牙的势力扩张到整个美洲大陆。当西班牙人与阿兹特克帝国本土的印第安人相遇时，西班牙人的天主教信仰、医学思想、欧洲的巫术观念等和印第安人的草药知识、灵性信仰等相互融合，催生了墨西哥人的民间医术。

来自不同文化背景的人对民间医术和巫医的态度并不相同，这使得民间医术和巫医成为边界地带。安扎尔朵指出："当不同的种族占据同一地理空间时，当底层、下层、中层和上层阶级相触时，当个体从两个人相处的亲密空间内后退时，就存在边界。"[①] 那么，在民间医术这一边界地带，白人主流社会将如何看待实践民间医术的巫医呢？在主流社会的压力下，墨西哥裔作家们将如何表征民间巫医？这一表征方式将表达作家怎样的文化抉择？

对于墨西哥裔美国人来说，民间医术是他们历史上和文化中"重要的医疗体系的构成部分"[②]，其形成与发展和墨西哥裔美国人的历史与文化演变几乎同步。巫医在治疗时往往会依据与自身文化相符合的观念，比如万物灵性、超自然力量等观念来治疗病人。巫医往往就是普通大众中的一员，同社区中的其他人具有相同的社会经济地位，讲相同的语言，有相同的信仰。巫医工作的

---

① Gloria E. Anzaldúa: *Boderlands/La Frontera*, San Francisco: Aunt Lute Book Company, 1987, p. 19.

② Robert T. Trotter II and Juan Antonia Chavira: *Curanderismo: Mexican American Folk Healing*, Athens and London: The University of Georgia Press, 1997, p. 1.

第四章 奇卡诺文学的边界书写

地方就是其生活的社区,治疗的地点往往就在病人家中。可以说,对墨西哥裔美国人来说,民间医术是正当的、合法的、有效的治疗体系。然而在美国多元文化和多元族裔的背景下,人们对民间医术的观点并不相同。那些与墨西哥裔美国人具有不同文化背景的人往往从外部视角来看待民间医术。托洛特和查维拉通过实地调查指出,根据对民间医术所持观点的不同,这些局外人可分为三种:批评者、怀疑者和实用主义者。实用者主义者认为民间医术对墨西哥裔美国人而言具有一定价值。怀疑者则对民间医术持矛盾态度,他们有的因畏惧别人嘲笑他们相信迷信而不敢接触巫医,有的本人就对民间医术的价值持怀疑态度。然而大多数从外部视角来看待民间医术的人持批评态度。批评者或否定巫医的道德性,或否认民间医术的真实性,或认为墨西哥裔美国人的文化有不足之处。部分批评者认为,巫医是"无知的""迷信的",民间医术这种文化"早应该被抛弃"[①]。他们之所以将民间医术视为迷信,在很大程度上是由于他们从理性主义视角来看待民间医术,认为民间医术中的灵性信仰、对象征性物体的使用都是迷信的体现。在墨西哥裔文化和白人主流文化的接触过程中,民间医术难以得到白人主流社会的认同,往往被视为迷信或巫术,巫医的身份也逐渐被边缘化。

疆界地带是不同文化观念相互作用的地方。白人主流社会看待民间医术的方式会影响墨西哥裔作家对民间医术的表征方式。按照斯图亚特·霍尔对族裔身份的理解,流散写作中的文化身份和族裔认同不只是关于少数族裔如何被主流社会表征的问题,更

[①] See Robert T. Trotter II and Juan Antonia Chavira, *Curanderismo: Mexican American Folk Healing*, Athens and London: The University of Georgia Press, 1997, p. 18.

是关于"我们会成为谁"的问题。① "我们会成为谁"蕴含着少数族裔对身份主体思考的主动性，是少数族裔在与中心文化、主导文化的协商、对话中建构的。无独有偶，安扎尔朵也用诗意的语言指出了"被看"所导致的诸多问题。她指出，由于白人主流社会所倡导的理性文化带来的压力，生活在边界地带的墨西哥裔美国人产生了极大的心理冲突：

> 与许多印第安人和墨西哥人一样，我不能认为我的心理感受是真实的。我否定他们的存在，不听从我的感官。白人理智告诉我"另一个世界"的存在仅仅是异教的迷信。我接受他们的现实，一种只与外部世界相联系的理智的、基于思辨模式的"官方"现实。这种二元对立的思维模式被认为是最高级的思维。其他思维模式则从灵魂中激发意象、从梦和意识中产生无意识。……白人人类学家们声称由于印第安人头脑"原始"且笨拙，我们不能用高级的思维模式——理智进行思考。……因此，生活在两种现实中的人们被迫居住在两个文化的交叉面，被迫善于切换模式。这些就是印第安人和混血儿的状况。②

安扎尔朵非常强调感官和灵性知识的合法性，然而却不得不承认白人主流社会看待墨西哥裔美国人灵性信仰的方式对墨西哥裔美国人的自我认知造成巨大压力的事实。墨西哥裔美国人"被迫居住在两个文化的交叉面"，被迫在理性思维和"野蛮"思维间切换。斯图亚特所说的表征的压力和安扎尔朵的"被看"都表

---

① Stuart Hall: "Who Needs Identity?", in Stuart Hall & Paul du Gay eds., *Questions of Cultural Identity*, London, Thousand Oaks, New Delhi: Sage Publications, 1996, pp. 1—17.

② Gloria E. Anzaldúa: *Boderlands/La Frontera*, San Francisco: Aunt Lute Book Company, 1987, pp. 36—37.

第四章 奇卡诺文学的边界书写

明了白人主流文化对墨西哥裔作家的自我表征造成巨大压力。这种压力在以巫医作为创作素材的墨西哥裔作家身上尤为明显。

在奇卡诺运动之前,鲜有墨西哥裔美国作家将巫医作为小说主人公。奇卡诺运动之后,大量作家以巫医作为其创作的主要素材。奇卡诺运动促使墨西哥裔美国人强调对传统文化的保持和民族精神的重建。在这种背景下,墨西哥裔美国人拒绝完全用白人主流社会的价值观来衡量自我,开始积极挖掘奇卡诺民间社会的价值,肯定其民族性。鲁道夫·安纳亚以巫医为重要素材,创作了《保佑我,乌蒂玛》(1971)。在此之后,越来越多的作家将巫医作为创作对象,比如塞萨尔·卡尔沃的小说《伊诺·莫科索沃的三个搭档和亚马孙河的其他巫医们》(1981)。该小说以卡尔沃和他的堂兄进入亚马孙森林拜访巫医曼努埃尔·科尔多瓦的旅程为框架,描述了巫医在橡胶业对部落文化摧毁过程中的心理动荡。作家堂·米格尔·路易兹出生在巫医家庭,他的作品大都有巫医的影子。查尔斯·德·林特的《心的森林》(2000)的主人公也是一名巫医。特里·莫利纳的《黑暗痴迷》(2014)讲述了巫医帮助主人公雷蒙·查韦斯克服危机、解决各种困难的故事。我们可以看出,在奇卡诺运动之后越来越多作家都以巫医作为创作的重要主题。

将墨西哥裔传统文化的巫医和民间医术写入小说表明墨西哥裔美国人对民族文化的肯定和赞美,是对白人主流文化以否定眼光看待民间医术和巫医的一种反抗。然而,奇卡诺作家在表征巫医时却不得不受到主流文化态度的影响。在有"奇卡诺文学之父"之称的安纳亚的小说《保佑我,乌蒂玛》中,作者也不得不探讨白人主流文化对墨西哥裔美国人造成的压力,以及巫医在两种文化边界地带的生活模式。《保佑我,乌蒂玛》讲述了安东尼·马雷兹在民间巫医乌蒂玛的帮助下逐步成长的故事。乌蒂玛已经成为墨西哥裔美国文学中的经典巫医形象。一般说来,民间医术一般分为三个层面：物质层面、精神层面和心理层面。阿纳亚刻画了乌蒂玛在这三个层面的实践。在物质层面，巫医往往会使用十字架、草药、橄榄油、鸡蛋等物品，并辅以特定的仪式，完成接生、按摩和一般身体疾病的治疗。第一次见乌蒂玛时，安东尼就被她身上"散发甜味的草药的魔法"所吸引[①]。当安东尼因亲眼见到路比托被人杀死变得狂乱后，乌蒂玛"就着一只小蜡烛摇曳的烛火，将她的一种草药放入一只锡杯里调好，放在火焰上温热，喂给我喝"，之后，"我身体里令人害怕的狂乱兴奋开始消退"[②]。乌蒂玛还用草药和仪式治好了哥哥里奥出生时凹陷下去的头颅。除在物质层面治疗外，乌蒂玛还在精神层面和心理层面对病人进行治疗。乌蒂玛会与灵性世界沟通，帮助驱赶或安抚致人患病的灵魂，从而使病人恢复与宇宙的和谐。乌蒂玛认为万物皆有灵魂，而人则需要通过仪式和交流重建世界的秩序。在与乌蒂玛的共处中，安东尼不仅体验到了生命的内在联系，而且体验到了人类与"精神世界形而上的联系"[③]。这种联系后来在安东尼的九个梦之一中得到了强调。在梦中，乌蒂玛与安东尼的精神世界沟通，帮助安东尼治愈心灵的创伤。比如，在第三个梦中，母亲向神祷告，祈求"我"成为神父，然而瓜达卢佩圣母却披上夜晚的长袍为"我"哀悼，就在我感觉难过时，"我"感受到乌蒂玛的手放在"我"的额头上，然后"我"才安然入睡。又如在第六个梦中，当"我"因母亲和父亲坚持让"我"在不同的

[①] 鲁道夫·安纳亚：《河流，黑暗的灵》，李淑珺译，南京：译林出版社，2015年，第12页。该小说的英文原名为 Bless Me, Ultima。本书引文均出自李淑珺的译本，但为了与小说原名一致，本书将小说名译为《保佑我，乌蒂玛》。

[②] 鲁道夫·安纳亚：《河流，黑暗的灵》，李淑珺译，南京：译林出版社，2015年，第24页。

[③] S. L. Applewhite: "Curanderismo: Demystifying the Health Beliefs and Practices of Elderly Mexican Americans", in Health & Social Work, vol. 20, no. 4, 1995, pp. 247-253.

水中受洗而不知所措时,乌蒂玛在"我"的梦中说,事实上"所有的水都是一体的,安东尼",于是"我的梦平静了,我终于能休息。"① 乌蒂玛不仅能幻化形式,与人的精神世界沟通,还能借助一定的仪式和法术,对抗女巫的巫术。当德纳瑞尔的三个女巫女儿让安东尼的舅舅路卡生病时,乌蒂玛用草药、布偶娃娃等打破了女巫的魔咒。可以说,安纳亚真实地再现了墨西哥裔美国人民间文化中的巫医形象。她擅长借助草药和仪式治疗物质、精神和心理层面的疾病,甚至能够用"白色魔法"(white magic)对抗女巫的巫术。

然而,正如上文所说,巫医是边界文化的象征,白人主流文化和墨西哥裔传统文化对巫医的价值判断全然不同。安纳亚也在小说中再现了巫医的这种边界特征。在小说中,安纳亚用"河"来体现文化边界,河那边是接受了白人主流文化价值的学校和教堂,而河这边则是坚持墨西哥裔传统文化的传统社区。教堂和学校是河那边最为显著的建筑,它们"高耸"着②。河这边则居住者杰森家、"杰森的印第安人"等保持传统文化的人群。学校是灌输白人主流文化价值最为主要的地方。语言就是其中的主要途径之一。在河这边时,人们坚持用西班牙语沟通;然而,当他们来到河对岸时,英语成为唯一合法的语言。学校老师"只准他们说英语"③,而安东尼已经上学两年的姐姐黛柏拉因在学校接受了主流文化,也"只肯讲英语"④。英语是白人主流文化的象征。

---

① 鲁道夫·安纳亚:《河流,黑暗的灵》,李淑珺译,南京:译林出版社,2015年,第120页。
② 鲁道夫·安纳亚:《河流,黑暗的灵》,李淑珺译,南京:译林出版社,2015年,第6页。
③ 鲁道夫·安纳亚:《河流,黑暗的灵》,李淑珺译,南京:译林出版社,2015年,第32页。
④ 鲁道夫·安纳亚:《河流,黑暗的灵》,李淑珺译,南京:译林出版社,2015年,第11页。

以学校为代表的"河"那边接受了白人主流文化的观点,对巫医持否定态度。安纳亚以对话的形式展现了内化了白人主流社会价值观的孩子们对巫医的各种观点:

"嘿,东尼,他们说的是真的吗?你们家有个巫婆?"厄尼问。

"巫婆!""操!""屌!"

"没有。"我只简单回答。

"我爸爸说她对某个人下诅咒,三天后那个人就变成青蛙了。"

....

"她们(巫婆)会在晚上变成猫头鹰飞来飞去。"亚柏大叫。

"你得用刻上十字的子弹才能杀死她们,"洛伊补充,"这是法律规定的。"①

内化了主流价值观的孩子们用白人主流社会的观点来判断民间医术和巫医的价值,认为巫医是异教徒,其思维方式是"巫术"思维。白人主流社会对民间医术和巫医的态度影响了墨西哥裔美国人对自身民间文化的认可。这种影响如此强烈,以至于一心想让乌蒂玛与他们同住的安东尼父母都不得不有所顾虑。按照墨西哥裔传统文化,因曾经受到乌蒂玛极大帮助,安东尼父母便考虑让年老的乌蒂玛与他们一起生活以安享晚年。但即便父母心意已决,他们也不得不考虑主流社会观点对孩子们造成的压力,因此,父亲询问母亲:"但是孩子们呢?"② 事实证明父亲的焦虑

---

① 鲁道夫·安纳亚:《河流,黑暗的灵》,李淑珺译,南京:译林出版社,2015年,第109—110页。

② 鲁道夫·安纳亚:《河流,黑暗的灵》,李淑珺译,南京:译林出版社,2015年,第4页。

并不是无中生有。当父亲带着乌蒂玛回来时，一直坚持说英语的姐姐德瑞沙哀鸣道："我害怕。"① 我们可以看到，生活在不同文化边界的人们不得不应对另一文化对自己文化的判断。这导致的问题就是，人们是否还需要认可自己文化的价值。我们认可主流文化的价值，内化其观点，将导致对自我文化的否定。正如安扎尔朵所说："我内化了仇恨和蔑视……我，作为一个人，我们墨西哥裔美国人作为一个民族，责骂自己，仇恨自己，恐吓自己。大多数都是毫无意识的；我们只知道我们受到了伤害，我们觉得我们犯了一些'错'，一些最基本的'错'。"② 那些以主流文化价值来判断巫医的墨西哥裔美国人正在否定自己的传统文化，认为民间医术对墨西哥裔美国人的健康、医疗和信仰没有益处。

在某种程度上，这部小说讲述了墨西哥裔文化和白人主流文化之间的边界冲突问题，重点讲述了跨越边界导致的权利冲突。通过关注跨越边界导致的冲突，奇卡诺文学形成了富于创造性的知识结构，能够让读者观察、感受并理解墨西哥裔美国人的社会现实。可以说，小说通过巫医这一形象促使读者了解了墨西哥裔美国人在边疆地带生活的现实状况。因跨越边界而产生的文化冲突与文化适应深刻地影响了小说中的每一个人物。小说通过安东尼和三个哥哥的不同选择来展现墨西哥裔美国人在文化边界地带的不同选择。安东尼的三个哥哥在接触了盎格鲁世界之后，拒绝了墨西哥裔美国人传统的生活方式。墨西哥裔传统文化强调数代同堂的大家庭模式，而安东尼的三位哥哥却选择离开自己的父母。哥哥尤金说道："跑遍了半个世界之后，回到这个地方真像

---

① 鲁道夫·安纳亚:《河流，黑暗的灵》，李淑珺译，南京：译林出版社，2015年，第10页。
② Gloria E. Anzaldúa: *Borderlands/La Frontera*, San Francisco: Aunt Lute Book Company, 1987, p. 45.

下地狱一样。"① 哥哥们在接触了盎格鲁文化之后,拒绝传统的生活方式。他们的目标是,去丹佛、旧金山等地,然后"存点钱,买辆车,女人";他们的宣言是:"我们不能在他们的梦想上建立我们的人生。……我们不能被那些古老的梦绑住。"② 在哥哥们看来,包括民间医术在内的传统生活方式仅仅是"古老的梦"。他们认可的是美国当代主流文化物质主义的价值观,即获得钱、车和女人。不同于三个兄弟,安东尼拒绝完全同化,选择了跨越边界的方式。在上学之前,安东尼同乌蒂玛的谈话也表明,在面对新的文化和生活方式时,他必须进行调整:"但我们因为住处偏僻而保有的纯真却不可能永久持续,城里的事开始越过那座桥,进入我的生活。乌蒂玛的猫头鹰发出警告,说我们山丘上的平静日子即将结束。"③ 当安东尼踏上上学之路时,他不得不面临主流话语和奇卡诺文化之间的冲突。安东尼只能说家乡的语言西班牙语。他敏锐地察觉到了自己与周围人群的不同之处:"母亲帮我带了一小罐热的豆子,还有包着很好吃的绿辣椒的马铃薯蛋饼。其他小孩子看到我的午餐时,又再度大笑起来,指指点点。连那个高中女生都笑起来。他们给我看他们用面包做的三明治。我再次觉得身体不舒服起来。"④

当安东尼找到了另外两名奇卡诺孩子时,他才有了归属感和安全感。安东尼说他之后再也没有同任何人分享过那种感觉,这表明他学会了如何在两个世界中生活。安东尼逐渐理解主流社会

---

① 鲁道夫·安纳亚:《河流,黑暗的灵》,李淑珺译,南京:译林出版社,2015年,第65页。
② 鲁道夫·安纳亚:《河流,黑暗的灵》,李淑珺译,南京:译林出版社,2015年,第66页。
③ 鲁道夫·安纳亚:《河流,黑暗的灵》,李淑珺译,南京:译林出版社,2015年,第15页。
④ 鲁道夫·安纳亚:《河流,黑暗的灵》,李淑珺译,南京:译林出版社,2015年,第57页。

第四章 奇卡诺文学的边界书写

对奇卡诺传统文化的歧视，同时也慢慢了解了奇卡诺文化的深层价值。当同学们用歧视的眼光说安东尼家有个巫婆时，安东尼能够坦然地面对，只是简单地回答道："没有。"当乌蒂玛领着安东尼一起去给舅舅路卡治病时，她问安东尼："追随一个巫医的脚步，你会觉得丢脸吗？"安东尼笃定地说："我会很骄傲，乌蒂玛。"① 安东尼在两种文化背景下对巫医的态度表明安东尼将成为沟通两种文化的桥梁。他不会像哥哥姐姐一样完全内化主流文化价值观，否定奇卡诺传统文化的价值，也不会固守传统，完全生活在"河这边"，拒绝接触主流文化。

不同文化的接触产生了边界。在这个边界地带，奇卡诺群体处于弱势地位，处于主宰地位的白人主流文化势必对奇卡诺文化产生影响。这两种文化之间的接触是强势与弱势、主宰和被主宰文化的接触。两种文化之间的冲突、调整和适应经历了较长的时间，并且产生了重要的政治、经济和社会影响。处于弱势地位的奇卡诺群体不可避免地受到白人主流文化的影响。但安纳亚的小说表明，族群内部应对白人主流文化压力的方式有所不同。群体内部对巫医的不同态度是不同成员应对白人主流文化的不同方式的反映。以安东尼父亲和母亲为代表的老一辈墨西哥裔美国人，他们的生活同巫医有紧密的关系。巫医的信念、文化价值、生活方式就是安东尼父亲、母亲的信念、文化价值和生活方式。他们认可巫医的价值，积极传承墨西哥裔美国人的传统文化，而且不顾主流文化的价值判断将乌蒂玛接到家中共同生活。在父母的印象中，他们的文化是得克萨斯州白人到来之前的文化。在父亲的心目中，"亚诺那时候还是处女地……然后得州人来了……就像

---

① 鲁道夫·安纳亚：《河流，黑暗的灵》，李淑珺译，南京：译林出版社，2015年，第89页。

一波恶劣的海浪覆盖所有美好的一切"①;"富有的农场主人挖下许多深井,把土地都吸干了"②。可见,安东尼父母虽然面临白人文化的压力,然而也在坚持着自己的传统,坚持以传统的方式将巫医乌蒂玛接到家中同住。与父母拒绝被白人文化同化、坚持传统文化不同,安东尼的哥哥和姐姐在接触了白人主流文化之后将其内化;哥哥们根本不关心民间医术所关注的灵性信仰等,只希望能在外面的世界获得金钱和女人;姐姐们则根据白人主流社会看待民间医术的观点,认为民间医术的基本思想是"巫术思想",对曾经给予家庭极大帮助的巫医表现出惧怕的态度。而安东尼的态度既与父母的拒绝策略不同,也与哥哥姐姐的同化策略不同。安东尼在文化边界地带所选择的是整合策略。他既接受白人文化的价值,比如认可英语也是一种具有"魔法"的语言,也坚持传统,选择了跟随巫医的脚步。

在美国白人主流社会的价值观中,墨西哥裔美国人的文化是劣等文化,而巫医这些传统文化的保持者也应该被视为劣等人。从大的社会环境来说,墨西哥裔人的民间医术是未得到官方认可的。面临主流文化的压力,在奇卡诺运动之前,鲜有奇卡诺作家将巫医作为表征的对象,在奇卡诺运动之后,以安纳亚为代表的作家创作了一批典型的巫医形象。这些巫医形象是对墨西哥裔美国人民族主义的宣言。然而不可否认的是,奇卡诺作家也借助巫医这一位于文化边界的形象,分析了墨西哥裔不同群体在文化边界地带做出的不同抉择:他们或拒绝接受主流文化,或完全内化主流文化,被主流文化同化,又或将两种不同的文化整合,学会在两个不同的世界中生活。可以说,巫医不仅仅是奇卡诺作家民

---

① 鲁道夫·安纳亚:《河流,黑暗的灵》,李淑珺译,南京:译林出版社,2015年,第53页。
② 鲁道夫·安纳亚:《河流,黑暗的灵》,李淑珺译,南京:译林出版社,2015年,第191页。

族主义的宣言，更是对墨西哥裔美国人在边界地带所经历的文化冲突的集中反映。

二、民间医术所具有的异质性特点

奇卡诺文化具有显著的杂糅性特征。这种文化在西班牙人和美洲印第安人的冲突过程中逐步形成。在1846年至1848年美国侵占墨西哥土地之后，墨西哥裔美国人开始接触盎格鲁文化。由于墨西哥裔美国人独特的历史经历，西班牙文化、印第安文化、盎格鲁清教文化等都是其文化的重要组成部分。墨西哥裔文化中的异质性元素给墨西哥裔美国人的生活带来多重冲突。异质性元素的冲突、整合与碰撞成为墨西哥裔美国文化边界特征的又一典型例子。在边界地带，由于位移的作用，文化边界、种族边界和民族边界变得模糊。位移导致人们无法维持基于血源和国家的固定身份的概念。小说中的主人公需要认识到鉴于其文化的杂糅性特征，他们不可能仅仅同墨西哥文化诸多构成部分中的某个单一文化建立联系。墨西哥裔作家在创作时也抓住了墨西哥裔文化内部的冲突，如西班牙传统文化与殖民时期的农耕文化之间的冲突，以及西班牙传统文化中的天主教信仰和印第安本土文化之间的冲突等。在小说《保佑我，乌蒂玛》中，作家安纳亚通过表征民间巫医及其实践行为表现了作家在文化边界地带对不同文化元素所持有的态度。

小说主人公安东尼是混血儿，他的出生是不同文化、不同族裔相互碰撞的结果。安东尼与其他混血儿一样，需要选择同哪一种文化建立更为紧密的联系。安东尼首先面对的是殖民时期的农耕文化和西班牙牛仔文化的冲突。安东尼的父亲加布里埃尔·马雷斯是西班牙人的后裔。这些西班牙征服者跨过海洋，成为牛仔，无法在某一个地方扎根发芽。在他的名字"马雷兹"（Marez）中，"Mar"是大海的意思，而"-ez"这一后缀则意味着"儿子"。如此一来，马雷兹（Marez）便与大海流动的特征相联系。这个名字代表了安东尼父亲的不稳定性特征。另一方面，安东尼的母亲玛丽亚·卢娜（Maria Luna）来自一个在新墨西哥殖民化过程中发挥了重要作用的家庭。在那个时候，征服者已经征服了印第安民族，这片土地最后成为独立的墨西哥。玛丽亚·卢娜的祖先是墨西哥政府让墨西哥人定居在西南部的重要推手之一。他们遵照月亮的 27 个周期来耕耘土地，扎根在新墨西哥的土地上。母亲玛丽亚·卢娜说："是月亮女神从墨西哥人手里接过了宪章，政府决定在这个河谷定居，这需要勇气。"[①] 安东尼的父亲和母亲代表了西班牙传统文化与墨西哥裔殖民时期的农耕文化之间的冲突。因面临两种不同生活方式的冲突，安东尼很难做出选择，且倍感煎熬。安东尼告诉巫医乌蒂玛："现在我们住在河边附近，但是也靠近亚诺。我两边都喜欢，但是我两种都不是。我不晓得我会选择哪种生活。"[②] "两边都喜欢"和"两种都不是"充分说明了安东尼面对异质文化时产生的困惑。

巫医乌蒂玛作为跨越边界的杂糅性人物，在主人公安东尼的成长中发挥了媒介和引导作用。在安东尼的第一个梦境中，马雷兹家的人和卢娜家族的人争夺刚刚出生的安东尼，是乌蒂玛阻止了冲突："住手！她大喊，而所有人都安静下来。是我把这个孩子拉到生命之光里，所以由我来埋下曾经联结他与命运的胎盘和脐带。"[③] 在安东尼出生之际，他就与乌蒂玛产生了紧密的联系，这不仅表明了安东尼与乌蒂玛之间的关系亲密，更预示了安东尼

---

① 鲁道夫·安纳亚：《河流，黑暗的灵》，李淑珺译，南京：译林出版社，2015年，第52页。

② 鲁道夫·安纳亚：《河流，黑暗的灵》，李淑珺译，南京：译林出版社，2015年，第41页。

③ 鲁道夫·安纳亚：《河流，黑暗的灵》，李淑珺译，南京：译林出版社，2015年，第6页。

将在乌蒂玛的引领下选择跨越边界的人生道路。在安东尼的第六个梦中，他需要再次在父亲和母亲所代表的两种文化间做出抉择，而正是乌蒂玛引领他跨越了边界：

> 然后我听到一个声音盖过了暴风雨的声响，开口说话。我抬起头，看到乌蒂玛。
>
> 停下来！她对肆虐的力量大喊，于是来自天上和来自土地的力量都服从了。风暴停歇。
>
> 站起来，安东尼，她命令。于是我站起来。她对父亲和母亲说，你们都知道，化成雨落下的甜美的月亮之水，就是汇聚到河流里，填满海里的水。如果没有月亮之水不断注入海中，海也不会存在。而同样的海中的咸水也被太阳吸取到空中，再度化成月亮之水。没有了太阳，也不会有水形成，来滋润干渴的黑色土地。
>
> 所有的水都是一体的，安东尼。我望进她明亮清澈的眼睛里，明白了她的真理。
>
> 她说出结论，你们都只看到部分，却没有看得更远，看到将我们所有人联结在一起的巨大循环。①

在这个梦中，作者安纳亚强调了乌蒂玛对平息安东尼的内心冲突和混乱发挥了重要作用。他不必在父亲所代表的西班牙传统牛仔文化或母亲所代表的墨西哥裔农耕文化之间二选其一。相反，乌蒂玛帮助安东尼意识到不同文化的边界并不稳固，通过跨越边界，各个部分可以相互连接，成为一体。当边界得以跨越，安东尼才最终获得了内心的平静。

除了上文提及的西班牙文化和墨西哥文化之间的冲突，墨西

---

① 鲁道夫·安纳亚：《河流，黑暗的灵》，李淑珺译，南京：译林出版社，2015年，第119—120页。

哥裔美国人面临的另一个重要的文化冲突是墨西哥文化和印第安文化之间的冲突。在《孤独的迷宫》（*El Laberinto de la Soledad*，1950）中，作者奥克塔维奥·帕兹强调了墨西哥人作为征服者西班牙人和被征服的印第安人的后代而具有的分裂本质。在帕兹看来，征服是一种"象征性的强奸"[①]。换句话说，西班牙人对印第安人的征服成了墨西哥人的创伤，墨西哥人对他们是谁感到困惑。帕兹说："墨西哥人既不想成为印第安人也不想成为西班牙人。他也不想成为他们的后代。他否定他们。他并不认可自己的杂糅性特征，相反，他是一种抽象的存在。"[②] 基于这样的观点，墨西哥人认为他们的文化没有特征，就像一个雕塑的脸部还未雕刻一样。由于这种抽象性，他们感到低人一等。帕兹的观点暗示墨西哥人还无法正视他们的历史。重新想象、重新诠释或重现历史都将揭开征服所造成的敏感而尚未愈合的伤口。由于这一原因，许多墨西哥人生活在一种文化惰性中。

在安纳亚的小说《保佑我，乌蒂玛》中，作者再现了墨西哥裔美国人对印第安人以及印第安文化遗产的否定。小说中，安东尼的父亲认为自己是西班牙征服者的后裔，因而更认同西班牙文化。母亲虽然认同墨西哥文化，但是她强调的也不是卢娜家族中的印第安文化遗产。新墨西哥地区的墨西哥人，和之前的西班牙人一样，都认为自己尽管有印第安人的血液，但却与印第安人完全不同。即使在 1836 年，墨西哥中央政府仍然"认为原住民不享有墨西哥公地的使用权利……政府官员都认为印第安人是进步

[①] Octavio Paz：*El Laberinto de la Soledad*，2nd Edition，Mexico City：Fondo de Cultura Economica，1983，p. 77.

[②] Octavio Paz：*El Laberinto de la Soledad*，2nd Edition，Mexico City：Fondo de Cultura Economica，1983，p. 87.

第四章　奇卡诺文学的边界书写

的阻力,他们越早消失,对国家越有利"①。墨西哥裔美国人和印第安人之间有稳固的社会边界。在某种程度上,墨西哥裔美国人将自己视为中心,将印第安人视为"他者"。小说中"哈森的印第安人"这一称谓进一步强化了印第安人的他者形象。作者安纳亚告诉我们,在河这边的西北山丘"有印第安人的土地,神圣的埋葬地",在那里的一个古老洞穴里住着"哈森的印第安人",而这个哈森的印第安人"是城里唯一一个印第安人,而他也只跟哈森讲话","哈森的父亲曾经禁止他跟那个印第安人说话,也曾经揍他,试过各种办法,要让哈森远离那个印第安人"②。小说中的故事发生在墨西哥裔美国人定居的瓜达卢佩小镇。众所周知,墨西哥裔美国人是印第安人和西班牙人的混血后裔,那么小说为何如此强调印第安族裔性和墨西哥族裔性之间绝对的、不可调和的差异?为何哈森的父亲甚至使用暴力的方法让哈森远离印第安人?作者指出,在墨西哥裔美国人的社区,印第安文化并不被认为是墨西哥裔美国文化的重要组成部分,印第安人甚至不被视为与墨西哥裔美国人平等的个体。因此,坚持与印第安人说话的哈森也被描写得具有典型的兽性特征:"他沉默寡言,闷闷不乐,有时候又会从喉咙或胸口突然爆发出狂野的巨大的声响。"③安东尼的父亲也担心孩子使用"好啦"(gosh)这样的词汇,他说:"教育对他们有什么用?……他们只会学得像印第安人一样讲话。"④"哈森的印第安人"和"像印第安人一样说话"都表明

---

① Howard F. Cline, *Spanish and Mexican Land Grants in New Mexico, 1689—1848: A Technical Report*, New York: Clearwater, 1964, p. 18.
② 鲁道夫·安纳亚:《河流,黑暗的灵》,李淑珺译,南京:译林出版社,2015年,第10页。
③ 鲁道夫·安纳亚:《河流,黑暗的灵》,李淑珺译,南京:译林出版社,2015年,第10页。
④ 鲁道夫·安纳亚:《河流,黑暗的灵》,李淑珺译,南京:译林出版社,2015年,第53页。

墨西哥裔美国人认为印第安人是与自己不同的"他者",从而在墨西哥裔美国人和印第安人之间画上了界线。值得注意的是,小镇居民与印第安人之间的界限并非没有问题。事实上,哈森父亲所采取的暴力镇压方式说明了墨西哥裔美国人试图切断与印第安人联系的荒谬性。

然而,巫医乌蒂玛作为跨越边界的人物促使人们意识到印第安血统和印第安文化是墨西哥裔美国人血统和文化的重要组成部分。在小说的开始部分,刚刚与安东尼一家一起生活的乌蒂玛就告诉安东尼"一些我们跟北方大河的印第安人共通的常见药草跟药方"[①]。当安东尼的舅舅路卡因被女巫下咒而卧床不起时,乌蒂玛救了舅舅。在救治过程中,乌蒂玛告诉安东尼印第安饮食文化的重要性:"印第安人认为蓝玉米粥是神圣的东西,这也很有道理,等我们可以让路卡吃下一碗玉米粥时,他必定已经好了。这不是很神圣吗?"[②] 乌蒂玛对印第安人的草药和蓝玉米粥的强调表明她认可印第安文化,认为它是墨西哥裔美国文化的重要组成部分,将印第安人视为"他者"的做法并不符合墨西哥裔美国人的历史。虽然大家公认小镇唯一的印第安人是"哈森的印第安人",虽然这个印第安人并没有与其他人说话,然而他与纳西所、乌蒂玛等人的关系都很好。还未接受乌蒂玛教导的安东尼就如社区多数人一样,起先并不认可印第安血统和文化的重要性。在小说开始部分,当乌蒂玛"说起一些我们跟北方大河的印第安人共通的常见药草跟药方"时,安东尼"没有注意听"[③];当乌蒂玛

---

① 鲁道夫·安纳亚:《河流,黑暗的灵》,李淑珺译,南京:译林出版社,2015年,第42页。
② 鲁道夫·安纳亚:《河流,黑暗的灵》,李淑珺译,南京:译林出版社,2015年,第97页。
③ 鲁道夫·安纳亚:《河流,黑暗的灵》,李淑珺译,南京:译林出版社,2015年,第42页。

试图给安东尼讲述他们"很久以前"的历史时,安东尼觉得"她的声音会逐渐消失",而他的心思则迷失在他"所不知道的时间与历史的迷宫里"①。这些描写表明乌蒂玛充当了安东尼历史老师的角色,同时也暗示了安东尼对其民族历史的无知。安东尼从那些到瓜达卢佩定居的墨西哥人口中了解他们的历史:

> 总是会聊到大草原上的生活。那里的第一批开拓者是牧羊人。后来他们从墨西哥进口了一群群牛,而变成了牛仔。……在他们从印第(安)人手上夺下的这片荒芜狂野的土地上,他们是最早的一批牛仔。
>
> 然后铁路出现了。铁丝围篱出现了。歌与民谣变得哀伤,而来自得州的人跟我的祖先们相遇时,充满了血腥、屠杀跟悲剧。这些人被连根拔起。他们有一天环顾四周,发现自己被包围了。他们过去熟悉的自由的土地与天空消失了。这些人失去了自由便无法生活,于是他们收拾家当,往西迁移。他们成了移民。②

安东尼所了解到的历史是墨西哥人遭遇盎格鲁-撒克逊人的历史,即盎格鲁-撒克逊人剥夺墨西哥人的土地、限制墨西哥人的自由的历史。然而,人们只是顺便提及他们从印第安人那里夺取土地,仅将其作为故事的背景。可以看出,乌蒂玛虽然努力促使人们意识到印第安文化遗产的重要性,然而小说中的主人公却始终忽视了这一点。这无疑表明瓜达卢佩的墨西哥裔美国人埋葬了他们关于印第安血统和文化的记忆。如此一来,小镇居民才会在自己与印第安人之间画上清晰的界线,并认为"哈森的印第安

---

① 鲁道夫·安纳亚:《河流,黑暗的灵》,李淑珺译,南京:译林出版社,2015年,第40页。
② 鲁道夫·安纳亚:《河流,黑暗的灵》,李淑珺译,南京:译林出版社,2015年,第124页。

人"是镇上唯一的印第安人。

然而,在小说的后半部分,作者插入"乌蒂玛与三个印第安人鬼魂"的故事以再现印第安人在墨西哥裔美国人历史上的重要性。德瑞纳尔因要报复乌蒂玛而给三个鬼魂下咒,让黑水农场的德耶兹一家成天不得安宁。乌蒂玛讲述了这个诅咒的来源:

> 很久以前……黑水农场的这片亚诺土地是属于科曼奇印第安人的。后来专门跟科曼奇人交易的墨西哥人后裔,科曼奇商人出现,接着饲养牲畜的墨西哥人也来了。很多年前,三个科曼奇印第安人突袭抢夺了一个墨西哥人的牲畜,而这个人就是德耶兹的爷爷。这个德耶兹找来了其他墨西哥人,一起将那三个印第安人吊死。他们让尸体吊在一棵树上,没有按照他们的习俗将他们埋葬。结果那三个灵魂就被留在那座农场里飘荡。①

在这个故事中,印第安人的土地首先被来自西班牙的科曼奇商人占领,然后又被饲养牲畜的墨西哥人占领。印第安人的土地被墨西哥人占领的事情再一次成为故事的背景,然而根据乌蒂玛的观察,这一故事的背景与故事的主旨(诅咒的起源)有着密切的联系。德耶兹爷爷纠集一些人将"三个印第安人吊死"的行为隐喻了墨西哥裔美国人对科曼奇印第安人所实施的暴行。因此,乌蒂玛的讲述凸显了印第安人所承受的暴力和受到的亵渎。由于印第安人被不公正地杀害后得不到妥善的埋葬,他们的灵魂纠缠着那些杀害他们的人。凯瑟琳·布罗根在描写民族文学中的鬼魂时说:"文学中萦绕的鬼魂促使人们从内心深处明白,那些似乎已经消失的特定文化记忆拒绝被掩埋,并且依然以令人渴望的和

---

① 鲁道夫·安纳亚:《河流,黑暗的灵》,李淑珺译,南京:译林出版社,2015年,第226—227页。

令人不安的方式塑造着当下。"① 乌蒂玛与三个印第安鬼魂的故事与"哈森的印第安人"形成鲜明对比,它是"被压抑者的回归"隐喻。虽然瓜达卢佩小镇的居民想要否认、压制其印第安特性,但被压抑者最终会回归。布罗根告诉我们,"文化萦绕"的事件"在民族文学中占有显著的地位","无论在哪里,人们都必须重新构想被部分抹掉的历史碎片,寻找一个新想象出来的过去,以重新定义自己的未来"②。在安纳亚笔下,巫医乌蒂玛成为引领人们对其民族历史上被抹掉部分的历史碎片进行重新想象的民族英雄人物。

正是在乌蒂玛的引领下,安东尼不再"没有注意听",也不再迷失在"时间与历史的迷宫里";相反,安东尼在听乌蒂玛讲述"三个印第安鬼魂"的故事之后,他意识到"这里也有黑暗神秘的过去,曾经居住在这里的人的过去,他们的痕迹就留在今天显现的魔法里"③。正是在乌蒂玛所倡导的融合思想的引领下,安东尼更加关注那些曾经被忽略的历史,这预示着他将以某种方式与"曾经居住在这里的人"建立更为明确的关系。而乌蒂玛也最终引导安东尼跨越文化边界,使之意识到混杂性才是墨西哥裔美国人的真实状况。在小说结束部分,安东尼对印第安人的异教神"金鲤鱼"的接纳说明了这一点。"金鲤鱼"是印第安人本土信仰的隐喻。在小说中,虽然乌蒂玛、纳西索、森缪等人都信仰

---

① Quoted from Marta Caminero-Santangelo: "'Jason's Indian': Mexican Americans and the Denial of Indigenous Ethnicity in Anaya's *Bless Me, Ultima*", in *Critique: Studies in Contemporary Fiction*, vol. 45, no. 2, pp. 115−128.

② Quoted from Marta Caminero-Santangelo: "'Jason's Indian': Mexican Americans and the Denial of Indigenous Ethnicity in Anaya's *Bless Me, Ultima*", in *Critique: Studies in Contemporary Fiction*, vol. 45, no. 2, pp. 115−128.

③ 鲁道夫·安纳亚:《河流 黑暗的灵》,李淑珺译,南京:译林出版社,2015年,第229页。

异教神"金鲤鱼",然而这个信仰源于"哈森的印第安人"的信仰①。这个信仰强调对自然和灵性的崇拜。乌蒂玛知道异教神"金鲤鱼"的故事,而且她也"觉得其中并没有什么神奇或恐怖之处"②,而她穿的肩衣虽然是天主教神职服饰,但尾端却是草药袋子③。乌蒂玛认为印第安人的信仰和文化是墨西哥裔美国人信仰和文化的重要组成部分。在乌蒂玛的引领下,安东尼打破了家庭、天主教会和学校等的惯例,将其文化中的诸多部分进行有效的连接,在欧洲文化和美洲印第安文化之间建立桥梁,在西班牙文化和墨西哥文化之间建立连接。当印第安人的血统和文化被接纳之时,当西班牙文化和墨西哥文化之间的联系得以建立之时,包括安东尼在内的墨西哥裔美国人才能形成安扎尔朵所说的"新生混血儿意识"。新生混血儿意识促使人们意识到,边界两端的文化不再是二元对立的,而是"二元性的融合"④。当安东尼在乌蒂玛的引领下跨越边界,融合二元性时,他感觉到"一切都如此平静"⑤。

墨西哥裔美国人文化内部不同元素之间存在显著的边界。边界的产生缘于墨西哥裔美国人往往有意识地选择仅仅认同某一种文化。比如,在《保佑我,乌蒂玛》这部小说中,以父亲为代表的部分居民认同西班牙牛仔文化,以母亲为代表的部分居民认同

---

① 鲁道夫·安纳亚:《河流,黑暗的灵》,李淑珺译,南京:译林出版社,2015年,第78页。
② 鲁道夫·安纳亚:《河流,黑暗的灵》,李淑珺译,南京:译林出版社,2015年,第118页。
③ 鲁道夫·安纳亚:《河流,黑暗的灵》,李淑珺译,南京:译林出版社,2015年,第122页。
④ Gloria E. Anzaldúa: *Boderlands/La Frontera*, San Francisco: Aunt Lute Book Company, 1987, p. 46.
⑤ 鲁道夫·安纳亚:《河流,黑暗的灵》,李淑珺译,南京:译林出版社,2015年,第257页。

墨西哥农耕文化，而整个小镇居民则大都不约而同地否定了印第安文化。巫医乌蒂玛则是小说中唯一跨越边界、融合各个文化元素的代表人物。她明白西班牙牛仔文化和墨西哥农耕文化相辅相成，更明白印第安文化是墨西哥裔美国人文化的重要组成部分。巫医乌蒂玛是连接现实世界和灵性世界、天主教和印第安信仰、墨西哥文化和盎格鲁清教文化、人类和自然的桥梁。在她的引导下，主人公安东尼逐渐将原本冲突的文化要素相整合，实现了和谐和稳定。

三、小结

综上，巫医是奇卡诺文学中的重要形象，集中反映了奇卡诺文学跨越边界的书写特征。首先，不同文化主体对巫医有不同的价值判断，墨西哥裔作家在再现巫医时往往需要与白人主流社会进行对话和协商。不同的作家对巫医这一处于疆界地带的人物的判断并不相同。这些作家笔下的巫医有的拒绝接受主流文化，有的内化主流文化，有的则整合两种不同文化。另外，墨西哥裔美国人的文化是具有典型异质性特征的文化。由于墨西哥裔美国人往往认同某一种文化，他们会在认同文化与其他文化间画上清晰的界线。在小说《保佑我，乌蒂玛》中，作者安纳亚通过塑造安东尼的形象，再现了墨西哥裔美国人在文化边界地带进行抉择时产生的心理冲突，并说明了整合不同文化元素和认可异质性文化元素是墨西哥裔美国人文化的典型特征。巫医不仅仅是奇卡诺作家民族主义的宣言，更是墨西哥裔美国人在边界地带的文化冲突的集中反映。

第二节 奇卡诺成长小说中的新西部文化景观

自传性成长小说是奇卡诺文学的重要类型，以叙述奇卡诺青少年在地理、文化、社会等方面的跨境（cross border）经验为主题。奇卡诺成长小说往往描写墨西哥移民家庭在农场的真实体验，反映墨西哥裔移民在边界地带的生活状态。比如，奇卡诺女作家阿玛达·厄玛·佩雷兹的自传体小说《从这里到那里的日记》就以墨西哥裔青少年的焦虑和对故乡的怀念反思墨西哥裔美国人对文化同化的态度。又如，胡安·费利佩·赫莱拉的小说《翻转男孩》以家庭和学校等不同空间中的记忆揭示墨西哥裔青少年所面对的贫困、种族主义和社会边缘化问题。再如当代奇卡诺作家弗兰西斯科·希梅内斯的作品。弗兰西斯科·希梅内斯以童年经历为蓝本创作的两部小说《回路：一个移民子女的亲身经历》和《突破》是这类作品的翘楚。这两部小说以回忆录的形式记录了墨西哥少年潘趣多从跨越边境的非法移民后代转变为进入大学深造并融入主流社会的合法公民的经历。希梅内斯借孩子的视角呈现出奇卡诺家庭在贫困中对美好生活的执着向往，在加州中央大峡谷田地劳作的艰苦环境以及时时笼罩在非法移民头上的突击搜查阴云。这些引人入胜的细节描写让人不禁对移民家庭产生真切同情。小说不仅沿袭了奇卡诺文学跨越边界体验的主题，还从新的角度审视了跨越边界的体验。

小说中对空间和场所的描写反映出社会文化符码规训墨西哥裔青少年的日常行为，从而达到将具有他者性的少数族裔个体同化入主流文化体系的目的。然而，墨西哥裔移民也见证和参与了美国西部从白人殖民者的伊甸园到阳光地带城市圈，再到充满西部仿像的高度仿真空间的转变过程。奇卡诺群体在被美国文化规训的同时也和其他少数族裔群体一起让美国西部处于变化之中。美国西部曾是特纳笔下被赋予重要政治意义的边境，已经超出了地理位置的范畴，成为机遇和帝国神话的象征。19世纪白人对西部的单一解读曾长期占据支配地位。随着移民的不断流入，不同群体的交融逐渐让美国西部成为由多种文化混合而成的多元空间。希梅内斯的成长小说勾勒出新西部的形成轨迹。书中地理意义上的边境同时也是抽象意义上的边缘地带。神话和现实、旧与新在其中交错，恰如西部景观中的墨西哥人处于文化和民族的变动中。以希梅内斯为代表的奇卡诺作家关注多个族裔群体共同居住和相互影响下的物理空间，将之视为社会经济力量冲击下的产物。奇卡诺小说正如一面透镜，从不同的角度折射出西部社会空间不断变动的地貌，形成了话语争鸣的第三空间。文本中的新西部从背景转变为前景，充满了杂糅和协商的特征，而这一点恰恰是已有研究的盲区。本节拟以墨西哥裔青少年的成长小说为切入点，通过族裔作家重新讲述（re-storying）的边境故事，还原在主流论述和帝国想象中被祛魅的美国西部，一个横亘民族、种族和历史差异的新西部。这个新西部为人们重新创造了一个呈现异质性和杂糅性的对话空间。

一、视觉化的西部：从边疆（The Frontier）到边境（La Frontera）

希梅内斯的小说《回路：一个移民子女的亲身经历》描述了四岁的主人公随同家人非法跨越边界，偷渡到美国的经历。小说选取了潘趣多一家记忆中的几个高光片段，按照他们的空间移动路线和时间顺序撰写了独立但连续的故事，形成了一个故事集。读者可以从中看到墨西哥非法移民的真实生活状态和他们身处的社会环境。偷渡到美国的墨西哥人靠采棉花或草莓等时令性零工为生，过着从一个农场举家迁徙到另一个农场的漂泊不定的生活。值得玩味的是，在小说开头叙述者就进入了少数族裔视角下美国西部的建构过程："'边境'是我小时候经常听到的一个词儿，那时我还住在墨西哥一个叫白色牧场的村镇里。村镇地处贫瘠荒芜的山沟，离瓜达拉哈拉（哈斯利科州首府，墨西哥第二大城市）有数里之遥。"① 叙述者的这一句话从反面例证了美国西部对墨西哥人的巨大诱惑力，也说明西部从一开始就是墨西哥人建构的边境（La Frontera），而不是美国史学家特纳在边疆理论中定义的边疆（The Frontier）。边境是流动开放的可渗透空间，边疆是美国发展的终点，是一个连贯、完整的故事的确定结局。当代研究者重新思考历史的基本概念和定义，创建了不被狭隘的整体观或年代顺序所束缚、不为政治意图服务的跨学科和多角度的历史叙事方法。他们笔下的"边疆"是白人殖民者和原住民进行首次文化接触的场所，由于接触形式不同，他们创作的文本成为相互抵触或相互重叠的文本。边疆的流动性和持续性打破了特纳想象中永恒不变的凝固空间，它更像是不断被擦除后重写的羊皮卷，里面混杂的文字和变换意义的比喻是文本研究重点关注的对象。只要读者转码（code-switching）（切换视角和阅读规则），对"边疆"的解读就会彻底转变。在希梅内斯的"转码"讲述中，文本构成了跨越语言、文化区域和历史，包含多层经验的混杂空间。

我们对美国早期边疆的印象一般来源于哈德森学派画家的作品。画家在描绘西部景象时总是以道德说教为出发点，有目的性地突出或模糊景观的某些方面。例如在托马斯·库尔的作品《牛轭湖》中，象征文明的民居群落悠然栖息于原始的荒野之中，仿佛暗示着西部为流淌奶与蜜的应许之地。黛博拉·布莱特批评库

---

① Francisco Jiménez: *The Circuit: Stories from the Life of a Migrant Child*, Boston: Houghton Mifflin Harcourt, 1999, p. 6.

第四章 奇卡诺文学的边界书写

尔过于忠实于哈德森派的传统，有意"将景观解读为不因历史而改变的大自然的恩赐"①，刻意弱化景观制造中的人为因素。布莱特认为，"景观并非中立的化外之地，意识形态贯穿了景观的组织构造"②。景观作为历史的产物，记录了特定时代社会的物质条件和社会的形态。19世纪的照相术同样被作为宣扬命定扩张论的工具，尤其是在测绘摄影师的作品中，伊甸园一般的自然景色与象征工业文明的矿山和铁路泰然共存，鼓励更多移民进入西部垦荒定居。绘画或照片上呈现的壮美西部其实并非伊甸园一般，它们往往是政治意图操纵下的产物，在传播欧洲价值观的运动中发挥了重要作用。

关于西部的早期传奇和罗曼史也和当时的绘画及照相术有异曲同工之妙，它们有意在有关西部景色的描写中使用极度感性和浪漫的文字，景观在欲望和想象的投射下被完全意义化，成为单一的能指。史泰格那曾在《历史、神话和西部作家》一文中批评马背上的孤独牛仔形象几乎成了西部最典型的标志，它永远把西部定格在西进运动年代，使其变成洋溢着原始、淳朴的风情和冒险精神的永无岛。③ 但是他也承认，边疆叙事中虚构的浪漫传奇和现实互相交错，文学话语反而影响了西部地区的生活方式。尽管浪漫的景观和人物体现的个人英雄主义有损真实，但是它们却促使了西部甚至整个美国的民族品格的形成，因此西部小说中的风景描写通常具有史诗般的效果。西部小说停滞在对遥远西部的

---

① Deborah Bright："Of Mother Nature and Marlboro Men: An Inquiry into the Cultural Meanings of Landscape Photography", in *The Contest of Meaning: Critical Histories of Photography*, Cambridge: The MIT Press, 1992, p. 140.

② Deborah Bright："Of Mother Nature and Marlboro Men: An Inquiry into the Cultural Meanings of Landscape Photography", in *The Contest of Meaning: Critical Histories of Photography*, Cambridge: The MIT Press, 1992, p. 140.

③ Wallace Earle Stegner: "History, Myth, and the Western Writer", in *American West*, vol. 4, no. 2, 1967, pp. 61–62.

想象中，忽视了后现代西部正在成长和已经缺失的部分。

然而，在少数族裔作家笔下，西部缺乏主流社会所强调的阶序、范式和意义。它破坏了读者对西部深刻而持久的怀念，揭示出史诗和神话只存在于作家和艺术家借助文化产品建构的西部景观中。小说中横亘美墨边境的铁丝网、冰冷的车库、潘趣多一家人工作的棉花地和草莓地等不断变化的景观刻画了一个高度工业化和都市化的西部。纵横交错的公路网络、密集的油田和工业建筑群被由旅游业催生的仿真西部景观掩盖。在白人游客追求西部野趣的视角之外，是大批从边境涌入美国的非法移民。不同于白人作家对后现代西部超现实的浪漫想象，希梅内斯笔下的西部完全暴露了其仿像和仿真的本质。哥哥罗伯特打工的冰激凌店主邀请兄弟两人到"遥远西部餐厅"吃晚餐，然而潘趣多却发现"'遥远西部餐厅'灯光昏暗，店里摆放着深褐色的木头桌椅，看起来厚实沉重。镶嵌橡木的墙壁中间装饰着一个麋鹿头标本，向外伸出长长的鹿角。我听见另一个房间传来低沉的谈话声和玻璃碰撞的声音。穿着像牛仔的侍应生拿来菜单……"①。"遥远西部餐厅"中的陈设和侍应生的服饰是当代美国人对西部神话的拙劣再现，它尝试以高度符号化的原始西部图像作为卖点吸引追求怀旧氛围的美国人，以弥补真实信仰的缺失和现实与神话之间界限的垮塌。这一幕景象正是新西部时空错乱并置的具体表现，正如朱迪斯·弗里曼对西部高速成长的都市群的描述："远眺过去，巨大古怪的建筑鳞次栉比地排列在刺眼的阳光下，就像透过厚玻璃的投影一样——热浪中建筑的模糊边缘仿佛在流动：就像金字塔、亚瑟王的城堡、金银岛、玛雅宫殿、复活节岛上的神秘巨型

---

① Francisco Jiménez: *Breaking Through*, Boston: Houghton Mifflin Harcourt, 2002, p. 24.

第四章 奇卡诺文学的边界书写

雕像。"① 在弗里曼笔下,新西部都市的仿像打乱了历史的整体唯一性,抹去了历史上曾有过的差异因素:原住民、摩门教徒、牧场、胡佛水坝工程、军事基地等。整个西部和西部神话因为历史的不确定性而岌岌可危,一切现实都被符号模拟的超现实吞噬。从这一点上看,"遥远西部餐厅"正是在拉斯维加斯开的第一家度假酒店"最后的边疆"的虚构缩影。与小说中的餐馆类似,"最后的边疆"酒店不仅装饰有带牛轭和牛角的床头板,还有一个小型主题公园,里面有监狱、简陋的教堂,甚至有接送客人来去酒店的驿车。招揽游客的广告标语则写着"洋溢着现代奢华气息的早期西部"。

"最后的边疆"酒店炮制西部神话和复制西部片中的风貌特征,将其作为揽客的特色,可以说是用后现代仿像替代真实现象的始祖。它时刻提醒人们这里是充满仿像的后现代空间,它的本质就是多样性和自我矛盾,所以以边疆为对象的叙事无法掩盖实际存在的他者和他者的故事。经济繁荣、充满机遇的西部的阴暗面是大面积的生态污染和建立在廉价劳动力上的剥削体系。高度都市化的西部只是用自我复制的幻象逃避大规模的资源枯竭和核废料污染的未来。以拉斯维加斯为代表的西部都市到处是广场、纪念碑和按社会阶序划分的公共场所;微型城市的结构设置着眼于短期的商业发展和人口增长;充满骑士和冒险精神的西部神话、一夜暴富的神话、乌托邦式的未来以及想象和现实在这里交界。然而这些事物的共存和杂糅性质本身就是对作为运作规则的元叙事的解构。在这样的都市空间中建构的人和事物,产生了巨大的文化张力,体现后现代元素的西部都市如走马灯一般将重复缭乱的景观呈现在呆滞的观众面前,更准确地说,是将西部分裂成无数的影像,通过无数个屏幕让不同的人看到符合其主观期待

---

① Judith Freeman, *A Desert of Pure Feeling*, New York: Vintage, 1996, p. 4.

的碎片。新西部都市反映出福柯探讨的"他者空间"的概念:"由一连串复杂关系划分出的区域,不能简化为线条的单纯的交错重叠,它是如预期一样完成的乌托邦,里面存在一种文化里的不同真实区域。这些区域或并置出现,或相互争夺,或被颠覆。一个现实的场所同时存在互不相容的不同空间和区域。"① 在西部的后现代语境下,身份认同出现异质和混杂是必然的,对少数族裔他者而言尤其如此,因为后现代西部为墨西哥人提供了一个复杂和多面的"第三空间",在其中自我和他者实现交换,他者得以发出声音。

希梅内斯小说中的西部景象避开了宏大叙事需要的美学原则,以微观叙事(micronarrative)的方式表现新西部的日常细节。潘趣多和哥哥罗伯特为了打发时间,常常"匍匐穿过带刺的铁丝网,好更近一些看到每天数次从苦力营旁开过的火车……"②。火车成为现代性的意象,随火车而来的多元文化社会不断蚕食西部。高速公路、汽车旅馆标志牌、二手车市场、加油站点缀于荒野和沙漠之中。与之形成鲜明对比的是,辗转于棉花田和草莓地之间的墨西哥移民只能在苦力营的狭小窗口中往外窥视广袤的西部。这样的场景在小说中的重复出现,加深了分裂和对比的意味。神话中的西部如同潘趣多遥望的鱼缸中摇曳多姿的金鱼,而他所面对的现实却只有在泥坑里发现的灰色小鱼。两个世界撞击融合在一起,机车和劳工、内与外、静止与流动、机械和自然,在这一刻被整合到一个画面中。西部不再是框架中被定格的模糊影像,它被镜头带到眼前,让整个空间中充斥着无序的日常元素,为争夺观众的注意而竞争。潘趣多问哥哥机车从何

---

① Michel Foucault and Jay Miskowiec: "Of Other Spaces", in *Diacritics*, vol. 16, no. 1, 1986, pp. 23—25.

② Francisco Jiménez: *The Circuit: Stories from the Life of a Migrant Child*, Boston: Houghton Mifflin Harcourt, 1999, p. 22.

而来,哥哥回答"大概是加利福尼亚",潘趣多反问"这里不就是加州"①。这句话触及整部小说的核心:作者没有被宏大叙事的组织原则所束缚,把西部绘制成异色的乌托邦,相反,这里只有成千上万的非法移民聚居在苦力营中随工作流动四处迁徙的现实。文化地理学者 J. B. 杰克逊始终将景观视为社会和人类进程的折射,而非一系列抽象独立的美学观念的产物。人一直参与对地理景观的建构,被遗忘的少数族裔群体更是如此。从他们的角度书写景观从根本上动摇了边境神话。"西部……不是美国人逃避历史的地方,也不是发生边疆冒险故事的虚构场所……它反而是人经历野心和结果落差后的反省场所,使人看到期望和现实的冲突,以及盲目乐观的征服招致的毁灭性后果。"②

希梅内斯描写的另一个场面更能体现微观叙事的运用。潘趣多把住的地方叫作"帐篷城"(tent city),尽管这里既不是城市也不是村镇,而"只是在草莓农场工作的劳工居住的苦力营"③。"帐篷城没有地址,只知道它在圣玛丽亚地区的乡下。帐篷城位于离城中心往东十里地的三干道。再向东半英里是数百亩由日本佃农耕作的草莓地。帐篷城后是荒芜的旷野,往北一英里则是整座城市的垃圾场。"④ 生动复杂的画面创造了一个容纳多种声音、场所、竞争和图景的对话空间,意图将边疆改造为一个流动的混杂空间。

小说中西部神话的边疆与奇卡诺的边境反映出奇卡诺作家抛

---

① Francisco Jiménez: *The Circuit: Stories from the Life of a Migrant Child*, Boston: Houghton Mifflin Harcourt, 1999, p. 30.
② Patricia Nelson Limerick and Mark Klett: "Haunted by Rhyolite: Learning from the Landscape of Failure", in *American Art*, vol. 6, no. 4, 1992, p. 34.
③ Francisco Jiménez: *The Circuit: Stories from the Life of a Migrant Child*, Boston: Houghton Mifflin Harcourt, 1999, p. 60.
④ Francisco Jiménez: *The Circuit: Stories from the Life of a Migrant Child*, Boston: Houghton Mifflin Harcourt, 1999, p. 60.

却了以神话为基调的西部概念。尽管希梅内斯借鉴了西部冒险故事的传记叙事范式和主题,小说主体却是被边缘化的异见群体。第二次世界大战后的文学作品不再宣扬命定扩张论,而是重新反思证实边疆论付出了什么样的代价。在这种社会语境下,奇卡诺文学中反边疆叙事的出现是必然趋势。然而基于不同的立场,他们更倾向于以积极的眼光看待西部空间的多层面。新的边疆在希梅内斯的小说中变成了他者出现的第三空间,原有的历史叙事被架空,新的权力结构和新的政治动议正在形成。文化混杂的过程催生了新的意义和表征系统。希梅内斯笔下的美墨边境处在后殖民环境下,成长于这种环境中的潘趣多和罗伯特因此变成了典型的混杂类人群。

二、他者的历史和他者的西部

正如之前所论证过的一样,新西部通过多个声音被讲述,建构出多层面的文化文本,从而得以逃脱元叙事的束缚。威廉·德弗洛将这样的西部空间描述为千百种图像和未加工的社会和政治史实。曾一直保持沉默和隐形的成年人和儿童以及零碎的景观和思想无法被整合为一个连贯的整体,然而它们的共存却更显深意[1]。封存于纪念场所等文化记忆中的历史叙事不再保持静止和清晰的状态,它受到文化相对主义的影响而产生意义的转变。伊格尔顿将其形容为"不断挖掘、保护、违背、丢弃和重记录过去的实践"[2]。在福柯新历史观的影响下,后殖民和后现代学术实践总是致力于将他者的语言纳入叙事话语中,插入线性的历史叙

---

[1] William Deverell: "Fighting Words: The Significance of the American West in the History of the United States", in *The Western Historical Quarterly*, vol. 25, no. 2, 1994, pp. 185—206.

[2] Terry Eagleton: *Walter Benjamin, or, Towards a Revolutionary Criticism*, London: Verso, 1992, p. 59.

第四章 奇卡诺文学的边界书写

事。在西部历史的撰写中,庶民(subaltern)之瓦终于得以超脱元叙事的限制,进入读者的视野。

新历史观将空间看作交联纵横的关系网,其间多重历史和无数叙事者呈现的杂乱无序状态与正统历史追求的一种话语的主导和秩序井然原则完全相悖。特纳对西部的笼统概述正是正统历史撰写的典型,其中还不乏由意识形态主导的虚构成分。可以说,白人征服西部的故事构成了当代人对西部地区的认知基础,即使它包含有被变性或篡改的事实,还是会通过各种文化产品的不断复制和流通得到进一步传播。西部神话通过反复叙事促成了单一历史的神圣化和认知的固化,这样一来,强行占有土地和族群冲突就变成了合法的交易和交流。相对于历史叙事的高度形式化和封闭性,福柯的知识系谱确保了"缄默的知识"在杂语空间中能抗衡集权式话语,为西部神话的祛魅奠定了理论基础。印第安人、奇卡诺人和白人通过各自对文化差异和融合的理解建立了关于西部的知识系谱,由此导致了动态而模糊的新西部历史的诞生。

从奇卡诺文学中可以看到作家对话语权的争夺和对历史的重新书写。奇卡诺文学的代表作家格洛莉娅·安扎尔朵尤其认同这种斗争,并将它看作奇卡诺文学的源泉。在支配性价值体系决定历史的主要写作范式的影响下,不容外界质疑和挑衅的标准反而激起了奇卡诺群体摆脱其约束的强烈欲望。他们并不想依赖所谓的合理标准和既定概念去审视和反思历史,因为这与他们亲身体验和亲眼所见的事实相悖。于是奇卡诺文学对约束性书写范式的拒斥转变成一种创造性的抵抗,这意味着奇卡诺作家不仅拒绝常态化写作方式,而且以更为激烈和暴力的形式侵入话语的生产和流通过程。为人所熟知的奇卡诺成长小说《芒果街上的小屋》就是企图修正历史的大胆尝试,叙述"证词"的自传或回忆录成为少数族裔修正历史的有力工具。通常在这类文本中都出现了时代历史的非官方版本或对抗性记忆,这成为少数族裔他者对主流文化的反击方式。记忆的考古过程有助于重建经验的多样性,为权力的神话祛魅。

《回路:一个移民子女的亲身经历》和《突破》与其他奇卡诺回忆录一样,首先赋予历史叙事中的他者以声音,用他们的对抗性叙事解构西部神话。潘趣多及其家人在偷渡到加州之前对边境只有一系列的美好憧憬,但之后他们在美国颠沛流离的贫困生活形成了对他们期望的巨大讽刺。罗伯特和潘趣多不仅要帮家里采摘胡萝卜和生菜,还要在罗伯特兼职做看守人的学校做清洁工作。两兄弟每天放学后都要清扫教室和卫生间,一直到晚上九点才能回家。挣的钱除应付两兄弟生活必需开支,剩下的都要存起来按月寄给墨西哥的亲戚。尽管这类重新讲述西部的文本遵循了美国文学的习俗和规则,但是它们以负面现实表现了墨西哥裔美国人及其生存环境,对美国梦进行了讽刺。关于西部的古老神话依然在发挥它的影响力,诱惑人们去西部获得自由和开始新生。潘趣多一家陷入美国淘金梦的虚构叙事中无法逃脱;他们自觉或不自觉地亲身演绎起白手起家和奋斗成功的美国梦。为摆脱四处奔波的短工生活,父亲决定从农场主手中租地当佃农。于是他和墨西哥裔退伍军人从贷款公司借钱买来小型拖拉机、工具和搭建库房的木材,准备合伙种三亩地的草莓。这三亩地几乎耗尽了全家人的钱财和精力:

> 白天父亲为农场主井户从早上七点工作到下午五点半,快速吃完晚餐后就带着我和弟弟特兰皮塔到地里工作直到夜幕降临。父亲用拖拉机犁地,我和特兰皮塔拔出野草。为了不伤到珍贵的种子,我们用铁锹除草。因为地面太硬,我们不得不把铁锹插进地下,用全身力气戳进去。……父亲犁地时不得不咬紧牙关,一边发出诅咒。汗水不断涌出,顺着他的鼻尖滴下来。我和特兰皮塔很快就疲惫不堪,但还是机械

地劳作。晚上回到家中我们已经精疲力竭。①

这个在边疆叙事中常见的桥段在该小说中结局却出人意料,辛苦种植的草莓开始迅速枯死,剩下的也开始变成褐色。经验丰富的农场主发现草莓感染了枯萎病,于是请农药公司来草莓田打药。父亲又换掉枯死的植株,然而草莓却再次大片枯死,农场主测试了土质才发现农药的毒性太强导致草莓死亡。潘趣多家的失败证明了西部神话的主观性和局限性,按照神话提供的叙事范式,西部拓荒者会有符合期待的确定未来,然而残酷的事实让西部神话在非白人开拓者的眼中粉碎殆尽。希梅内斯明显在质疑西部神话的正确性,进而揭露了少数族裔被历史叙事排除或掩盖的原因。西部神话的文学表征一直被认为具有恒常性和客观性,然而少数族裔的传记和回忆录在认知层面上动摇了这种恒常性和客观性,让人开始质疑拓荒者的颂歌和西部富于机遇和资源的浪漫传奇这些表征形式到底被什么意识形态所支配,表征的目的何在,二者形成什么共谋。因此,神话和反神话在希梅内斯的两个文本中构成了辩证关系,为读者建立了替代性的观察方式,迫使读者跳出历史叙事的框架,重新审视个人(尤其是少数族裔)和西部的关系。

白人和少数族裔境遇的强烈对比也突出了西部经验的易变和多面特性。在上学之前,苦力营、汽车旅馆和地下室构成了潘趣多的全部生活场所,他生活的环境一直处于单调黯淡的氛围之中。在苦力营和铁轨上略显凄苦的光景之外,繁华都市于他们来说只是深夜中的落寞景象。在科克伦时他们只能在夜里溜进城市,在零售店后的垃圾堆里翻找被丢掉的过期食品。潘趣多和哥哥被遣返时差点被押解到亚利桑那州的诺加里斯,他看到"光秃

---

① Francisco Jiménez, *Breaking Through*, Boston: Houghton Mifflin Harcourt, 2002, pp. 50—51.

秃的岩石路面上横亘着隔离边境的铁链，野草和灌木零星散落各处。低沉的天空下是荒凉的街道。我们沿着铁丝网寻找可以落脚的地方，时不时碰到衣衫褴褛的小孩赤脚跑到垃圾桶里翻捡"①。破烂的汽车旅馆只有小如座舱的房间，他们只得把毯子铺到油地毡上勉强度过一夜。这样的单调场景与潘趣多参加的白人同学组织的舞会形成鲜明对比。直到目睹了白人的世界，潘趣多才知道什么叫流光溢彩。在舞会中他认识了中产阶级出身的白人女孩佩吉，"佩吉的家就在主干道学校的几个街区之外，在这个城市的东部。佩吉家所在的住宅区和农场劳工住的贫民窟有云泥之别。人行道两旁是修剪整齐的庭院草坪，还有漂亮的花圃。不用担心不平整的路面硌脚，也不用提防流浪狗乱窜"②。佩吉的家是一幢带两个车库的双层洋房，门口有系着红色丝带的贵宾犬迎接，空气中弥漫着甜美的香水味。她家整洁清新的厨房让潘趣多想起自家脏乱狭小的厨房。佩吉的卧室更让潘趣多大吃一惊："她的卧室比我家厨房和卧室加起来还要宽敞。粉色蕾丝窗帘在宽大的落地窗间飘动，和轻软厚实的床铺颜色十分相宜。嵌入墙内的壁橱装满各式服装，梳妆台上摆放着琳琅满目的香水瓶、口红和小玩偶。"③ 这些陈设让潘趣多倍感沮丧和不安，甚至比小学时在白人同学家中所遭受的冷遇更让他痛苦。他在回顾物理空间的隔离和差别时，尝试去理解规约和形塑空间的支配性权力为何，从而解释历史叙事和现实的差异根源。正如地质学家解读实际景观与测绘原图之间存在的疏漏和不协调，奇卡诺作家借人物之眼向

---

① Francisco Jiménez: *Breaking Through*, Boston: Houghton Mifflin Harcourt, 2002, p. 9.

② Francisco Jiménez: *Breaking Through*, Boston: Houghton Mifflin Harcourt, 2002, p. 38.

③ Francisco Jiménez: *Breaking Through*, Boston: Houghton Mifflin Harcourt, 2002, pp. 39—40.

读者展现了理想化的城市空间中隐藏的维度，奇卡诺群体就存在于凹陷与褶皱的隐秘之处。他们占据的空间决定了他们是西部叙事中被隐藏的他者。这种真实存在的对立和落差成为奇卡诺人在文化和空间上跨界（border-crossing）的动力。族裔群体的跨界也因此导致杂乱并置的后现代西部的出现。

《芒果街上的小屋》倾向于从女性心理来表现边缘的跨界，以及移民对殖民和主导话语的协商。希梅内斯的《回路：一个移民子女的亲身经历》和《突破》与之相比更倾向于以现实表现社会空间的跨界，用纪实手法勾勒多重声音。主人公和哥哥的交界感更体现在互文文本上。含义和理解相互联系，互为指涉。简单的混杂无法解决群体和意识形态上的差异和矛盾，只能为被拒斥的他者认知在主流话语中打开一个空间，提供撼动权威的可能，但是能否达到预期效果也很难确定。同时，在场所和空间中诞生的身份认同也经历了相似的过程。这些实际存在和象征性的边缘地带在希梅内斯的小说中尤为突出。它让读者看到，即使越过了边境，墨西哥移民依然匍匐在带刺的铁丝网下，在和其他族裔相互依存的空间中逐渐发现褐色人种和褐色文化的意义。

《突破》这部成长小说不仅是关于青少年的成长经验，而且涉及了墨西哥人在教育、经济、社会关系上与白人的危险际会。这一成长故事阻碍了权力话语在文学中的形塑和投射作用。主人公一家随草莓、葡萄和棉花收获的季节辗转于白人和日本人的农场之间。哥哥罗伯特因为必须帮家里做农活，他在主干道学校兼职工作时也时时面临被解雇的危险。墨西哥人的生活轨迹正如商品的生产和流通所形成的回路，新的社会关系不断生成并以各种具体形式呈现出来。潘趣多一家不仅要进行生存的斗争，在观念上也存在巨大冲突。这种冲突具体表现为潘趣多与父亲的针锋相对。潘趣多表现出明显的同化倾向，他喜欢听摇滚乐，周末晚上和白人同学到越战纪念堂跳舞，与中产阶级出身的白人女孩成为亲密伙伴;而父亲有强烈的民族自豪感,他时常在劳作的间歇怀念故土,从收音机里听墨西哥音乐,禁止儿子和非墨西哥裔人交往,一直抗拒学习英语,所以只能靠妻子和孩子与白人沟通。在强烈的对比之下,双方在内心深处经历了激烈的冲突,潘趣多遭遇歧视后在家庭中寻求安慰,父亲也暗自向往白人的生活。希梅内斯借助典型的墨西哥移民形象及其一系列经历,刻画出奇卡诺人复杂深刻的身份认同矛盾、白人的善意和种族主义的交叉影响,以及民族文化和书写赋予人的主体性。导致混杂的就是潘趣多跨越种族界线、尝试进入白人社会的举动。当然,仅仅是空间的侵入并不能保证奇卡诺群体在西部由缺席变为在场,他们必须掌握书写的权力才能改写既定的历史叙事。于是在小说中读者可以看到阅读和写作改变了潘趣多的人生轨迹。他的英语教师贝尔小姐督促他每天阅读英文报纸。为了练习写作,他用积攒的五美元买了一台旧打字机,每天写到深夜,因此英语写作日渐长进。当潘趣多得知某天的写作题目是记录个人经验的自传性文章后,他又一次陷入困扰:"我想写被遣返的经历,但是我不想让老师知道我家靠非法越境进入美国,也不想让她知道我出生在墨西哥的事实。"[①] 于是他只写了家人在苦力营的一段悲惨经历。贝尔小姐从作文里察觉到潘趣多难以言传的真实经历,向他推荐了斯滕贝克的小说《愤怒的葡萄》。书中穷白人的经历让潘趣多感慨良多,尤其是汤姆·约德奋起反抗的瞬间令他回想起墨西哥劳工唐·盖布瑞尔为同伴仗义执言与白人包工头发生冲突的事件。它向潘趣多指出墨西哥人处于与白人进行文化接触和抗争的边缘地带的事实,不仅如此,它还让潘趣多明白,墨西哥人也可以将白人的理论武器用于日常生活的协商和斗争。他用笔记录下自己和

[①] Francisco Jiménez, *Breaking Through*, Boston: Houghton Mifflin Harcourt, 2002, p. 97.

家人以及其他墨西哥人所遭遇的白人的敌意和恶意,比如他带的自制午餐为他赢得了"辣椒笨蛋""墨西哥玉米卷儿"的绰号;哥哥到女友苏珊家拜访,苏珊的父母在得知他是墨西哥人后表现出明显的不悦和冷淡态度。然而潘趣多的记录不仅限于再现种族主义,他以自省式的图景再现了奇卡诺人从观看者角度理解的本族裔群体的生存状况。经过写作主人公的亲身经历固化为一定程度上的真实影像,自我在其中变成了被观察的客体。墨西哥裔美国人通过这种文本形式的再现证明了这一群体作为主体的存在,保证了他们作为可见的图像而非背景的阴影参与新西部的景观。

三、小结

在呈现新西部景观和经验的文化形式中,族裔文学和文化作品作为主要表现形式一直长盛不衰,尤其是以少数族裔为表现对象,凸显西部文化和社会阴暗面的作品,特别能突出繁复的仿像和背后真实之间戏剧性的巨大反差。少数族裔作家从20世纪60年代起就一直在诘问新西部高速都市化的发展景象的真实性。正如在《突破》的结尾处潘趣多驾车带全家驶向都市,从后视镜中看到国道两旁不同的景观。一边是辛勤劳作的采草莓的短期工人,另一边则是停在田野旁的泥泞汽车。当他们进入圣玛丽亚市,路过高大的双层公寓时,一家人回想起曾经住过的车库和帐篷,感慨万千。[①] 这一切都同时存在于边疆之上。令无数淘金者趋之若鹜的乌托邦和神话在墨西哥移民眼中变成了间质性文化表征,形成了碎片化和流动性的景观。

[①] See Francisco Jiménez: *Breaking Through*, Boston: Houghton Mifflin Harcourt, 2002, pp. 191–193.

结　语

　　文学作为艺术的一个门类，是人类对美的追求的产物。文学来源于生活，而通过作家的提炼，文学呈现出高度浓缩和具有普遍意义的社会反映。文学作为人类认识世界的方式和成果，无疑是文化的重要组成部分。文学作为文化系统的子系统，其功能、特征受到文化的影响和制约，与其他文化因素一起实现文化系统的总体功能。文学不是一个自在自为的封闭系统，而是与其他文化因素互换信息能量的动态系统。文学的这种特殊性决定了文学研究需要从文学的本质和特征出发，从文化研究视角理解文学的作用、能力和功效。文化研究强调社会存在和文本世界之间的双向调查。文学与社会历史之间的多维联系得到了肯定，促使我们将目光投向文本背后的生产机制以及各种复杂的权力关系。文化研究为族裔文学研究开辟了一个广阔的领域，它向人们揭示文学可以从各个层面再现和阐释生活。族裔文学研究最主要的研究内容便是种族的建构性，以及族裔认同与国家认同的复杂关系。在多元化的美国文学中，美国族裔文学涉及种族、民族性、国家性等重要主题。只有从文化研究的角度深入分析族裔文学涉及的诸多文化现象，才能挖掘出族裔文学所承载的文化价值，挖掘出隐藏于族裔文学中对民族认同和国家认同的思考。

　　美国黑人文学根植于民族精神和族裔文化，承载着丰富厚重的黑人文化。美国黑人作家有着高度的文化自觉意识，他们往往在创作中积极再现黑人的差异性。通过对黑人文化所体现的差异性的书写，美国黑人重构了黑人的历史记忆，为黑人民族建构自足、自主、自信的主体精神做好准备，体现了黑人建构族裔身份认同的策略和政治目标。但黑人作家在建构族裔身份认同时，因面对主流话语、市场需求、读者群等因素，又不得不同国家的主流话语协商。在19世纪的奴隶叙事文本中，黑人作家一方面需要借身体的表征达到废除奴隶制的政治目标，另一方面又需要通过身体的表征再现黑人的主体性。在哈莱姆文艺复兴时期，白人主流社会在民俗学、大众文化等各领域的黑人民俗话语，影响了包括赫斯顿在内的黑人知识分子通过民俗表征建构种族身份；与此同时，黑人知识分子也积极挖掘黑人民俗的内涵，体现出"我们将会成为谁"的政治诉求。黑人差异性成为黑人知识分子探讨族裔性和国家性的重要内容。

印第安文学面临着回归民族传统和融入主流文化两种倾向的矛盾。这种矛盾源于少数族裔民族主义和主流文化的对抗，以及少数族裔摆脱刻板形象和维护民族文化两者之间的矛盾。印第安人发起的鬼舞运动有意识地挖掘印第安人的传统文化，不断赋予印第安人以民族主体性。少数族裔可以通过努力再现文化的本真性以建构族裔主体身份，然而族裔的身份建构很难不受外界干扰，民族性和主体性仍然需要借助白人主导的话语和文化载体实现还魂。只有民族主义的幽灵性方能让印第安人摆脱身份认同困境，他们一方面承受白人主导话语的规约，再现主流社会对印第安人族裔身份的影响，另一方面则积极挖掘民族文化传统，积极建构其族裔身份的主体性。

吃、穿、住、行等日常生活场景是亚裔文学的重要内容。其中，饮食方式具有重要的意义。亚裔作家常将食物作为其创作的主要内容，通过食物叙事来探讨族裔身份的问题。20世纪60年代以来，随着民族主义运动的兴起，亚裔作家往往通过食物叙事来建构民族性。他们在写作过程中强调来自传统民族文化的饮食方式，通过将食物和饮食习惯作为表明族裔差异性的符号强调了华裔的民族身份认同。然而，西方读者有时会将亚洲人的饮食习惯和野蛮动物性等消极特征联系起来，加剧他们对亚裔带有种族主义偏见的模式化印象。在这种情况下，亚裔作家在食物叙事上往往体现出矛盾性：一方面，亚裔作家通过食物叙事强调亚裔对美国主流文化的接纳，并据此证明其美国公民身份；但另一方面，他们又通过食物叙事从日常生活实践上表现亚裔群体的民族意识，通过食物话语否定主流文学和文化产品所生产的族裔他者形象。可见，在主流话语和民族身份建构这两种不同的意识形态的影响下，亚裔作家通过食物讲述了他们在民族主义和适应主流文化方面的多重焦虑，反映了他们在民族身份认同和国家身份认同方面的斗争、融合和妥协。

奇卡诺文学因墨西哥裔美国人的独特历史经历而具有显著的边界特征。"边界"不仅指美国和墨西哥之间的地理边界，它也是描述墨西哥裔文学文化异质性要素相互作用的核心概念。墨西哥裔美国人具有多重文化渊源，如西班牙文化、印第安文化、盎格鲁－撒克逊文化等。一方面，他们面对着对异质性文化元素，即西班牙文化和印第安文化的选择问题，另一方面，他们要面对主流文化对其文化的歧视。墨西哥裔作家们总是在文化的边界地带做出各种抉择。在创作过程中，不同作家因不同的观点和意识形态采取了不同的边界书写方式。维持边界的作家拒绝接受其他文化的影响，努力保持原有文化要素；跨越边界、采取"同化"模式的作家认为墨西哥裔文化应在与主流文化的接触过程中逐渐合并进占支配地位的主流文化中；而在疆界地带采取"综合模式"的作家则既保持原有文化特征，又吸收异文化因素，把两种文化因素融合在一起。然而值得注意的是，完全采取同化策略的人往往会因否定自身文化的价值而成为"空心人"。当代奇卡诺作家多采取综合模式，在承认墨西哥文化中的异质性文化元素

结 语

时，整合主流文化和墨西哥文化，既承认自己的民族性身份，也承认美国性是其身份的重要组成部分。通过边界书写，墨西哥裔作家集中再现了墨西哥裔美国人在文化边界地带因抉择而产生的心理冲突。边界书写的本质是对墨西哥裔美国人群体文化体验的集中体现，反映了他们的身份认同焦虑。

不管是美国黑人文学、印第安文学、亚裔文学，还是奇卡诺文学，美国族裔文学自诞生之日起就受到双重文化的影响，在主流英语文化与族裔文化的传承中延续着自身的传统。族裔文学的书写体现了一种异质的、具有自己独特文化经历和美学表述的文化精神，是建构族裔身份认同的重要基础，凸显了族裔文化丰富的精神内涵和独特的艺术魅力，为弘扬民族文化、建构族裔身份认同发挥了重要作用。但美国少数族裔建构族裔身份大多以提高少数族裔在美国的地位为目标，因而族裔身份认同与国家认同不可避免地成为族裔文学的重要内容。一方面，族裔作家需要思考如何运用族裔独特的文化传统来建构民族性，使族裔文学成为与主流文学并行的重要内容；另一方面，族裔作家需要思考如何与主流社会协商、斗争和融合，以期在体现民族性的同时，再现族裔文学的国家性，体现族裔性与国家性的兼容性。

"对于少数族裔来说，族群出身和美国公民身份都是不争的客观事实，前者是少数族裔的文化源流，后者是少数族裔的社会选择，否认前者，意味着少数族裔会失去精神家园建构的基础，模糊后者会使得少数民族族裔难以在美国社会立足。"① 因而，对美国族裔作家来说，如何处理族裔性与美国性之间的关系成为创作的重要内容。比如，非裔美国诗人兰斯顿·休斯在诗作《大海》中对这一点有清晰表达。休斯一方面肯定黑人民间文化的价

---

① 李宗:《美国少数族裔文学中的族群认同与国家认同思考》,载《贵州民族研究》,2017 年第 7 期,第 126—129 页。

值，认可自己的非洲外表和非洲节奏，但另一方面则指出自己并不是非洲人，而是美国某一个州的公民，是芝加哥人或堪萨斯人等。可见，少数族裔从根本上既认可自己的民族性，也有着较好的国家认同。为成为享有平等权利的美国公民，美国各少数族裔都不得不思考如何表征自己的传统文化和主流文化之间的关系。比如，美国黑人文学在表征身体差异和文化差异时，往往需要思考如何在肯定自身差异性的同时，也让主流社会接纳自己的差异性；又如，印第安文学在描述自己传统文化的本真性时，往往需要考虑回顾民族传统和融入主流文化这两种倾向；再如，亚裔文学在描述日常生活时，往往需要思考如何在表现其民族意识的同时也能证明自身的美国公民身份。可见，对少数族裔作家来说，如何正确处理族裔性和国家性之间的关系是其创作的核心内容。

族裔作家的创作让人们重新审视民族性与世界性、差异性与多样性、族裔话语与主流话语之间的关系。这一视角能帮助人们了解在多元化的世界中该如何同差异共处。在今天多元化的世界格局中，我们应该用一种历史性的发展眼光看待人类文化的总体格局，倡导西方与非西方的对话，以开放的心态、多元文化并存的态度、共生互补的策略面对西方和非西方的文化差异。

参考文献

埃利奥特,1994. 哥伦比亚美国文学史 [M]. 朱通伯,等译. 成都:四川辞书出版社.

安纳亚,2015. 河流,黑暗的灵 [M]. 李淑珺,译. 南京:译林出版社.

鲍尔德温,等,2004. 文化研究导论 [M]. 陶东风,等译. 北京:高等教育出版社。

布鲁范德,2011. 美国民俗学概论 [M]. 李扬,译. 上海:上海文艺出版社.

陈广兴,2010. "真实"的谎言——从《抹除》看美国族裔文学的困境 [J]. 外国文学评论(2):181-190.

福斯特,2015. 如何阅读一本小说 [M]. 梁笑,译. 海口:南海出版公司.

胡明涛,田晨旭,2012. 论华裔美国文学族裔追寻中的文化身份建构 [J]. 长江师范学院学报(5):119-122.

户晓辉,2004. 现代性与民间文学 [M]. 北京:社会科学文献出版社.

李保杰,苏永刚,2011. 边界研究视角下的当代奇卡诺文学 [J]. 英美文学研究论丛(2):298-314.

李宗,2017. 美国少数族裔文学中的族群认同与国家认同思考 [J]. 贵州民族研究(7):126-129.

梁艳,2017. 后现代语境下美国非裔和华裔女性文学中的族裔意

识研究 [J]. 牡丹江大学学报 (12): 46-49.

刘彬, 2011. 原始主义与非裔美国文学——评 20 世纪前及哈莱姆文艺复兴时期的非裔美国文学 [J]. 外语教学 (6): 87-90.

马新国, 2008. 西方文论史 [M]. 北京: 高等教育出版社.

蒲若茜, 2014. 多元·异质·杂糅——论亚裔美国文学之族裔身份批评的分化 [J]. 当代外国文学 (2): 161-168.

陶东风, 2001. 大学文艺学的学科反思 [J]. 文学评论 (5): 97-105.

王军, 高雪, 2009. 当代美国少数族裔女性文学研究概述 [J]. 西南民族大学学报 (人文社科版) (1): 247-250.

王晓路, 2014. 西方文论关键词 文化批评 [J]. 外国文学 (3): 96-104.

许双如, 2011. "他者"的面具政治——亚裔美国文学中的身份扮演与族裔主体性建构 [J]. 当代外国文学 (3): 58-66.

张红翠, 2007. 身体转向与肉身化叙事 [J]. 郑州大学学报 (哲学社会科学版) (3): 129-131.

张卓, 2006. 美国华裔文学中的社会性别身份建构 [D]. 兰州: 兰州大学.

周计武, 2008. 华裔美国文学的族裔想像和文化认同 [J]. 社会科学战线 (1): 136-138.

ALEXIE S, 2008. Indian Killer [M]. New York: Grove Press.

ALEXIE S, 2013. Reservation Blues: A Novel [M]. New York: Open Road Media.

ALEXIE S, 2013. War Dances: Stories and Poems [M]. New York: Open Road Media.

ANDERSON B, 2006. Imagined Communities: Reflections on the Origin and Spread of Nationalism [M]. London and New

York: Verso Books.

ANZALDUA G E, 1987. Boderlands/La Frontera [M]. San Francisco: Aunt Lute Book Company.

AUSTIN J L, 1975. How to Do Things with Words [M]. Oxford: Oxford University Press.

BAKER L D, 1998. From Savage to Negro: Anthropology and the Construction of Race, 1896—1954 [M]. Berkeley and Los Angeles: University of California Press.

BARTHES R, 2012. Toward a Psychosociology of Contemporary Food Consumption [C] //Carole Counihan, Penny Van Esterik. Food and Culture: A Reader. London and New York: Routledge: 37—44.

BATH F, 1969. Ethnic Groups and Boundaries: The Social Organization of Culture Difference [M]. Boston: Little, Brown and Company.

BAUMAN R, 1992. Folklore [C] //Richard Bauman. Folklore, Cultural Performances, and Popular Entertainments. Oxford: Oxford University Press: 29—40.

BAUMAN R, 1992. Folklore, Cultural Performances, and Popular Entertainments [M]. Oxford: Oxford University Press.

BERCOVITCH S, 1999. The Cambridge History of American Literature, Volume 7, Prose Writing: 1940—1990 [M]. Cambridge, MA. : Cambridge University Press.

BERGLAND R L, 2000. The National Uncanny: Indian Ghosts and American Subjects [M]. New Hampshire: University Press of New England.

BHABHA H, 2004. The Location of Culture [M]. London and

New York: Routledge.

BOXILL B R, 1995. Fear and Shame as Forms of Moral Suasion in the Thought of Frederick Douglass [J]. Transaction of the Charles S. Peirce Society, 31 (4): 714—716.

BROGAN K, 1995. American Stories of Cultural Haunting: Tales of Heirs and Ethnographers [J]. College English, 57 (2): 149—165.

BROWDER L, 2000. Slippery Characters: Ethnic Impersonators and American Identities [M]. Chapel Hill: University of North Carolina Press.

CAMINERO-SANTANGELO M, 2004. "Jason's Indian": Mexican Americans and the Denial of Indigenous Ethnicity in Anaya's *Bless Me, Ultima* [J]. Critique: Studies in Contemporary Fiction, 45 (2): 115—128.

CHACTER D L, 2002. The Seven Sins of Memory: How the Mind Forgets and Remembers [M]. Boston: Houghton Mifflin Harcourt.

CHAE Y, 2007. Politicizing Asian American Literature: Towards a Critical Multiculturalism [M]. London and New York: Routledge.

CHENG A A, 2000. The Melancholy of Race: Psychoanalysis, Assimilation, and Hidden Grief [M]. Oxford: Oxford University Press.

CHU J H, 1996. A Politics of Representation: Articulating Identities in Contemporary Asian American Literature [D]. New York: State University of New York.

CLAYTON L A, MOORE E C, KNIGHT V J, 1995. The De Soto Chronicles Vol 1 & 2: The Expedition of Hernando de

Soto to North America in 1539 − 1543 [M]. Tuscaloosa: University of Alabama Press.

CROW C L, 2013. A Companion to American Gothic [M]. Hoboken: John Wiley & Sons.

DAVIS C T, GATES H L, 1985. The Slave's Narrative [C]. Oxford: Oxford University Press.

DE MAN P, 1979. Autobiography as De-Facement [J]. MLN, 94 (5): 919−930.

DEVERELL W, 1994. Fighting Words: The Significance of the American West in the History of the United States [J]. The Western Historical Quarterly, 25 (2): 185−206.

DOUGLAS M, 1997. Implicit Meanings: Selected Essays in Anthropology [M]. London and New York: Routledge.

DOUGLASS F, 2014. My Bondage and My Freedom [M]. New Haven & London: Yale University Press.

DUKE M S, 1993. Thoughts on Politics and Critical Paradigms in Modern Chinese Literature Studies [J]. Modern China, 19 (1): 41−70.

DUNCAN B R, ARCH D, 1998. Living Stories of the Cherokee [M]. Chapel Hill: University of North Carolina Press.

EAGLETON T, 1992. Walter Benjamin, or, Towards a Revolutionary Criticism [M]. London: Verso.

ELK B, NEIHARDT J, 2014. Black Elk Speaks: The Complete Edition [M]. Lincoln: University of Nebraska Press.

ELLIOTT E, et al. , 1988. Columbia Literary History of the United States [M]. New York: Columbia University Press.

ERDRICH L, 2005. The Game of Silence [M]. New York: Harper Collins.

ERDRICH L, LITTRELL N, 1999. The Birchbark House [M]. New York: Hyperion Books for Children.

FOSTER G M, 1953. What Is Folk Culture [J]. American Anthropologist, 55 (2): 159-173.

FOUCAULT M, MISKOWIEC J, 1986. Of Other Spaces [J]. Diacritics, 16 (1): 23-25.

FREDERICK D, 2009. Narrative of the Life of Frederick Douglass, an American Slave [M]. Cambridge: The Belknap Press of Harvard University Press.

FREEMAN J, 1996. A Desert of Pure Feeling [M]. New York: Vintage.

FRIEDMAN S S, 1998. Mappings: Feminism and the Cultural Geographies of Encounter [M]. Princeton: Princeton University Press.

GABACCIA D R, 2009. We Are What We Eat: Ethnic Food and the Making of Americans [M]. Cambridge, MA.: Harvard University Press.

GATES H L Jr. , APPIAH K A, 1993. Zora Neale Hurston: Critical Perspectives Past and Present [M]. New York: Amistad, 1993.

GEN G, 2014. Typical American [M]. Boston: Houghton Mifflin Harcourt.

GEORGES R A, 1984. You Often Eat What Others Think You Are: Food as an Index of Other's Conception of Who One Is [J]. Western Folklore, 43 (4): 249-256.

GISH J, 2012. Mona in the Promised Land: A Novel [M]. New York: Vintage.

GRANHAM M, WARD J W Jr. , 2011. The Cambridge

History of African American Literature [M]. Cambridge and New York: Cambridge University Press.

HALL S, DU GAY P, 1996. Questions of Cultural Identity [M]. London, Thousand Oaks, New Delhi: Sage Publications.

HALL S, GIEBEN B, 1992. Formation of Modernity [M]. Cambridge, MA: Polity Press.

HALL S, HELD D, MCGREW T, 1992. Modernity and Its Futures [M]. Milton Keynes: The Open University.

HARJO J, 2008. She Had Some Horses: Poems [M]. New York: W. W. Norton & Company.

HARRIS J K, 2017. Unbecoming Adults: Adolescence and the Technologies of Difference in Post-1960s US Ethnic Literature and Culture [D]. Columbus: The Ohio State University.

HAWK B, 1974. Black Hawk: An Autobiography [M]. Champaign: University of Illinois Press.

HERMAN M, 1997. Authenticity Reconsidered: Toward an Understanding of a Culturalist Reading Paradigm [J]. Northwest Review, 35: 125−133.

HO J, 2013. Consumption and Identity in Asian American Coming-of-Age Novels [M]. London and New York: Routledge.

HOLLAND S P, 2000. Raising the Dead: Readings of Death and (Black) Subjectivity [M]. Durham: Duke University Press: 26.

HOOK D, 2006. Lacan, the Meaning of the Phallus and the "Sexed" Subject [C] //Tamara Shefer, Floretta Boonzaier, Peace Kiguawa. The Gender of Psychology. Lansdowne, South Africa: Juta Academic Publishing: 60−84.

HUGGINS N I, 2007. Harlem Renaissance [M]. Oxford: Oxford University Press.

HUHNDORF S, 2005. Literature and the Politics of Native American Studies [J]. PMLA, 120 (5): 1618-1627.

HURSTON Z N, 2013. Their Eyes Were Watching God [M]. New York: Harper Perennial.

HUTCHINSON G, 2007. The Cambridge Companion to the Harlem Renaissance [M]. New York: Cambridge University Press.

JIMÉNEZ F, 1999. The Circuit: Stories from the Life of a Migrant Child [M]. Boston: Houghton Mifflin Harcourt.

JIMÉNEZ F, 2002. Breaking Through [M]. Boston: Houghton Mifflin Harcourt.

JULIE R, 2013. Boom! Manufacturing Memoir for the Popular Market [M]. Waterloo and Brantford: Wilfrid Laurier University Press.

KALCIK S, 1984. Ethnic Foodways in America: Symbol and the Performance of Identity [M] //Linda Keller, Kay Mussell. Ethnic and Regional Foodways in the United States: The Performance of Group Identity. Knoxville: University of Tennessee Press: 37-65.

KAPLAN C, 2002. Zora Neale Hurston: Life in Letters [M]. New York: Doubleday.

KIM E H, 1982. Asian American Literature: An Introduction to the Writings and Their Social Context [M]. Philadelphia: Temple University Press.

KING T, 2001. Truth and Bright Water: A Novel [M]. New York: Grove Press.

KING T, BERNSON B, 1993. Green Grass, Running Water [M]. Boston, MA: Houghton Mifflin.

LAHIRI J, 2004. The Namesake [M]. Boston: Houghton Mifflin Harcourt.

LAMB-BOOKS B, 2016. Angry Abolitionists and the Rhetoric of Slavery: Moral Emotions in Social Movements [M]. New York: Nature America Inc.

LAMONT M, MOLNA V, 2002. The Study of Boundaries in the Social Sciences [J]. Annual Review of Sociology, 28 (1): 167−195.

LEE R C, 1999. The Americas of Asian American Literature: Gendered Fictions of Nation and Transnation [M]. Princeton: Princeton University Press.

LIM S G, 1993. Feminist and Ethnic Literary Theories in Asian American Literature [J]. Feminist Studies, 19 (3): 570−595.

LIMERICK P N, KLETT M, 1992. Haunted by Rhyolite: Learning from the Landscape of Failure [J]. American Art, 6 (4): 34.

LOCKEA L, 1992. The New Negro [M]. New York: Simon & Schuster.

LUCKHURST R, 2013. The Trauma Question [M]. London and New York: Routledge.

MANNUR A, 2009. Culinary Fictions: Food in South Asian Diasporic Culture [M]. Philadelphia: Temple University Press.

MARCUS G E, FISCHER M M J, 1986. Anthropology as Cultural Critique: An Experimental Moment in the Human Sciences [M]. Chicago: University of Chicago.

MARTIN H E, 2002. Betwixt and Between: Multiple Perspectives in Ethnic Literature of the United States [D].

Atlanta: Emory University.

MAY E T, 1988. Homeward Bound: American Families in the Cold War Era [M]. New York: Basic Books.

MAYNARD M, 1994. Race, Gender, and the Concept of Difference in Feminist Thought [M] //Haleh Afsha, Mary Maynard. The Dynamics of Race and Gender: Some Feminist Interventions. London: Taylor & Francis.

MCCLUREA S, 1997. "Survivance" in Native American Literature: Form and Representations [D]. Albuqnerque: The University of New Mexico.

METCALF E W, 1983. Black Art, Folk Art, and Social Control [J]. Winterthur Portfolio, 18 (4): 271−289.

MINTZ S W, 1996. Tasting Food, Tasting Freedom: Excursions into Eating, Culture, and the Past [M]. Boston: Beacon Press.

MINTZ S W, DU BOIS C M, 2002. The Anthropology of Food and Eating [J]. Annual Review of Anthropology, 31 (1): 99−119.

MOREIRA R P, 2016. Ambidexterity: Agency, Multi-Ethnic Differential Movements, and Ideology in Baseball Literature, Film, and Performance [D]. Austin: The University of Texas.

MOTZ M, 1998. The Practice of Belief [J]. Journal of American Folklore, 111 (441): 339−355.

MULLEN P B, 2000. Belief and the American Folk [J]. The Journal of American Folklore, 113 (448): 112−126.

NAPIER W, 2000. African American Literary Theory: A Reader [M]. New York & London: New York University Press.

OKADA J, 2014. No-No Boy [M]. Seattle: University of Washington Press.

OLIVER K, 1993. Reading Kristeva: Unraveling the Double-Bind [M]. Washington, D. C.: Georgetown University Press.

OLLERS W, 1986. Beyond Ethnicity: Consent and Descent in American Culture [M]. Oxford: Oxford University Press.

PATTERSON T R, 2005. Zora Neale Hurston and a History of Southern Life [M]. Philadelphia: Temple University Press.

PEASE W, JANE P, 1974. They Who Would Be Free: Blacks' Search for Freedom, 1830—1861 [M]. New York: Atheneum.

PENSLEY D S, 2005. The Native American Graves Protection and Repatriation Act (1990): Where the Native Voice Is Missing [J]. Wicazo Sa Review, 20 (2): 37—64.

PETERKIN J, 1998. Scarlet Sister Mary [M]. Athens and London: The University of Georgia Press.

PUCKETT N N, 1969. Folk Beliefs of the Southern Negro [M]. New York: Dover Publications, Inc.

RO M J, YEE A K, 2010. Out of the Shadows: Asian Americans, Native Hawaiians, and Pacific Islanders [J]. The American Journal of Public Health, 100 (5): 776—778.

ROBERTS J W, 2000. African American Folklore in a Discourse of Folkness [J]. New York Folklore, 3: 73—90.

ROBERTS J W, 2009. African American Belief Narratives and the African Cultural Tradition [J]. Research in African Literatures, 40 (1): 112—126.

RODRIGUEZ D, 2001. Space, Form, and Tradition: Recontextualizing the Contemporary Ethnic-American Novel

[D]. New York: The City University of New York.

ROEMER K M, 1988. Approaches to Teaching Momaday's The Way to Rainy Mountian [M]. New York: Modern Language Association of America.

SANCHEZ-EPPLER K, 1992. Bodily Bonds: The Intersecting Rhetorics of Feminism and Abolition [C] //Shirley Samuels. The Culture of Sentiment: Race, Gender, and Sentimentality in Nineteenth-Century America. New York: Oxford University Press.

SEKORA J, 1987. Black Message/White Envelope: Genre, Authenticity, and Authority in the Antebellum Slave Narrative [J]. Callaloo, 32 (6): 482−515.

SILKO L M, 1991. Almanac of the Dead [M]. New York: Simon & Schuster.

SINANAN K, 2007. The Slave Narrative and the Literature of Abolition [M] //Audrey A. Fisch. The Cambridge Companion to the African American Slave Narrative. New York: Cambridge University Press.

SMITH R J, STANNARD J, 1989. Folk, Identity, Landscapes and Lores [M]. Lawrence: University of Kansas Printing Service.

SPIVAK G C, 1995. Ghostwriting [J]. Diacritics, 25 (2): 65−84.

STEGNER W E, 1967. History, Myth, and the Western Writer [J]. American West, 4 (2): 61−62.

STEGNER W E, 1987. The American West as Living Space [M]. Michigan: University of Michigan Press.

SUTTON D, MARTIN-JONES D, 2008. Deleuze Reframed:

Interpreting Key Thinkers for the Arts [M]. London: IB Tauris, 2008.

TROTTER R T, CHAVIRA J A, 1997. Curanderismo: Mexican American Folk Healing [M]. Athens and London: The University of Georgia Press.

TYLER I, 2009. Against Abjection [J]. Feminist Theory, 10 (1): 77-98.

WALTERSA L, 1994. Ghost Singer: A Novel [M]. New Mexico: UNM Press.

WINTZ C D, 2003. The Harlem Renaissance: An Anthology [M]. New York: Brandywine Press.

WINTZ C D, 1988. Black Culture and the Harlem Renaissance [M]. Houston: Rice University Press.

WOMACK C S, 1999. Red on Red: Native American Literary Separatism [M]. Minneapolis: University of Minnesota Press.

WONG S C, 1993. Reading Asian American Literature: From Necessity to Extravagance [M]. Princeton: Princeton University Press.

YOO D, 1933. "Read All About It": Race, Generation and the Japanese American Ethnic Press, 1925-1941 [J]. Amerasia Journal, 19 (1): 69-92.

ŽIŽEK S, 1993. Tarrying with the Negative: Kant, Hegel, and the Critique of Ideology [M]. Durham: Duke University Press.